HOF DER SCHLANGEN UND GEHEIMNISSE

KÖNIGIN DER SCHATTEN

ELIZA RAINE

ELIZA RAINE

HOF DER SCHLANGEN UND GEHEIMNISSE

KÖNIGIN DER SCHATTEN

BRÄUTE DES NEBELS UND DER FAE

Für alle, die niemals aufgeben.
Bei Odin, du schaffst das.

YGGDRASIL
THE ICE COURT
THE EARTH COURT
THE FIRE COURT
THE GOLD COURT
THE SHADOW COURT

EINE ZUSAMMENFASSUNG

...

HOF DER RABEN UND DES UNTERGANGS

Reyna ist eine elternlose, menschliche Runenträgerin, auch *Goldgeber* genannt, die für die Gold-Fae Stäbe herstellt. Sie ist der einzige Mensch in *Yggdrasil*, der kein braunes, sondern kupferfarbenes Haar trägt. Als ein besonders gewalttätiger und grausamer Gold-Fae, Lord Orm, beschließt, sie zu seiner nächsten Konkubine zu machen, schmiedet sie einen Fluchtplan. Bevor sie ihn jedoch in die Tat umsetzen kann, werden sie und ihre engsten Freunde, Lhoris und Kara, von dem berüchtigten Prinzen Mazrith vom Schattenhof entführt.

Schatten-Fae können in die Köpfe der Menschen eindringen – etwas, das Reyna Angst macht, weil sie schon ihr ganzes Leben lang ein Geheimnis wahrt. Jedes Mal, wenn sie mit Gold arbeitet, wird sie von Visionen von untoten Monstern heimgesucht, die man Hungernde nennt, und die in den äußersten Regionen *Yggdrasils* leben.

Mazrith hat einen Plan, für den er Reyna braucht, und ist gezwungen, sie durch eine Verlobung an sich zu binden. Nur so kann er seine irre Stiefmutter, die Königin, daran hindern, alle drei *Goldgeber* zu töten. Der Prinz führt Reyna zu einem geheimen Schrein unter dem Berg, wo es einen Ring aus Statuen und eine Inschrift gibt, die lautet: *Die kupferhaarige Goldgeberin hat den Schlüssel.*

Nach einem gescheiterten Fluchtversuch und einem Schlangenangriff, trifft Reyna eine magische Eule, die von einer mysteriösen Fae geschickt wurde, um ihr zu helfen. Reyna beginnt, zu glauben, dass der Prinz vielleicht nicht das ist, wofür ihn alle halten. Goldene Runen gehen von ihm aus, was unmöglich sein sollte.

Als sie eine goldene Statue im Schrein repariert, hat sie eine Vision, doch anstelle der Hungernden sieht sie Mazrith, der mit seiner Mutter spricht. Diese sagt ihm, dass ihn ihr Tod fünf Jahre lang mit Magie versorgen wird, und dass er in dieser Zeit einen Nebelstab finden muss.

Daraufhin wird Reyna von jemandem vom Schrein gestoßen, und nur durch Vorors Eingreifen entgeht sie dem Tod. Sie erkennt ihre Chance zur Flucht, beschließt aber, sie nicht zu nutzen. Ihr Schicksal ist mit dem Schrein und dem Prinzen verbunden, und sie weiß, dass sie ihm nicht entkommen kann. Auf dem Weg zurück wird sie von Hungernden angegriffen, die es spezifisch auf sie abgesehen haben. Der Prinz taucht mit einem riesigen Bären auf, um sie zu retten. Sein Stab explodiert, verwundet ihn schwer, doch auch die Untoten sind vorübergehend außer Gefecht gesetzt. Er sagt zu Reyna, dass die Königin auf dem Weg sei und dass sie fliehen solle, doch dann bricht er zusammen.

HOF DER GIER UND DES GOLDES

Anstatt vor der Königin zu fliehen, beschließt Reyna, den Prinzen zu retten. Sie verstecken sich in einer Höhle, wo sie entdeckt, dass seine Verletzung ernst ist und golden leuchtet. Er ist gezwungen, ihr zu gestehen, dass ein Fluch auf ihm liegt und dass er nur bis zu seinem dreißigsten Geburtstag hat, um diesen zu brechen. Mehr will er ihr nicht verraten.

Sie werden aus dem Inneren des Berges gerettet, und die Königin kündigt Festspiele, ein sogenanntes *Leikmot*, an. Alle Fae-Höfe sollen teilnehmen, mit Ausnahme des Feuerhofs, dessen Bewohner sehr zurückgezogen leben. Die Königin verkündet, dass Reyna als Vertreterin des Schattenhofs an den Spielen teilnehmen soll, um zu beweisen, dass ihr Hof Mazriths Entscheidung, sich eine menschliche Braut zu nehmen, vertrauen kann.

Drei weitere Wettstreiter treffen ein: Lord Dokkar von den Erd-Fae, Lady Kaldar von den Eis-Fae und Lord Orm von den Gold-Fae. Im Schattenhof finden drei Spiele statt, von denen Reyna die ersten beiden verliert. Während sie jedoch daran teilnimmt, hat sie auf einmal Visionen, in denen sie durch die Augen ihrer Gegner sehen kann.

Zwischen den Spielen gelingt es Reyna und dem

Prinzen, die Statue im Schrein zu reparieren, die ihnen ein Rätsel offenbart. Sie lösen das Rätsel und besuchen die antike Statue eines sagenumwobenen Berserkers im Inneren des Berges. Mit Vorors Hilfe gelingt es ihnen, ein Stück Jade von der verrückten Statue zu bekommen.

Doch noch ehe sie die Jade zum Schrein bringen können, sagt Mazrith etwas, das Reyna klarmacht, dass er in den Fae-Wein-Traum eingedrungen war, den sie von ihm hatte. Während sie sich streiten, berührt sie das Stück Jade, was eine Vision seiner Stiefmutter auslöst, die einen Nebelstab hält.

Sie platzt mit allem heraus, was sie gesehen hat, und das war auch Mazriths sterbende Mutter. Mazrith wird wütend und erklärt, dass er die Suche alleine fortsetzen wird, bevor er geht. Als sie schließlich versucht, ihm zu folgen, erfährt sie, dass er weggerufen wurde, um einen Angriff der Hungernden abzuwehren. Sie nimmt am Pferderennen teil und gewinnt. Orm verspottet sie jedoch, und sie begreift, dass ihre Freunde in Gefahr sind. Als sie zu ihnen rennt, sind sie weg.

HOF DER MONSTER UND DES BÖSEN

Die Königin hat Reynas Freunde als Teil eines grausamen Spiels beim *Leikmot* entführt. Doch gerade, als Reyna glaubt, sie würde Lhoris verlieren, kehrt Mazrith mit einem gefangenen Hungernden zurück. Sie erfahren nichts von ihm, hören jedoch auf, sich zu streiten. Sie reparieren die Statue und finden heraus, dass sie einen Sternenstein benötigen, der nur auf einer geheimen

Himmelsinsel im Schattenhof zu finden ist. Das Wissen darüber, wie man dorthin gelangt, ist mit dem Tod von Mazriths Vater verloren gegangen.

Reyna hat eine Vision und sieht, wie der alte König etwas im Stamm von *Yggdrasil* versteckt. Die nächste Runde des *Leikmot* findet im Eishof statt, und Voror bleibt im Baum, um danach zu suchen.

Reyna verliert das erste Spiel. Mazrith bringt ihr in einer heißen Quelle das Schwimmen bei, und sie erliegt seiner Berührung. Sie erkennt, dass sie ihm wirklich wichtig ist.

Im nächsten Spiel wird sie Zweite, und Dakkar vom Erdhof lädt sie ein, Zeit mit ihm und seiner Familie zu verbringen.

Das letzte Spiel ist ein Schlittenrennen. Reyna wird verletzt, woraufhin sie den Eishof überstürzt verlassen. Als sie nach *Yggdrasil* zurückkehren, hat Voror einen geheimen Durchgang im Wasserfall hinter den Statuen gefunden. Dort repariert Reyna ein goldenes Schmuckstück, und als sie fertig ist, hat sie eine Vision, die ihr eine Erinnerung zeigt. Mazrith sieht aus wie ein Monster und hält einen Dolch, der tief in der Brust seiner Mutter steckt.

KAPITEL I

REYNA

Mazrith und ich blickten uns an, und keiner von uns brach die drückende Stille. Meine Hände zitterten, während seine Präsenz zu wachsen und sich zu verhärten schien, bis sie mehr als ein wenig beängstigend war.

Das wütende Brüllen, das er in meiner Vision ausgestoßen hatte, hallte in meinen Ohren wider. In meinem Kopf sah ich immer wieder, wie das Blut seiner Mutter über seine schwarz-weiß gefleckte Haut lief.

Ich hatte ihn gerade beschuldigt, seine Mutter getötet zu haben und ein Gold-Fae zu sein. Er starrte mich hasserfüllt an und war durch und durch der wilde, tödliche Prinz des Schattenhofs.

»Sag etwas«, flüsterte ich schließlich, wobei ich die Worte über meine Lippen zwingen musste.

»Willst du, dass ich es abstreite?«, zischte er. Die Wut in seinen Augen wurde von einem Blick abgelöst, der so kalt war, dass ich ihm nicht standhalten konnte.

Ich hatte keine Ahnung, was ich wollte.

Ich wusste bereits, dass es so war.

Ich rieb mir über das Gesicht und versuchte, die Puzzleteile zusammenzufügen. Ich musste verstehen, was ich gesehen hatte. »Wie kannst du über Schatten-magie verfügen, wenn du kein Schatten-Fae bist?« Mir fiel die erste Vision ein, die ich von ihm gehabt hatte. Seine Mutter hatte gesagt, seine Magie würde für fünf Jahre reichen. Aber Mazrith war bereits vor dem Tod seiner Mutter als ein mächtiger Schatten-Fae bekannt gewesen.

Und warum hatte er ihr Leben beendet?

»Ich bin kein Gold-Fae«, spuckte Mazrith aus.

»Was bist du dann?«

»Nichts, was Yggdrasil je gesehen hat oder jemals sehen möchte«, knurrte er und wandte sich von mir ab. »Wir müssen gehen.«

»Was? Nein, wir müssen reden! Mazrith, du musst mir sagen, was ich gesehen habe.«

»Ich schulde dir keine Erklärung.«

Wut packte mich, und meine Hände schlugen hart gegen meinen Oberschenkel. Das scharfe Geräusch veranlasste ihn dazu, sich wieder zu mir umzudrehen. »Ich habe dir alles erzählt«, knurrte ich mit zusammen-gebissenen Zähnen. »Alles. Ich habe dir Geheimnisse und Ängste offenbart, die ich noch nie jemandem gestanden habe.«

Er trat so schnell auf mich zu, dass ich erschrocken keuchte, und blieb erst stehen, als er über mir aufragte. Seine Haut war perfekt. Seine scharfen Wangenknochen, die gerade Nase und die spitzen Ohren waren genau so, wie es sich für einen schönen Fae-Prinzen gehörte. Ich konnte keine Spur von der fleckigen, vernarbten, unförmigen Haut sehen, die ich in meiner Vision gesehen hatte.

Lag sie darunter? In diesem Augenblick? Von Magie verborgen? Ich hob eine Hand, um sein Gesicht zu berühren, aber als er sprach, ließ mich der eisige Klang seiner Stimme innehalten.

»Ich habe meine Mutter getötet.«

Mein Herz hämmerte hart in meiner Brust, und ich ließ meine Hand sinken.

Er starrte weiter auf mich herab, starr wie ein Fels. »Ich bin weder ein Gold- noch ein Schatten-Fae.«

»Aber ...«

»Das ist alles, was du erfahren wirst, bis wir aus dem heiligen Baum heraus und weit weg von meinen Kriegern sind.«

Ich wollte etwas sagen, überlegte es mir dann aber anders. Schatten tanzten über seine Iris und wirbelten um seinen Stab herum. Er hatte gesagt, dass Yggdrasil Fae verrückt machte, wenn sie sich zu lange in seinem Inneren aufhielten, und die anderen befanden sich auf der anderen Seite des Wasserfalls.

Vielleicht hatte er recht. Dies war nicht der richtige Zeitpunkt für ein Gespräch.

Mit zitternden Händen straffte ich meine Haltung. »Na schön, aber du musst mir versprechen ...«

»Ich verspreche nichts. Halt den Atem an.«

Als er meine Hand packte und von der Plattform ins

Wasser sprang, stieß ich einen erschrockenen Schrei aus und holte tief Luft.

Er schwamm in kraftvollen Zügen los. Diesmal zog er uns schneller durch die Strömung als beim ersten Mal, aber die Orientierungslosigkeit, die mich erfasste, war genauso beängstigend. Panik und Wut überkamen mich, als ich durch das Wasser gezogen wurde.

Kaum waren wir auf der anderen Seite aufgetaucht, entriss ich ihm meine Hand und schlug auf seine Schulter ein. Ich strampelte wild mit den Beinen, weil ich sofort zu sinken begann.

»Du blöder, kindischer, egoistischer *Veslingr!*«, schrie ich ihn an, während er einen Arm um meine Taille schlang und uns zum Boot zurückbrachte. »Ich hatte bereits zugestimmt, keine weiteren Fragen zu stellen, du musst nicht versuchen, mich zu ertränken, du egoistischer, kindischer ...«

»Das hast du bereits gesagt«, hörte ich Frima sagen, bevor ich von kräftigen Händen ins Boot gezogen wurde.

Ich funkelte Mazrith an, der sich auf das Deck zog, doch er wich meinem Blick aus.

»Nun, er verdient es, es zweimal zu hören«, fauchte ich, immer noch keuchend und vor Schock zitternd.

Ich hatte zugestimmt, mir meine Fragen für einen späteren Zeitpunkt aufzuheben, aber die schrecklichen Bilder geisterten immer noch durch meinen Kopf. Adrenalin und Verwirrung wüteten in meinem Inneren.

Ich brauchte Zeit, um herauszufinden, was ich gerade gesehen hatte, und er hatte bewusst dafür gesorgt, dass ich keine hatte.

Warum? Hatte er mich nur deshalb so grob durch das Wasser gezerrt, weil ich etwas gesehen hatte, das ich nicht hätte sehen sollen? Oder hatte er es wirklich so eilig, aus dem Baum von Yggdrasil herauszukommen?

Als ich mich abtrocknete, war es schwer, meinen Blick von ihm abzuwenden, und so war ich froh, als Voror auf das Deck hinabsegelte. Er würde mich von meiner Wut und der bitteren Kälte ablenken.

»Ich habe deine Feder verloren«, sagte ich zu der Eule.

Mit einem finsteren Blick verdrehte Voror den Kopf in einen unmöglichen Winkel, zupfte sich dann mit dem Schnabel eine Feder aus und flog zu mir hinüber.

»Danke und entschuldige«, sagte ich und steckte sie in mein Stirnband.

»Ich werde nackt sein, wenn du fertig bist«, murmelte er in meinem Kopf. »Ich sehe, eure Mission war erfolgreich.«

»Was?«

Die Eule zwinkerte mir langsam zu. »Jedes Mal, wenn ich denke, du könntest doch klüger sein, als ich geglaubt hatte, muss ich meine Einschätzung revidieren.« Ich starrte ihn an. »Ihr habt versucht, die Treppe zu enthüllen. Es ist euch gelungen.«

»Tatsächlich?«

Voror seufzte in meinen Gedanken, dann hob er ab und flog auf einen Teil des Stammes zu, der sich gegenüber der Statue von Thor befand. Dort, kaum sichtbar vor dem Holz dahinter, war eine Treppe zu sehen. Sie führte im Zickzack am Stamm in die Höhe und verschwand im dichten Grün dort oben. Die Eule landete auf dem geschnitzten Geländer und zwinkerte in unsere Richtung.

»War das der Grund für all den Lärm?«, fragte Svangrior, der am Rand des Bootes stand. Seine Augen huschten aufmerksam über die Umgebung, und er wirkte fast so angespannt und nervös wie Mazrith. »Ich dachte, ich hätte es mir nur eingebildet.«

Tait sah aufgeregt die Treppe an. »Oh nein, sie ist real. Ich wusste, dass die Gerüchte wahr sind.« Er klatschte in die Hände. »Die Geheimnisse dieser Welt sind grenzenlos!«

Mazrith ging an ihm vorbei. Schatten flossen aus seinem Stab und drangen in das Segel des Bootes ein, worauf es zur Treppe trieb.

Er hatte mich immer noch nicht angesehen.

Ich hielt mich an der Reling fest, knirschte mit den Zähnen und schloss die Augen. Ich musste die Bilder von ihm – voller Blut und den Dolch umklammernd, der in der Brust seiner Mutter steckte – aus meinem Kopf vertreiben. Zumindest für den Moment.

Solange wir hier waren, würde er nicht darüber sprechen, so sehr ich wissen wollte, was ihn dazu getrieben hatte, das Leben seiner eigenen Mutter zu nehmen. Was auch immer passiert war, es musste einen Grund dafür geben. Er hatte sie geliebt, das hatten nicht nur er, sondern auch seine Freunde immer wieder deutlich gemacht.

Die schwarzen, seelenlosen Augen und die zerfurchten, eiternden Wunden blitzten in meinem Kopf auf, zusammen mit einem kleinen Funken Zweifel.

Ich holte tief Luft und ließ die Reling los, dann öffnete ich die Augen.

Ich vertraute Mazrith. Zu meiner eigenen Überraschung respektierte ich ihn. Er war kein kaltblütiger Mörder, das wusste ich mit Sicherheit. Ich hätte ihn nicht geküsst, und ich hätte ihm nie erlaubt, mich an einen Ort der Lust und Verletzlichkeit zu entführen, wenn ich auch nur einen Moment lang geglaubt hätte, er sei ein Monster.

Er würde mir erzählen, was zwischen ihm und seiner Mutter passiert war, und es würde eine Erklärung geben, die Sinn machte. Es musste so sein.

KAPITEL 2
REYNA

Es dauerte nur wenige Minuten, bis das Boot die Treppe erreichte, und aus der Nähe sah ich, dass sie so kunstvoll geschnitzt war wie in meiner Vision. Das Holz war zu einem Geländer aus sich windenden Reben und Blättern geformt worden, das sich den gesamten Weg in die Höhe erstreckte. Es sah so organisch und natürlich aus, dass ich vermutete, dass es nicht von einem Handwerker, sondern vom Baum selbst erschaffen worden war.

»Alle bleiben hier«, sagte Mazrith, als Frima ihre Schatten benutzte, um das Boot vor der Treppe zu verankern.

»Wirklich?« Eine ungewohnte Schärfe lag in Frimas Stimme. »Was nützt es dir, eine der stärksten Kriegerinnen Yggdrasils an deiner Seite zu haben, wenn ich immer nur babysitte und auf dich warte?«

Bei ihren Worten fuhr Mazrith herum, und sie machte einen hastigen Schritt zurück. »Ich habe dir befohlen, hier zu warten, und du wirst tun, was ich sage.« Seine Worte waren hart und kalt, und Frima nickte.

»Ja, Maz. Natürlich.«

»Du kommst mit mir.« Sein Befehl galt eindeutig mir. Obwohl er mich noch immer nicht angesehen hatte, wirbelten seine Schatten um meine Beine herum und schoben mich zum Rand des Boots. Zögerlich ließ ich zu, dass sie mich führten und stützten, als ich vorsichtig vom Boot auf die Treppe stieg. Mazriths massige Gestalt tauchte hinter mir auf, und ich begann, die Treppe hinaufzusteigen.

Meine Oberschenkel brannten, als wir am oberen Ende der gewundenen Treppe ankamen. Eigentlich hatten wir das Ende noch nicht erreicht, lediglich die erste Terrasse, die aus Yggdrasils Holz selbst zu bestehen schien und dicht mit Blättern bewachsen war. Es gab kleine Sträucher mit lila Blumen, sich windende Ranken und hübsche, orangefarbene Gänseblümchen.

Ich erkannte sofort, was dort in den Schatten stand. Es war eine große, eisenbeschlagene Truhe, die genau so aussah wie diejenige aus meiner Vision von Mazriths Vater.

Bitte lass ihn Thors Talisman hier aufbewahrt haben, betete ich, als ich die Treppe verließ und auf die Plattform trat.

»Ich habe dir doch gesagt, dass wir hier etwas finden würden«, sagte Voror und landete auf dem Treppengeländer. »Und ich täusche mich nur selten.« Der Hochmut, den wir würden ertragen müssen, wenn die Eule recht hatte und sich das Amulett tatsächlich in der Truhe befand, würde unerträglich werden. Aber das war es wert.

Schlangenartige, grüne Ranken hatten sich um die Kiste gewickelt, und ich fragte mich, wie lange es her war, seit der König zuletzt hier gewesen war.

Ich streckte eine Hand aus, um die Ranken vom Deckel zu ziehen, als ein heftiger Schmerz durch meinen Arm zuckte. Noch bevor ich aufschreien konnte, blieb mir die Luft weg. Meine Lungen ... funktionierten einfach nicht mehr.

Ich griff mir an die Brust und versuchte, einen Laut hervorzubringen, dann fiel ich auf den Rücken und wurde von blinder Panik gepackt. Mazriths Schatten stürzten auf mich zu und durchfluteten meinen Körper, als sie durch meinen Mund in meinen Hals eindrangen.

Ich verspürte einen kurzen, heftigen Schmerz, dann verschwand der Druck auf meinen Lungen, und ich konnte wieder atmen. Die Schatten zogen sich rasch wieder zurück, und ich sog frische Luft in meine Lungen, während ich meine verschwitzten Hände an meinen Hals legte.

»Was zum Teufel ist gerade passiert?«, keuchte ich und blinzelte meine Tränen weg, als Mazrith zu mir kam und neben mir in die Hocke ging.

Er machte keine Anstalten, mich zu berühren und sah mir noch immer nicht in die Augen, aber ich war sicher, dass ich Besorgnis und Wut über sein Gesicht huschen sah. Oder vielleicht wünschte ich mir nur, dass er besorgt war. »Eine Falle«, knurrte er. »Eine der

Lieblingsfallen meines Vaters. Ich hätte es wissen müssen.«

Ich machte ein paar tiefe, keuchende Atemzüge. Als sich meine Atmung beruhigt hatte, bewegten sich Mazriths Schatten auf die Kiste zu, wirbelten um sie herum und zogen die Ranken weg. Es gab einen lauten Knall, und der Deckel sprang auf.

Ich ließ meinen Hals los und arbeitete mich auf die Knie hoch, um in die Kiste zu schauen.

Die schönste Axt, die ich je gesehen hatte, funkelte mir entgegen. Sie war aus silbernem Metall gefertigt, und die beiden Klingen waren mit den größten Edelsteinen bestückt, die ich je gesehen hatte. In die Klingen waren detaillierte, gewundene Ranken eingraviert, und sie sahen den geschnitzten Treppengeländern so ähnlich, dass ich mich fragte, ob die Axt mit dem Baum des Lebens verbunden war.

»Sie ist wunderschön«, flüsterte ich.

»Sie ist gestohlen«, brummte Mazrith. »Sie gehörte nicht meinem Vater.« Fast widerwillig nahm er sie aus der Kiste. Ich hörte ein metallenes Klimpern und blickte erneut in die Kiste. Beutel und Taschen voller Münzen bedeckten den Boden, dazu gab es eine Handvoll kleinerer Gegenstände. Eine Schriftrolle, ein kleines Kästchen aus Eisen, ein Armband aus knallroten Rubinen und ...

»Ist das es? Ist das Thors Talisman?«

Mazrith griff nach dem hammerförmigen Amulett und atmete geräuschvoll aus, als seine Finger das Metall umschlossen. »Ja.«

»Oh, den Göttern sei Dank.« Ich ließ mich auf den Hintern fallen und spürte, wie ich von Erleichterung durchströmt wurde.

»Das ist eine Wolfsklaue«, murmelte Mazrith. Er hatte das Kästchen geöffnet, in dem nichts als eine beschädigte, vergilbte Klaue lag.

»Seltsam, so etwas an einem Ort zu verstecken, an dem es niemand finden kann.«

Wortlos ließ Mazrith das Kästchen zuschnappen, dann begann er, alles aus der Truhe zu nehmen und es in den Beuteln seines Gürtels und den Taschen seines Umhangs zu verstauen. Er reichte mir zwei Beutel mit Münzen und das Rubinarmband, damit ich es in meine Taschen stecken konnte. Ich blickte auf die Schätze hinab.

Das allein hätte ausgereicht, um mir ein Leben in Freiheit zu kaufen.

Aber was für eine Freiheit wäre das gewesen? Ein Leben auf der Flucht. Ein Leben voller Einsamkeit.

»Das ist alles. Wir müssen gehen.« Mazrith richtete sich auf, seinen Stab in der einen, die gewaltige Axt in der anderen Hand.

Ich sah zu ihm hoch, und ein Gefühl von Ehrfurcht überkam mich. »Du siehst aus wie ein König, wenn du sie hältst«, sagte ich.

Dunkelheit überflutete seine Augen, und sein Mund verkrampfte sich. Er sah mich kurz an, wandte aber sofort wieder den Blick ab.

Das war eindeutig nicht der richtige Kommentar gewesen.

Er ging an mir vorbei und die Treppe hinunter. Langsam erhob ich mich und folgte ihm.

Frimas und Svangriors Anspannung ließ fast augenblicklich nach, als wir den Baum verließen und auf dem Wurzelfluss zurück zum Schattenhof segelten. Zu meiner Frustration galt das nicht für Mazrith. Er stand mit steinernem Blick am Bug und beobachtete den Fluss um uns herum, bevor er sich in seine Kabine einschloss und Frima befahl, uns den Rest des Weges zu führen.

Nach einer Stunde, in der meine Gedanken ein wildes, wirbelndes Chaos gewesen waren, klopfte ich an seine Tür. »Mazrith?«

Es kam keine Antwort.

Frima sah mich an, als ich mich mit einem Seufzer gegen die geschlossene Tür lehnte. »Du solltest etwas schlafen. Es war ein verdammt langer Tag, und wir haben noch acht Stunden Fahrt vor uns.«

»Ich weiß nicht, ob ich schlafen kann.«

Sie warf einen Blick auf die Tür, dann auf mich. »Ich bin sicher, dass ihr das klären könnt. Was auch immer zwischen euch beiden vor sich geht.«

»Ich hoffe es. Er ist nicht gerade gesprächig. Tatsächlich weigert er sich, mit mir zu sprechen, und es ist ...« Ich versuchte, das passende Wort zu finden. Frustrierend? Deprimierend? Beängstigend. »Ärgerlich.«

Frima schnaubte. »Ich kann mich nicht erinnern,

dass du je besonders gesprächig warst.« Sie neigte den Kopf. »Ihr zwei seid ein merkwürdiges Paar.«

»Du sagst es«, murmelte ich und drückte meine Stirn gegen das Holz. Die Bilder, die ich in meiner Vision gesehen hatte, drängen sich immer wieder in meinen Kopf.

Er schleppte dieses Geheimnis bereits sein ganzes Leben lang mit sich herum, und er hatte es noch nie mit jemandem geteilt. Er trug diese Last ganz alleine. War er so geboren worden? Oder hatte ihn jemand so gemacht?

Ich seufzte erneut und wünschte, er würde mit mir reden. Ich wünschte, er würde mir erlauben, etwas von seiner quälenden Anspannung zu lindern.

»Schlaf gut, Maz«, murmelte ich. »Und ich werde versuchen, dasselbe zu tun.«

KAPITEL 3

REYNA

Ich schlief, aber nicht gut. Wie erwartet wurden meine Träume von Maz dominiert. Nicht von seinen Berührungen und der überwältigenden Lust, mit der er mich zu erfüllen vermochte – davon hätte ich gerne geträumt –, sondern von seiner vernarbten, gezeichneten Haut und seinen schwarzen Augen. Ich träumte, dass er auf dem Thron seiner Stiefmutter saß und all die schrecklichen Dinge tat, die sie getan hatte. Ich sah, wie er das Blut seiner Opfer von seinen Fingern leckte, und ich träumte von der Ältesten, die neben ihm stand. Als sie sang, öffneten sich die Narben in seinem Gesicht, und schwarze und goldene Flüssigkeit strömte daraus hervor.

Als ich erwachte, war ich in Schweiß gebadet. Brynja wuselte am Fußende des Bettes herum und verstaute die Sachen aus den Truhen in großen Säcken.

»My Lady?« Sie richtete sich auf, als ich mich zu

schnell aufsetzte und stöhnte. »Wir sind fast am Ufer. Möchtet Ihr etwas Tee?«

»Nein, danke«, sagte ich heiser. »Etwas Wasser wäre gut.«

Schnell zog ich meine Arbeitskleidung an. Als ich aufs Deck trat, war ich erleichtert, die funkelnde Dämmerung des Schattenhofs zu sehen, und kurze Zeit später glitt das Boot mit einem sanften Stoß auf den Sand.

»Wer hätte gedacht, dass ich mich jemals freuen würde, wieder hier zu sein?«, murmelte ich vor mich hin, während ich zu Tait ging, der die Kugel von den Spielen im Eishof hielt. »Wo ist Mazrith?«, fragte ich ihn.

Noch bevor der Schattenspinner antworten konnte, ging der Prinz an mir vorbei.

»Mazrith ...« begann ich, aber er griff nach dem Holz der Reling und sprang aus dem Boot. Ich knirschte mit den Zähnen. »Vergiss es.«

Frima ging mit drei riesigen Säcken auf ihren Schultern an mir vorbei. »Komm schon.«

Der offene Wagen, der uns vor unserer Abreise den Berg hinuntergebracht hatte, wartete auf uns, aber als mich meine Füße über den Sand trugen, war von Mazrith keine Spur mehr zu sehen. Voror kreiste über uns, und seine Stimme erklang in meinem Kopf.

»Der dumme Bär und der Prinz sind weg.«

»Weg?«

»Ja. Der dumme Bär ...«

»Arthur. Der Bär, der mein Leben gerettet hat«,

korrigierte ich ihn, verdrehte die Augen und schenkte Frima, die mich stirnrunzelnd ansah, ein Lächeln.

»Gut. Arthur, der dumme Bär, wartete auf ihn, als wir ankamen.«

Ich wandte mich an Frima, als der Wagen durch den Wald zu fahren begann. »Weißt du, wohin Mazrith verschwunden ist?«

»Nein. Deine Eule hat dir gerade gesagt, dass Arthur hier war?«, vermutete sie.

»Ja.«

Sie zuckte mit den Schultern. »Ich bin sicher, dass er vor uns im Palast sein wird.«

Als wir jedoch die Schlangensuite betraten, war Mazrith nirgendwo zu sehen. Dafür sprang Kara vom großen Stuhl am Feuer auf, warf ihr Buch zur Seite und stürzte sich auf mich, noch ehe ich den Raum betreten hatte. Svangrior verzog das Gesicht und ging in den Kriegsraum, während Frima lächelte, die Säcke fallen ließ und wieder nach draußen ging.

»Reyna! Du bist zurück!« Kara drückte mich fest an sich, und ich erwiderte ihre Umarmung.

»Das bin ich. Wo ist Lhoris?« Der große Mann kam in diesem Moment durch die Tür, und sein bärtiges Gesicht wurde von einem Lächeln erhellt, als er mich sah.

»Du bist wohlauf«, sagte er.

»Gerade so«, antwortete ich mit einem leisen Lachen. Ich empfand einen Hauch von Scham, weil ich ihnen keinen weiteren Zopf präsentieren konnte, aber ihre offensichtliche Freude, mich unversehrt zurückzuhaben, ließ dieses Gefühl schnell verblassen.

»Erzähl uns alles«, sagte Kara und zog mich zum Feuer.

»Das werde ich, aber zuerst muss ich sicherstellen, dass Voror hier ist. Er muss es auch hören.« Ich blickte zu den Balken empor.

»Er war nicht bei dir?«

»Nein, der Eishof war zu kalt für ihn. Er blieb in Yggdrasil. Voror?«

Ein Flattern ertönte, dann schwebte die Eule herunter und landete auf der Rückseite des Sessels.

Ich erzählte ihnen alles, was seit meiner Abreise geschehen war, ließ jedoch die Details der Schwimmstunden und das aus, was auf dem Rückweg im Baum passiert war. Voror wusste bereits davon, und meine Freunde durften nichts von unserer Suche nach dem Nebelstab erfahren.

Als ich fertig war, sah mich Kara mit großen Augen an. »Orm hat dich gerettet?« Sie schüttelte den Kopf. »Er spielt ein falsches Spiel, Reyna. Du musst vorsichtig sein.«

»Ich bin vorsichtig. Aber ich glaube nicht, dass es einen anderen Grund dafür gab, als dass sich Orm ein schlimmeres Schicksal für mich wünscht, als von Eis erdrückt zu werden. Er ist krank und grausam.«

»Ich wünschte, er hätte sich nicht mehr von Lady Kaldars Angriff im Wasser erholt«, murmelte Lhoris.

»Das wünschte ich auch. Aber leider hat er das.«

»Vertraust du Dakkar?« Lhoris' Augen verdunkelten sich.

»Vertrauen ist zu viel gesagt. Aber ich mag ihn und seine Familie.«

»Hmm.«

»Da war noch etwas, das seltsam war«, begann ich und sah mich im Raum um, um sicherzustellen, dass er leer war, bevor ich mich wieder an Kara wandte. »Während ich dort war, hatte ich keine Visionen mehr, in denen ich durch die Augen eines anderen sehen konnte.«

Irgendwie wurden ihre Augen noch größer. »Das ist interessant«, sagte sie.

»Hast du in meiner Abwesenheit etwas in der Bibliothek gefunden?«

»Vielleicht. Nun, ich habe viel über Magie gelernt.«

»Glaubst du, es ist möglich, dass mir jemand Zugang zu seiner Magie gegeben hat? Vielleicht jemand, der nicht mit uns im Eishof war?«

Kara schüttelte den Kopf. »Fae mit starker Geistesmagie – normalerweise Schatten-Fae – könnten dich Dinge sehen oder sogar fühlen lassen, aber sie könnten dir nicht ermöglichen, in die Köpfe anderer zu sehen. Und Fae können ihre Magie nicht an Menschen weitergeben.«

Mir fiel das ein, was Mazriths Mutter gesagt hatte. *Mein Tod wird dir fünf Jahre geben.* Sie hatte eindeutig über ihre Magie gesprochen. »Bist du dir da sicher?«

Kara sah mich an. »Es sei denn, du hast einen Fae auf eine so ehrenvolle Weise getötet, dass er sich entschieden hat, dir mit seinem letzten Atemzug seine Magie zu übertragen. Ja, ich bin ziemlich sicher, dass dir niemand seine Magie gegeben hat.«

Ich starrte sie an. »Sag das noch einmal.«

Sie runzelte die Stirn. »Ich habe gelesen, dass das die einzige Möglichkeit ist, Magie von einem Wesen auf ein anderes zu übertragen. Ein sterbender Fae muss sie der Person, die sein Leben genommen hat, freiwillig schenken. Auf diese Weise belohnten die Götter Tapferkeit und Ehre im Kampf. Wenn du die Person, die dich tötet, genug respektierst, kannst du die Entscheidung treffen, sie noch stärker zu machen. Das wird niemals passieren, wenn du jemandem hinterhältig in den Rücken fällst. Das Konzept wirkt ein wenig veraltet, da die einzigen Wesen mit solcher Macht keine Ehre mehr haben, aber ich nehme an, dass es irgendwann einmal Sinn gemacht hat.«

In meinem Kopf fügten sich die letzten Puzzleteile zusammen.

Für Mazriths Mutter war die einzige Möglichkeit, ihm ihre Magie zu schenken, sich von ihm töten zu lassen.

Sie hatte sich tatsächlich für ihn geopfert.

Mein Herz schmerzte, als ich an sein gepeinigtes, wütendes Brüllen dachte. Ich wünschte mir nichts mehr, als zu ihm zu geben, und ich war schon halb von meinem Stuhl aufgestanden, als mir einfiel, dass ich keine Ahnung hatte, wo er sich befand.

»Alles in Ordnung, Reyna?«

»Ja.« Ich blinzelte und setzte mich wieder hin. »Tut mir leid. Es ist nur ... Da gibt es etwas, das auf einmal Sinn ergibt.«

»Was?«

Ich schüttelte den Kopf und sah sie entschuldigend an. »Das kann ich dir nicht sagen.«

Kara zuckte mit den Schultern. »Okay. Dann zurück zu deinen Visionen. Was war sonst noch anders im Eishof, das sie beeinflusst haben könnte?«

»Ich war nicht im Eishof«, sagte Voror.

Ich drehte mich zu der Eule um und versuchte, mich zu konzentrieren. »Willst du damit sagen, dass du die Visionen auslöst? Oder mir die Fähigkeit dazu gibst?«

»Wenn dem so ist, bin ich mir dessen nicht bewusst. Aber ich war nicht bei dir. Das könnte relevant sein.«

Ich gab seine Worte an Kara weiter. »Es wäre wohl möglich, denke ich.« Nach einigem Nachdenken sagte sie: »Ich habe mich auch über andere Wesen mit Magie informiert, die keine Fae sind, ganz wie du wolltest.«

»Und gibt es welche, die ...« Ich suchte nach den richtigen Worten. »... wie ich sind?« Es klang falsch, aber ich wusste nicht, wie ich es sonst formulieren sollte.

Sie schenkte mir einen traurigen Blick. »Eigentlich nicht, nein. Es handelte sich entweder um vier Fuß große Wölfe oder Wesen aus reinem Licht.«

»Oh.«

»Wenn du Magie besitzt, dann ...« Mein Magen zog sich zusammen, und Lhoris holte tief Luft. »Es tut mir leid, das zu sagen, Reyna. Aber wahrscheinlich bist du tatsächlich eine Fae.«

»Nein. Ich bin keine Fae. Das kann ich nicht sein.« *Oder doch?*

»Reyna, ohne zu wissen, wer deine Eltern sind, gibt es keine Möglichkeit, herauszufinden, was du bist.« Ich hatte diese Worte von Kara erwartet, aber es war Lhoris, der sie aussprach.

Ich sah ihn überrascht an, während Unruhe in mir aufstieg.

Lhoris hasste die Fae. Sie hatten ihn aus seinem Clan herausgerissen, ihn misshandelt und gefangengehalten. Seit mehr als einem Jahrzehnt hatte ich ihn nur mit Zorn und Verachtung über die Fae reden gehört.

Aber in seinen Augen lag weder Wut noch Hass, als er mich ansah. Sie waren voller Mitgefühl. »Ich wusste es, seit du mir zum ersten Mal von den Dingen erzählt hast, die du siehst, nachdem du mit Gold gearbeitet hast – du bist anders.«

Ich starrte ihn an. »Aber ... eine Fae?«

»Du verwendest eine Art von Magie. Es macht wenig Sinn, das zu leugnen. Das ändert nichts an der Tatsache, dass du immer noch die Person bist, die ich die letzten fünfzehn Jahre lang geliebt und betreut habe.«

Ein Schwall von Gefühlen verursachte ein warmes, kribbelndes Gefühl in meinem Magen. Ich lehnte mich vor und schlang meine Arme um ihn. »Du würdest mich nicht hassen, wenn ich eine Fae wäre?«, murmelte ich in sein dickes Haar.

»Nichts auf der Welt könnte mich dazu bringen, dich zu hassen, Reyna.«

Zitternd holte ich Luft.

Ein lautes Geräusch ließ mich aufschrecken.

Ich drehte mich in Lhoris' Armen um, und Kara schien ein wenig kleiner zu werden.

Das Geräusch kam von Prinz Mazrith, der die Tür zu der Suite aufgestoßen hatte. Und jetzt sah er mich endlich an.

KAPITEL 4

REYNA

»Reyna, ich brauche dich. Komm.« Seine knappe, emotionslose Worte hallten durch den Raum.

»Ich unterhalte mich mit meinen Freunden«, sagte ich kühl und versuchte, mir die Version von ihm in Erinnerung zu rufen, die mit mir in der warmen Quelle im Gletscher geschwommen war. Jene Version von Mazrith hätte vielleicht sogar meine Freunde gegrüßt. Diese Version hingegen ... war diejenige, die mich entführt hatte. In diesem Augenblick war er ein harter, emotionsloser, wütender Krieger.

»Das kann warten. Wir gehen. Jetzt.« Er drehte sich um und schritt aus dem Raum, wobei er die Tür hinter sich offen stehen ließ.

Ich knirschte mit den Zähnen. »Wir sehen uns in ... ein paar Stunden, hoffe ich.« Ich gab Lhoris einen Kuss auf die Wange. »Danke.« Er lächelte.

»Wohin gehst du?«, flüsterte Kara, die immer noch auf die offene Tür blickte.

»Auf ein weiteres, geheimes Abenteuer«, sagte ich mit einer lässigen Handbewegung und einem Lächeln. »Aber nicht weit. Und ich glaube nicht, dass es gefährlich werden wird.«

»Sei trotzdem vorsichtig«, sagte sie und umarmte mich schnell.

Mazrith stand steif im Korridor und setzte sich in Bewegung, sobald er mich sah. Ich beeilte mich, zu ihm aufzuholen.

»Ich nehme an, wir besuchen die Insel *Rabenstern*?«

»Sprich hier nicht darüber.«

Ich konnte mich nicht gegen einen gewissen Ärger wehren. »Sollen wir überhaupt über irgendetwas sprechen?«

»Wenn ja, dann nicht hier.«

»Na klar«, murmelte ich, schwieg dann aber.

Als wir den obersten Punkt der Treppe zur Brücke zwischen den Türmen erreicht hatten, war ich so außer Atem, dass ich nichts hätte sagen können, selbst wenn ich es gewollt hätte.

Der Anblick des Hofes jenseits der Türme war atemberaubend genug, um mich innehalten zu lassen, als wir auf die Brücke hinaustraten. Ich hatte mich gefreut, als das Schiff zum Schattenhof zurückgekehrt war, dachte ich, als ich über die marineblaue Decke voller funkelnden Pünktchen blickte.

Könnte das je mein Zuhause sein?

Ich schaute zu Mazrith hinüber, und das Gefühl von Hoffnung in meinem Inneren verschwand. Das letzte Mal, als wir auf dieser Brücke waren, hatte er mir mehr von seiner Vergangenheit erzählt als je zuvor. Dieses Mal offenbarte er mir nichts anderes als den Fellumhang auf seinem Rücken.

Als ich ihn einholte, presste er das Thor-Amulett gegen die verborgene Gravur mit der Schlange und der Krone und murmelte etwas in einer alten Sprache, die ich nicht verstand. Nach ein paar Sekunden hängte er sich das Amulett wieder um den Hals. Ich schaute die Gravur an und machte einen hastigen Schritt zurück, als das Gestein der Brücke zu knacken und sich zu bewegen begann.

»Komm«, sagte Mazrith, als die Geräusche aufgehört hatten und der Teil der Brücke, auf dem die Gravur gewesen war, vollständig verschwunden war.

Mein Herz pochte bis in meinen Hals, als er in die dünne Luft hinaustrat.

»Mazrith!«, entfuhr es mir. Aber er schwebte, als würde sein Gewicht von etwas Unsichtbarem getragen.

Ich starrte auf seine Füße und schüttelte heftig den Kopf. »Nein. Nein, ich werde nicht über eine unsichtbare Brücke laufen«, stammelte ich.

»Wenn du darauf stehst, wird sie sichtbar. Komm. Los.«

Ohne ein weiteres Wort der Ermutigung begann er, auf die Ansammlung von Sternen zuzugehen, die er mir beim letzten Mal gezeigt hatte.

»Mazrith! Ich schwöre bei Odin, dass ich diese verfluchte Brücke nicht überqueren werde!«, rief ich ihm hinterher. Er hielt inne, dann, ohne sich umzudrehen, hob er seinen Stab. Schatten schossen aus seiner Spitze und verwandelten sich in Schlangen. Sie kamen direkt auf mich zu und verharrten dann wie Handläufe an meiner Seite.

Er schickte seine Schatten, um mir zu helfen, statt mir selbst zu Hilfe zu kommen.

Er setzte seine Schritte über den leeren Himmel hinweg fort, und ich gab einen weiteren Fluch von mir. »Freya stehe mir bei, denn dieser verfluchte Tölpel wird es wohl nicht tun.«

Ich bewegte mich auf die Lücke im steinernen Geländer zu, dann umklammerte ich beide Seiten und setzte vorsichtig einen Fuß in die Leere davor. Ein blauer Schimmer bildete sich unter meinem Stiefel. Ich setzte ihn vorsichtig auf, und als er auf etwas Hartes stieß, wurde der Schimmer deutlicher, und eine große, funkelnde, marineblaue Platte erschien.

Schweißgebadet sammelte ich all meinen Mut. Ich schob mich nach vorn und zwang mich, auch meinen anderen Fuß auf die schimmernde Platte zu setzen. Weitere Platten erschienen. Ich löste meine Finger vom Steingeländer und griff sofort nach den schattenhaften Schlangen, die zu beiden Seiten von mir verliefen. Sie fühlten sich beruhigend fest an, und ich holte tief Luft.

»Du musst weitergehen, Reyna. Du schaffst das.«

Meine Beine zitterten, aber ich zwang mich dazu, meinen hinteren Fuß zu heben und einen Schritt zu machen. Die glänzend blaue Brücke war breit, was half, aber der Bereich vor mir war vollkommen leer, sodass der gesamte Palast und die Bergflanke unter mir sichtbar waren. Ich unterdrückte meine Übelkeit und mein

Schwindelgefühl und zwang mich, Mazrith anzusehen, der vor mir ging. Ich atmete tief durch und tastete mich an den Schattenschlangen entlang, bis ich einen Rhythmus fand. *Linker Fuß, rechter Fuß. Linker Fuß, rechter Fuß.*

Es schien endlos zu dauern, aber als ich nach einer gefühlten Ewigkeit nach vorne blickte, schickte ich ein Dankesgebet an Freya. Die schwebende Insel *Rabenstern* lag direkt vor mir.

Und die funkelnde Umgebung war atemberaubend.

Vor mir stand eine Kirche, das einzige Gebäude auf der Insel. Der Boden schien aus demselben, schimmernden, blauen Licht wie die Brücke gemacht zu sein, aber er war mit Grashalmen und glänzenden, weißen Gänseblümchen bedeckt, die aus glitzerndem Staub zu bestehen schienen.

Die Kirche sah greifbarer aus, aber als ich den Kopf bewegte und sie ansah, hätte ich schwören können, dass sie aus nichts anderem als Licht bestand. Sie sah aus wie die traditionellen Kirchen, die es im Goldhof gab. Sie war aus übereinander gebauten, dreieckigen Elementen gemacht, aber die Ziegel der schrägen, verschachtelten Dächer bestanden aus etwas perlmuttartig Glänzendem, statt aus Gold oder Schiefer. Es erinnerte mich an Schnee.

Alle Pfeiler und Bögen waren mit Schlangen verziert und in demselben organischen, verschlungenen Stil gehalten wie die Treppe im Baum. Aus jeder Dachspitze ragte eine glänzende Schlange hervor, die einen schimmernden Sternenlichtstrahl hervorbrachte.

Es gab keinerlei Geräusche und keinen Geruch, aber es fühlte sich nicht unheimlich oder beklemmend an. Es wirkte beruhigend.

Mazrith verneigte sich vor der offenen Tür, dann trat er ein. Mit vor Staunen geöffnetem Mund folgte ich ihm, dann hielt ich inne, um meine Finger über die herrlichen Bilder streichen zu lassen, welche die glänzende, funkelnde Substanz formte. Sie fühlte sich kühl an, aber ganz anders als Stein. Hätte ich die Farbe beschreiben müssen, hätte ich blau gesagt, aber sie leuchtete hellgrau, funkelte wie Elfenbein und schimmerte wie Eis – sie hörte nicht auf, ihren Ton und ihre Helligkeit zu verändern. Auch die Schatten, die sie warf, veränderten sich ständig, sowohl ihre Tiefe als auch ihre Form.

Die Schatten-Fae waren genauso auf Licht angewiesen, wie der Rest von uns, dachte ich, als ich sie beobachtete. Ohne Licht gab es keine Schatten.

Mein Ärger auf Mazrith, weil er mich die Brücke alleine hatte überqueren lassen, hatte sich verflüchtigt. »Woraus ist sie gemacht?«

»Das weiß niemand. Es ist ein Geheimnis der königlichen Familie, ein Geschenk der Götter. Es gibt keine vergleichbare Substanz.«

»Glaubst du, dass die anderen Höfe ein Äquivalent haben?«

»Ja.«

Ein von Bankreihen gesäumter Gang führte durch die Mitte des Raumes. Die Decke lag hoch in den dreieckigen Formen der Dächer, und die Winkel und Balken ließen schimmernde, sich bewegende Schatten auf den funkelnden Oberflächen tanzen.

An den Wänden hingen Wandteppiche aus glänzenden, silbernen Fäden, die das Licht reflektierten, obwohl sie nicht dieselbe ätherische Qualität hatten wie das Gebäude selbst. Am Ende des Mittelgangs stand ein hoher Altar, über dem sich Lichtstrahlen zu einer Art Kronleuchter zusammenfügten. Linien aus glitzerndem Staub bildeten Wale, Drachen, Schlangen und Wölfe.

Ich hätte nie gedacht, dass ein so schöner Ort existieren könnte.

Mazrith hielt vor einem Wandteppich an, der seine Mutter zeigte, und ich wandte mich ab, um ihm etwas Privatsphäre zu geben. Meine Augen fielen auf einen anderen Wandteppich, der eindeutig einen Stammbaum zeigte.

Den Stammbaum der Königsfamilie des Schattenhofs, erkannte ich, als ich mich vorbeugte und über die glitzernden Namen strich.

Mein Blick verharrte auf einem Namen. Erik. Aber es war nicht der Name selbst, der mich stutzen ließ, sondern das kleine Zeichen daneben. Es war die Rune für Schatten, dieselbe, die Tait und alle anderen Schattenspinner dieser Welt auf ihren Handgelenken trugen. Ein Flattern kitzelte in meinem Bauch, und ich runzelte die Stirn.

Warum würde ein Mitglied der Königsfamilie das Zeichen eines Runenträgers neben seinem Namen stehen haben?

Ich suchte alle Namen danach ab und fand zwei weitere, einen Mann und eine Frau.

Es musste etwas anderes bedeuten, entschied ich. Schließlich war die Rune für Schatten nicht nur für die Erschaffer der Valdstäbe wichtig, sondern auch für die Schatten-Fae. Trotzdem fühlte es sich merkwürdig an, und das Flattern in meinem Bauch blieb bestehen.

Hinter mir war ein Geräusch zu hören, und als ich mich umdrehte, sah ich, wie Mazriths Schatten aus seinem Stab strömten. Hinter dem Altar wuchs ein Tisch in die Höhe, auf dem drei große Kelche standen. Mazrith ging auf den rechten davon zu. Widerstrebend verließ ich den Wandteppich und folgte ihm.

Der Kelch war mit Steinen gefüllt. Sie waren perlenartig, fast durchscheinend, aber als ich einen in die Hand nahm, wurde er sofort dunkel. Er nahm die Farbe des Himmels über dem Schattenhof an, mit tausend kleinen Sternen bedeckt.

Ich nickte anerkennend. »Ist das ein Sternenstein?«

»Ja.« Er streckte die Hand aus und nahm ebenfalls einen aus dem Kelch.

»Er ist schön.« Ich legte den Stein zurück, aber er winkte mir zu.

»Behalte ihn. Es kann nicht schaden, einen Ersatz zu haben.«

Ich nickte und steckte ihn in meine Tasche. »Kommt dir das hier nicht zu einfach vor? Bisher mussten wir weder Rätsel lösen noch mit Statuen streiten, und nichts hat versucht, uns umzubringen.«

Mazrith runzelte die Stirn. »Es war alles andere als

einfach, Thors Amulett zu finden. Wir hatten unglaubliches Glück.«

Ich schüttelte den Kopf. »Da war kein Glück im Spiel. Im Vergleich zur Jade war das Amulett leicht zu finden – meine Vision hat uns gezeigt, wo es zu finden war.«

Er sah mich an, dann ließ er seinen Blick langsam durch die Kirche schweifen. Sein Blick verweilte auf dem Wandteppich mit dem Stammbaum. »Jemand muss dir diese Visionen schicken. Jemand, der unsere Aufgabe kennt und weiß, dass die Schätze des Königs in einer Truhe im Stamm von Yggdrasil versteckt waren. Wahrscheinlich ist es dieselbe Person, welche die Inschrift im Schrein geschrieben und dir deine Eule geschickt hat.«

»Du denkst also, dass mir sowohl die Erinnerungen, als auch die Visionen, in denen ich durch die Augen anderer gesehen habe, von jemandem übermittelt worden sind?«

»Ja.«

Mein Gespräch mit Kara fiel mir ein. »Ist es möglich, Visionen zu übermitteln?«

Sein Blick landete wieder auf mir, aber nur für einen Moment. »Kein Fae könnte dir diese Bilder schicken. Es würde mächtige Magie erfordern, dazu Kenntnisse über die Vergangenheit und die Geheimnisse meines Vaters ... Das geht weit über das hinaus, was Sterbliche tun können.«

Ich runzelte die Stirn. »Du denkst ... dass es ein Gott war?«

Er wandte sich wieder dem Gang zu. »Es spielt keine

Rolle. Wichtig ist nur, dass wir weitermachen und den Nebelstab finden.«

Ich zog eine Grimasse. »Natürlich ist es wichtig. Du kommst mit der Theorie, dass die Götter, die vor Jahrhunderten aus dieser Welt verschwunden sind, Interesse an uns zeigen?«

»Die Götter haben seit jeher mit den Sterblichen gespielt. Wenn ich nichts als eine Schachfigur bin, dann will ich es lieber nicht wissen.« Er begann, den Gang hinunterzugehen, doch etwas in mir sträubte sich dagegen, die Kirche zu verlassen. Seine Stimme war immer noch hart und kalt, aber der drohende Unterton war verschwunden. Vielleicht war dies der richtige Zeitpunkt, um mit ihm zu sprechen.

»Du willst dein Schicksal kontrollieren?« Ich versuchte, ihn einzuholen.

»Ich möchte den Nebelstab finden«, sagte er.

»Um dein Schicksal kontrollieren zu können«, beharrte ich.

»Ja. Deswegen brauche ich dich und deine Visionen.« Zu hören, dass er mich brauchte, löste ein Schaudern in mir aus, das nicht zu meinem Ärger darüber passte, dass er mir den Rücken zukehrte, während er mit mir sprach. In seiner Stimme war weder Fürsorge noch Mitgefühl zu hören. Er klang sachlich. Er brauchte mich, weil ich Zugang zu den Informationen hatte, die wir brauchten, um den Nebelstab zu finden.

»Sag mir, was mit deinem ...«

Mazrith verließ die Kirche, bevor ich die Frage beenden konnte.

KAPITEL 5

REYNA

Voror wartete auf der anderen Seite der Brücke auf mich, die mich Mazrith erneut alleine überqueren ließ. »Wenn ich herunterfallen würde, würde ihm das eine Lektion erteilen.« Ich wiederholte mein Mantra: *linker Fuß, rechter Fuß.* »Aber wie würde er dann seinen dummen Nebelstab bekommen?«

»Die Magie hat mich daran gehindert, dir zu folgen«, sagte Voror, sobald meine Füße wieder auf der Steinbrücke standen. Ich legte meine Hände dagegen und dankte Freya im Stillen dafür, dass sie mich beschützt hatte.

»Ja, ich glaube, sie lässt nur Angehörige der Königsfamilie passieren«, sagte ich zu der Eule, während ich mich gänzlich aufrichtete.

»Wie konntest du sie dann überqueren?«

»Gute Frage.« Mazrith war bereits auf dem Weg zurück zum Turm. »Warum konnte ich die Insel betreten, obwohl ich kein königliches Blut habe?«, rief ich, während ich ihm hinterherlief.

»Du trägst mein Zeichen.«

Ich blickte auf die schwarze Rune an meinem Handgelenk. Eine Welle unerwünschter Gefühle erfüllte mich, und ich ließ meinen Arm sinken.

Hier oben konnte uns keiner belauschen. Ich brauchte Antworten. Ich hatte ein paar Antworten verdient.

»Ich glaube, ich weiß, was passiert ist«, sagte ich so laut, dass ich sicher war, dass Mazrith mich hören konnte.

Er wurde nicht langsamer.

Ich fuhr fort: »Deine Mutter hat sich für dich geopfert.«

Er hielt mitten im Schritt inne. Seine Schultern hoben sich, senkten sich aber nicht mehr. Sein Körper war starr und verkrampft. Er strahlte etwas aus, was Wut sein könnte. Oder war es Verleugnung? Bedauern vielleicht?

»Du hast ihre Magie gebraucht, um zu verbergen, was du wirklich bist, und sie opferte ihr Leben, um sie dir zu schenken.«

Langsam drehte er sich zu mir um. Sein Gesichtsausdruck war steinern, und als er sprach, war seine Stimme eisig. »Ich weiß, dass du nicht freiwillig in meine Vergangenheit blickst. Trotzdem gibt es dir kein Recht darauf, so etwas zu sagen.«

Seine Worte taten weh. Ich hatte ihm alle meine Geheimnisse verraten. »Habe ich recht?«, fragte ich. Er starrte mich an. »Wenn ich recht habe, dann ist es kein Fluch, den du zu brechen versuchst. Du suchst nach einem Weg, das zu ersetzen, was sie dir gegeben hat, wenn es versiegt.« Seine Brust hob und senkte sich, aber kein Wort kam über seine Lippen. »Wie hat sie es versteckt, als du noch jünger warst? Warum musste es ...« Bilder von ihm, wie er den Dolch hielt, blitzen in meinem Kopf auf. »... so weit kommen?«

»Du musst nur wissen, dass ich zu dem werde, was du gesehen hast, wenn die letzte goldene Rune meine Haut verlässt«, zischte er. »Alles andere ist irrelevant.«

Mein Mund klappte auf. »Warum soll das irrelevant sein? Du bist, wer du bist!«

»Es ist irrelevant«, knirschte er.

»Und du hast mich eine Heuchlerin genannt? Du hast immer wieder darauf gedrängt, herauszufinden, was ich bin, aber du weigerst dich, mir zu sagen, was *du* bist?«

»Was du bist, könnte uns helfen, dieses Rätsel zu lösen. Ich weiß, was ich bin, und ich brauche einen Nebelstab, um zu überleben. Um den Nebelstab zu bekommen, brauche ich dich. So einfach ist das.« Der Blick seiner brennenden Augen bohrte sich in meinen, während der Schmerz in meinem Herzen unerträglich wurde.

»Ist das alles, was ich für dich bin?« Schatten wirbelten über seine Augen, doch er antwortete nicht. »Diesmal bist du derjenige, der lügt«, spuckte ich aus. »Ich weiß, dass du jedes Wort, das du zu mir gesagt hast, ernst gemeint hast. Ich bedeute dir mehr als diese

Aufgabe, dieses Rätsel.« Als ich diese Worte sprach, wurde mir schlecht. Sie machten mir klar, wie verzweifelt ich daran glauben wollte.

»Nichts davon spielt eine Rolle«, wiederholte er, doch er klang nicht mehr so überzeugt wie noch vor einem Augenblick.

»Nein.« Ich schlang die Arme um meine Brust und versuchte, meine Stimme ruhig zu halten. »Die heiße Quelle, deine Worte, deine Berührungen ... Sie waren echt. Ich weiß, dass sie das waren.«

Es sah aus, als wollte er auf mich zugehen. Ich brüstete mich, aber er blieb, wo er war. »Echt ist das, was du in deiner Vision gesehen hast. Ich bin ein Mörder. Ein Monster.«

»Nein ...« Ich schüttelte den Kopf, um ihn davon abzuhalten, weiterzusprechen, aber er ließ sich nicht aufhalten und fuhr mit gepresster Stimme fort.

»Bis ich das nicht wieder in Ordnung gebracht habe, gibt es kein uns. Keine Worte, keine Berührungen. Verstehst du?«

Ich holte tief Luft, um meine Gefühle zu bändigen. »Was meinst du damit? Was willst du wieder in Ordnung bringen?«

»Ich muss ihren Tod rächen und ihr Opfer ehren.«

»Indem du den Nebelstab findest?«

»Ja.«

»Und dann?«

»Dann fangen wir von vorne an.«

Ich riss meine Arme in die Luft, als ich von einem überwältigenden Gefühl von Frustration überkommen wurde. »Aber es hat sich nichts verändert! Du bist dieselbe Person wie vor einem Tag, als wir in der heißen Quelle geschwommen sind. Warum bist du auf einmal so? Kalt und hart und ...«

Gefühle loderten in seinen Augen. »Alles hat sich verändert!«, schrie er, und schien nun endgültig die Beherrschung zu verlieren.

»Nein! Ich weiß jetzt nur mehr über dich, ja, aber das bedeutet noch lange nicht, dass ...«

Wieder unterbrach er mich, und dieses Mal quollen Schatten aus seinem Stab. »Ich bin ein Mörder und ein Monster, und bevor ich es nicht wiedergutgemacht habe, gibt es kein uns!« Seine Schatten hatten sich zu einer Schlange geformt, die sich um seine Schultern schlang, als wollte sie ihn beschützen.

Vor mir? Vor meinem Urteil?

Tränen brannten in meinen Augen, obwohl ich wusste, dass sie nicht fallen würden. »Maz, ich glaube nicht, dass du ein Monster bist.« Meine Stimme war leise, und ich versuchte, so neutral zu klingen wie möglich. »Bitte. Es hat sich nichts verändert.«

Die Schlange wickelte sich fester um ihn. »Wirst du mir helfen, den Nebelstab zu finden?«

»Natürlich werde ich das.«

»Dann gibt es nichts mehr zu besprechen.« Er wandte sich ab und ging zum Turm.

Ich starrte auf seinen Rücken und versuchte, meine brodelnden Emotionen nicht in Wut umschlagen zu lassen. Ich konnte ihn nicht dazu zwingen, mit mir zu reden, aber das würde mich nicht davon abhalten, ihm zu sagen, dass ich ihn nicht als ein Monster sah.

Die lebhafte Erinnerung an das, was er mit der Wache gemacht hatte, nachdem ich von der Schlange gebissen worden war, tauchte in meinem Kopf auf. Und der Mann in Slaithewaite, den er in den Wahnsinn getrieben hatte.

Doch viel schlimmer war das Bild von ihm, wie er den Dolch umklammert hielt. Es hatte sich unerbittlich in meinem Kopf festgesetzt.

Mein ganzes Leben lang hatte ich mich anders gefühlt, und die Reaktionen der Menschen um mich herum hatten mich verändert. Sie hatten mich wütend und defensiv gemacht. Vielleicht war ich jetzt stärker, aber ich war auch voller Hass und Angst.

Mazrith hatte so viel mehr durchgemacht, als als Rotschopf unter braunhaarigen Menschen zu leben.

Ich fragte mich, was das mit ihm gemacht hatte.

KAPITEL 6

REYNA

So sehr ich es auch wollte, ich versuchte, auf dem Weg hinunter zum Schrein nicht mit Mazrith zu sprechen. Sein beharrliches Schweigen, zusammen mit Vorors gelegentlichem Schnabelklacken und meinem unruhigen Umherrutschen, machten die Reise unangenehm. Immerhin war es dank des Würfels ein kurzer Weg.

Den steinernen Arm über dem Abgrund zu überqueren war genauso schwierig wie beim letzten Mal, besonders nach der beängstigenden Erfahrung mit der unsichtbaren Brücke. Ich robbte auf meinem Hintern darüber und war erleichtert, dass mir Mazrith aufhalf, als ich die Handfläche mit dem Ring aus Statuen erreicht hatte. Leider sah er mich nicht an, als ich versuchte, ihm dankbar zuzulächeln.

»Welche Statue muss repariert werden?« Er sah sich die acht steinernen Gestalten an.

Die »Sternenstein«-Rune, die ich gesehen hatte, war

von der mittleren, gesichtslosen Statue ausgegangen. Ich näherte mich ihr vorsichtig. Der Stab, den die Figur hielt, bestand aus den Resten von zerbrochenem Gestein, und Teile davon waren scharfkantig und spitz. Ich konnte keine Stelle erkennen, an der ein Sternenstein oder sonst ein Edelstein hineingepasst hätte. Ich rieb über den oberen Teil des Stabs, um zu sehen, ob sich Gold darunter verbarg, aber der Stein gab nicht nach.

Mazrith stellte sich hinter mich, und zu meiner Überraschung wurde ich von dem Verlangen überkommen, meinen Rücken an ihn zu schmiegen. Könnte ich ihn durch körperlichen Kontakt dazu bringen, sich mir zu öffnen?

Noch bevor ich entscheiden konnte, ob es eine gute oder eine schreckliche Idee war, griff er über meine Schulter hinweg und drückte auf die Vertiefung des Schlüsselbeins der Statue.

»Hier ist eine Vertiefung.«

Er hatte recht. Seine Hand verschwand hinter mir und erschien einen Augenblick später wieder, diesmal mit dem Sternenstein. Vorsichtig platzierte er den Stein in der Vertiefung.

Ein blendender Lichtblitz ließ mich die Arme vors Gesicht schlagen, und ich stolperte rückwärts gegen Maz. Seine Hände ergriffen meine Schultern, und ich hörte, wie er vor Schmerz zischte. Er war lichtempfindlicher als ich, doch er hatte mich gestützt, statt seine Augen zu bedecken.

Das Licht nahm wieder ab. Ich ließ meine Arme

sinken, aber als ich die Statue ansah, erkannte ich nur einen leuchtenden Fleck, der meine Augen tränen ließ.

»Wie sollen wir das ...«

»Wer den Stab sucht, soll reinen Herzens sein.
Würdig ist man nicht durch Tugend allein.
Verlässt man den Pfad der Feindlichkeit,
wird man mit wahrer Seelenmagie vereint.«

Eine volle Stimme hallte durch die Höhle, dann fiel der Stein mit einem Klirren von der Statue ab und offenbarte einen einfachen Holzstab. Ich blinzelte ihn an, doch das Licht der Statue war immer noch zu hell, um Details ausmachen zu können.

»Ist das ... Ist das der Stab?«, flüsterte ich in die Stille hinein, die den Worten der Statue gefolgt war.

Mazrith antwortete nicht, stattdessen trat er langsam um mich herum, schirmte seine Augen ab und griff nach dem Holzstab. Mein Herz klopfte hart, als er seine Finger darum schloss und ihn von der Statue hob.

Hatten wir es tatsächlich geschafft?

Hatten wir den allmächtigen Stab gefunden, der es ihm ermöglichen würde, seine Stiefmutter zu stürzen, sich selbst zu retten und das *Leikmot* zu beenden?

Er wandte dem Licht den Rücken zu, dann hob er sowohl den Schatten- aul auch den Nebelstab und schloss die Augen. Schatten wirbelten um den Schattenstab herum, immer schneller und schneller. Er legte den

Kopf zurück, und ich sah, wie sich sein Griff um die beiden Stäbe festigte.

Dann versiegten die Schatten.

Mit einem Surren kehrten sie zum Schädel an der Spitze des Stabs zurück, und Mazrith öffnete die Augen.

Ich erschrak.

Er sah wütend aus. Fast genauso wütend wie in der Vision, die ich im Wasserfall hatte.

»Was ist los?«

»Das ist der Stab, den wir suchen. Und er reagiert nicht auf mich.«

Ich hatte mein ganzes Erwachsenenleben lang Stäbe gemacht, und ich kannte nur einen Grund, warum ein Stab nicht auf einen Fae reagieren würde. »Er erkennt dich nicht als seinen Besitzer.«

Mazrith knurrte.

»Wie kannst du ihn zu deinem Eigentum erklären?«

»Ich weiß es nicht«, sagte er mit zusammengebissenen Zähnen.

»Das Rätsel besagt, dass derjenige, der den Stab sucht, reinen Herzens sein soll. Vielleicht musst du dem Stab beweisen, dass du ihm würdig bist?«

Mazriths Gesicht verzerrte sich. »Ich bin nicht reinen Herzens! Ich bin die Verkörperung einer verdammten Lüge!« Er hielt mir den Stab entgegen. »All das ist nichts als ein verdammtes Spiel, entworfen von Göttern, die es genießen, ihre Spielfiguren zu foltern!«

Ich nahm ihm den Stab ab, spürte aber nichts Magisches daran. »Mazrith, beruhige dich ...«

»Diese ganze verdammte Suche war von Anfang an

zum Scheitern verurteilt.« Schatten brachen aus seinem Stab hervor und wirbelten um ihn herum. Ich hob die Hand, um ihn zu berühren, aber er wich mir aus.

Das Licht der Statue ließ ihn die Augen zusammenkneifen, und seine Schultern waren so angespannt, dass es aussah, als würde er gleich in Stücke zerbrechen.

»Wie beim letzten Mal werde ich eine Vision haben, die uns zeigen wird, was zu tun ist«, sagte ich so beruhigend wie möglich.

»Du weißt nicht einmal, wer dir diese Visionen sendet, und trotzdem vertraust du ihnen blind! Du bist viel zu naiv.«

»Lass deine Frustration nicht an mir aus«, fauchte ich zurück und versuchte, meine Wut zu kontrollieren. »Ich versuche, dir zu helfen, und du weißt ganz genau, dass wir den Visionen vertrauen können. Sie haben uns so weit gebracht.«

Er knurrte und schlug mit seinem Stab in seine Handfläche. »Du bist nicht die, für die du dich ausgibst, und ich bin nicht das, was ich zu sein scheine. Alles ist ein Chaos aus Lügen, Täuschungen und Geheimnissen. Ich habe es satt.«

»Maz, bitte, beruhige dich. Wir sind so nah dran. Wir haben den Stab.«

»Aber wir können ihn nicht benutzen.«

Ich versuchte, die Tatsache zu ignorieren, dass er mit mir sprach, als wäre ich dumm. Er war der Einzige, der mir jemals gesagt hatte, dass er mich für klug hält.

»Eine Vision wird uns zeigen, was zu tun ist«, wiederholte ich.

»Ich kann nicht länger in der Nähe dieser verdammten Statue bleiben«, sagte er und stieß mit seinem Stab gegen die hell erleuchtete Figur. »Wir gehen.«

~

»Weißt du, ich beginne zu verstehen, wie nervig es war, als ich versucht habe, mich querzustellen«, sagte ich leise, als wir im Würfel zurück zum Palast reisten.

Mazrith schnaubte und sagte kein Wort.

»Ich versuche, dir zu helfen. Ich bin hier, damit wir das gemeinsam durchstehen können. Bitte, sprich mit mir. Wenn wir zusammenarbeiten, werden wir es schaffen.«

Ich hielt inne, als sich der Würfel öffnete und er auf den Felsvorsprung trat. Es war dunkel, und ich packte seinen Arm, um ihn in der Dämmerung ansehen zu können. Es war wichtig, dass ich ihm in die Augen sah, damit er verstand, dass ich meine nächsten Worte ernst meinte. »Du weißt, dass es mir egal ist, wie du aussiehst, oder? Die Welt der schönen, schillernden Fae, in der du aufgewachsen bist, ist nicht meine Welt. Mir geht es um deine Taten, nicht um dein Aussehen.«

Schmerz trat in seine Augen, keine Hoffnung oder Erleichterung oder irgendeines der anderen Gefühle, die ich auszulösen gehofft hatte. »Meine Handlungen sind nicht besser als mein wahres Gesicht.« Seine Worte waren so leise, dass ich sie kaum hören konnte

»Das glaube ich nicht. Was ist dir zugestoßen? Bist du so geboren worden?«

»Niemand wird so geboren«, spuckte er aus. »Und selbst wenn es so wäre, würde kein Hof ein solches Wesen am Leben lassen.«

»Das stimmt nicht«, sagte ich, obwohl es wenig überzeugend klang. Würden die Menschen Yggdrasils jemandem, der so aussah, erlauben, seine Würde zu beweisen? Oder würden die Gier und die Eitelkeit, die sich wie eine Pest ausgebreitet hatten, bedeuten, dass er nie eine Chance gehabt hätte?

Mazriths Gesicht war voller Bitterkeit. »Mein Hof wird mich nicht akzeptieren, wenn die Magie meiner Mutter schwindet, und dann wird die Königin die unangefochtene Herrscherin sein. Du wirst sterben.« Dunkelheit erfüllte seine Augen. Meine Instinkte sagten mir, ich solle mich zurückziehen, ich solle fliehen und mich verstecken.

Stattdessen verstärkte ich meinen Griff um seinen Arm.

»Wir werden einen Weg finden, den Nebelstab zu benutzen. Das wird nicht geschehen.«

Er entriss mir seinen Arm.

»Mazrith ...«

Doch er hatte sich bereits wieder von mir abgewandt.

KAPITEL 7

REYNA

Den ganzen Weg zurück zur Schlangensuite wechselte Mazrith kein Wort mit mir. Als wir eintraten, ging er geradewegs ins Kriegszimmer, holte eine Tasche und verschwand.

Ich nahm ein Kissen vom Stuhl und warf es gegen die Tür, die er gerade zugeknallt hatte.

»Schön zu sehen, dass du deinen Frust an etwas auslässt, das es verdient hat«, sagte Frima, als sie den Raum betrat, dann erst das Kissen und dann den Holzstab betrachtete, den ich immer noch umklammert hielt.

»Im Gegensatz zu diesem *Heimskr* dort drüben«, knurrte ich und wies mit dem Kinn auf die Tür. »Verdammt. Und ich dachte, ich sei stur.«

Sie lachte. »Willst du trainieren?«

»Ja«, antwortete ich sofort.

Es war wahrscheinlich nicht das, was ich jetzt tun sollte – ich musste mit meinen Freunden und mit Voror sprechen und einen Weg finden, Maz und den dummen, nutzlosen Nebelstab dazu zu bringen, miteinander zu kommunizieren. Aber ich wollte trainieren.

Wir übten das Bogenschießen, bis ich kaum mehr die Arme heben konnte. Ich legte all meine Frustration und Entschlossenheit in meine Bewegungen und genoss die Macht und Kontrolle, die mir die Waffe in meinen Händen verlieh. Ich hatte in den Tavernen gelernt, mich zu verteidigen, indem ich Menschen beim Streit über Bier, Spiele oder Liebhaber beobachtet hatte, doch meine Größe und Stärke waren begrenzt. Das Einzige, was ich je als eine Waffe angesehen hatte, war meine Fähigkeit, Leute aufzustacheln und zu ärgern, bis sie Fehler machten oder die Beherrschung verloren.

Aber mit diesem Bogen ... Mit ihm fühlte ich mich noch mächtiger als mit dem Stab. Das Geräusch, das er machte, wenn der Pfeil sein Ziel traf, war hart, endgültig und befriedigend. Die Wucht des Pfeils war nicht durch die Stärke meiner Arme oder die Schnelligkeit meiner Bewegungen begrenzt, nur durch meine Zielgenauigkeit und die Kontrolle über meinen Körper.

»In der letzten Runde hast du neun von den zehn beweglichen Zielen getroffen«, sagte Frima, während sie das Stroh vom Boden entfernte. »Nächstes Mal reiten wir aus und üben im Wald.«

»Warum haben wir das nicht bereits heute gemacht?« Der Gedanke, auf Rasa zu reiten, erfüllte mich mit einer kribbelnden Vorfreude.

»Nächstes Mal. Ich bin sicher, Maz wird mit dir ausreiten, bevor wir zum Erdhof reisen.«

»Da bin ich mir nicht so sicher. Wann reisen wir ab?«

»Es wurde noch nichts verkündet«, sagte sie und zuckte mit den Schultern.

Brynja hatte ein Bad für mich vorbereitet, als wir zurückkamen, und es tat gut, in das warme Wasser zu sinken. Ich bat sie darum, alleine in meinem Zimmer essen zu können, und nachdem mir eine Käsepastete von der Größe meines Kopfes und eine Karaffe Nesselwein serviert worden waren, schaute ich hinauf zu den Balken. »Voror?«

Er segelte zu mir herunter und setzte sich auf den Bettpfosten.

»Kannst du gleichzeitig essen und sprechen?«, fragte er, während ich mir ein Stück des mit geschmolzenem Käse überzogenen Gebäcks in den Mund schob. Sein Ton war abfällig.

»Ja«, antwortete ich mit vollem Mund.

»Lass mich das anders formulieren. *Solltest* du gleichzeitig essen und sprechen?«

»Entschuldige, Voror. Wenn du wissen willst, was los ist, musst du meine Aufmerksamkeit mit dieser wunderbaren Pastete teilen.«

Ich erzählte ihm alles, was hinter dem Wasserfall im Baum passiert war, dazu von dem Gespräch in der Kirche. Ich verschwieg ihm nichts, obwohl ich Schuldgefühle verspürte, weil ich ihm Mazriths Geheimnisse offenbarte. Aber ich musste mit jemandem reden, und Mazrith verweigerte jedes Gespräch. Wenn er nicht so stur wäre, würde ich nicht mit einer magischen Eule darüber sprechen müssen.

»Der Prinz ist also weder ein Schatten- noch ein Gold-Fae?«, sagte Voror nachdenklich.

»Das hat er gesagt.«

»Und er wurde nicht so geboren. Das deutet darauf hin, dass jemand oder etwas ihn dazu gemacht hat. Interessant. Und er scheint die Hoffnung verloren zu haben, weil ihn der Nebelstab abgelehnt hat. Ohne Hoffnung gedeiht die Angst.«

Ich trank etwas Wein und versuchte, meinen Optimismus aufrechtzuerhalten.

»Glaubst du wirklich, dass er ihn abgelehnt hat? Oder hat der Stab ihn einfach noch nicht als seinen Besitzer akzeptiert?«

»Ich weiß nur wenig über solche Dinge.« Sein Kopf drehte sich langsam in Richtung des Stabs, der an meinem Frisiertisch lehnte. »Ich würde ihn nicht aus den Augen lassen, nicht einmal für eine Sekunde. Und du solltest mit dem nervigen Schattenspinner sprechen.«

Ich nickte. »Ja. Gute Idee.«

»Ich habe viele gute Ideen.«

Ich widersprach ihm nicht. Er hatte gute Ideen, das musste man ihm lassen. »Glaubst du, Mazrith hat recht und es sind die Götter, die mir diese Visionen schicken?« Wenn er recht hatte, dann war ich vielleicht doch ein Mensch.

»Es war kein Gott, der mich besucht hat.«

»Bist du sicher?«

Er zögerte, bevor er antwortete. »Ich nehme an, dass ein Gott jede Form annehmen kann, die er will.«

Ich seufzte. »Wer auch immer es war, lass uns hoffen,

dass er mir bald etwas Nützliches schickt. Zum Beispiel, wie man einen Nebelstab zu mehr als einem Holzstab macht.«

Aber ich hatte keine Vision. Drei Tage vergingen, und schon nach dem ersten begann ich mir Sorgen zu machen. Kara und ich verbrachten viel Zeit in der Bibliothek, wo wir jedes Buch, das wir finden konnten, nach Informationen über Nebelstäbe durchsuchten. Wir fanden nichts Hilfreiches.

Ellisar begleitete uns jedes Mal, und ich hatte das Gefühl, dass er es genossen hatte, in unserer Abwesenheit Karas Anstandsdame zu sein. Ich sah, wie er sie immer wieder ansah, und sie errötete und kicherte, wenn er mit ihr sprach. Ich wollte sie nach dem großen Krieger fragen, jedoch war immer entweder Lhoris oder Ellisar in der Nähe.

Am ersten Abend erschien Mazrith zum Abendessen im Kriegszimmer, aber er sprach mit niemandem. Als Frima ihn neckte, wie sie es immer am Esstisch tat, nahm er seinen Teller und verließ den Raum. Ich klopfte an die Tür des Zimmers, in dem er übernachtete, seit er mir sein Schlafzimmer überlassen hatte, aber er reagierte nicht darauf.

Am nächsten Tag trainierten Frima und ich erneut, diesmal mit Stäben und Schwertern. Ich hatte sie darum gebeten, auszureiten, um das Bogenschießen zu Pferd zu üben, aber sie zögerte. Ich war mir sicher, dass es daran lag, dass sie wusste, dass Maz schon mehrmals mit mir ausgeritten war.

»Maz wird nichts dagegen haben«, versicherte ich ihr. »Er wird mich nicht selbst mitnehmen. Er ist ein sturer, dickköpfiger *Heimskr*.«

Aber sie bestand darauf, dass wir stattdessen mit dem Stab übten.

Ich hatte Vorors Rat befolgt und den hölzernen Nebelstab überallhin mitgenommen. Die einzige Magie, die ihm innezuwohnen schien, war die Fähigkeit, zu schrumpfen, so wie alle magischen Stäbe Yggdrasils. Ich verbrachte viel Zeit damit, ihn zu studieren, aber es gab nichts anderes zu sehen als Holz. Keine Edelsteine, keine Schnitzereien, keine Vertiefungen. Er bestand aus nichts anderem als einem Stück Holz, das kleiner wurde, wenn ich es an meinem Gürtel befestigte.

Als Mazrith am zweiten Abend nicht zum Abendessen erschien, klopfte ich so lange an seine Tür, bis er sie endlich öffnete.

»Was willst du?« Seine Haare waren nicht so ordentlich wie sonst, und dunkle Ringe lagen unter seinen Augen. Er trug keine Pelze, nur schwarze Hosen und ein offenes, schwarzes Hemd. All seine Amulette hingen um seinen Hals, darunter auch Thors Talisman. Ich zwang mich dazu, meinen Blick von seiner Brust zu lösen und ihm ins Gesicht zu sehen.

»Dass du versuchst, eine Bindung mit dem Nebelstab einzugehen«, sagte ich unverblümt. »Soweit ich weiß, hast du keinen in deinem Zimmer. Warum verschanzt du dich also dort?« Schatten huschten über seine verengten Augen.

»Lass mich in Ruhe. Ich will nicht mit dir reden.«

»Du musst mit mir reden. Ich bin die Einzige, die dir helfen kann, und im Moment bin ich die einzige von uns beiden, die es versucht.«

»Das kannst du nicht wissen.«

»Stimmt, weil du verdammt noch mal nicht mit mir redest.« Sein Gesicht sah genauso frustriert aus, wie ich mich fühlte. »Was hast du gemacht, seit wir zurück sind?«

»Das geht dich nichts an.«

Mein Mund klappte auf, und ich konnte mich nur knapp davon abhalten, ihm eine Ohrfeige zu verpassen. »Alles, was du tust, geht mich etwas an, Mazrith. Was zum Teufel ist nur los mit dir?«

»Du weißt ganz genau, was mit mir los ist. Der Stab weiß es ebenfalls. Und jetzt lass mich in Ruhe.«

KAPITEL 8

REYNA

Am nächsten Tag besuchte ich Tait. Ich wäre lieber mit Rasa ins Dorf geritten, aber Frima bestand darauf, dass wir mit einer Kutsche fuhren. Sie wartete draußen, als wir die Gasse erreichten, in der sich seine Werkstatt befand.

Ich fand das Chaos in Taits Haus seltsam beruhigend. Das Durcheinander hätte überwältigend oder beengend wirken können, da überall Dinge von der Decke hingen und der Boden und die Bänke mit verschiedenen Materialien bedeckt waren, aber ich hatte das Gefühl, dass es hier nie langweilig wurde.

»Bist du gekommen, um herauszufinden, was in der Kugel vom Eishof war?«, fragte Tait, als ich die Tür hinter mir schloss.

»Nein.« Ich schüttelte den Kopf. »Aber wenn du etwas herausgefunden hast, würde ich es gerne erfahren.«

»Leider nein. Ich habe keine Ahnung, wie man das

verfluchte Ding öffnet.« Sein sonst übliches Grinsen wich einem Stirnrunzeln.

»Du wirst es herausfinden, Tait, da bin ich mir sicher.«

»Hmm. Und was ist der Grund für deinen Besuch? Bist du gekommen, um mich beim Spinnen zu beobachten? Oder um mir zu zeigen, wie du mit Gold arbeitest?«

»Auch das nicht, tut mir leid, Tait. Ich bin gekommen, um dich etwas über Nebelstäbe zu fragen.«

Sein Gesicht hellte sich auf. »Stehst du kurz davor, einen zu finden?«

Ich zögerte. Wenn Mazrith noch nicht mit ihm gesprochen hatte, musste ich sehr vorsichtig sein. »Tait, du verstehst sicher, dass ich vage sein muss.«

Seine Nase zuckte, doch dann nickte er. »Ich verstehe.«

»Wir haben ein Rätsel gefunden, das mit dem Stab zu tun hat.«

»Ein Rätsel?«

»Wer den Stab sucht, soll reinen Herzens sein.

Würdig ist man nicht durch Tugend allein.

Verlässt man den Pfad der Feindlichkeit,

wird man mit wahrer Seelenmagie vereint.«

Tait schob seine Brille auf seiner Nase nach oben, dann steckte er sich den kleinen Finger in den Mund und verzog nachdenklich das Gesicht. »Ich nehme an, dass es bei den Gold-Fae genauso ist, aber welchem Schatten-Fae ein Stab gehört, hängt letzten Endes von seinem Vermögen ab.«

Ich nickte. »Ja. Die Person, die das Material liefert,

wird zu seinem Besitzer. Ich habe nur einen gesehen, der seinen neuen Besitzer abgelehnt hat. Der Stab wurde verwendet, um eine Frau zu töten, und wurde dann an ihren Witwer weitergegeben. Wir haben das Gold eingeschmolzen und wiederverwendet, aber der Stab muss sich daran erinnert haben.«

»Ja, ja, ich habe ähnliche Erfahrungen gemacht, als ich Materialien wiederverwendet habe. Aber ein Nebelstab ... Sie sind von den Göttern selbst geschaffen worden und bestehen aus den Nebeln der Schöpfung.«

In der Bibliothek hatte ich viel darüber gelesen, obwohl die Informationen spärlich waren und allesamt wie Mythen klangen. »Sie haben jedem der Höfe einen geschenkt.«

Tait drehte sich um und begann, in einem Haufen auf einem Tisch zu wühlen. Schließlich hielt er triumphierend die Hand in die Luft, in der sich ein grünes, ledergebundenes Buch befand.

»Das habe ich vor zehn Jahren von einem aus dem Erdhof verbannten Adligen bekommen.« Seine Augen funkelten. »Er hatte einige Dinge aus dem Palast gestohlen, bevor er floh.«

Ich trat näher und griff danach. Tait's Hände umklammerten das Buch noch einen Moment, dann ließ er los. »Es enthält alles, was ich über Nebelstäbe weiß, unter anderem Geschichten über das Verschwinden der Götter.« Neugier durchströmte mich.

»Danke. Ich werde es zurückgeben, sobald ich damit fertig bin.«

»Bitte tu das. In der Zwischenzeit kann ich dir sagen, dass insgesamt zehn Nebelstäbe hergestellt worden sind. Wie du selbst gesagt hast, wurden sie den Höfen von Yggdrasil und den anderen Rassen geschenkt.«

Ich hob eine Hand, um ihn zu unterbrechen. »Den anderen Rassen?«

»Ja. Den Zwergen, den Wölfen und den hohen Fae, oder *Vanir*, wie die Götter sie nannten. Das macht acht. Dann erhielten die Göttin Freya und der mächtige Thor je einen.«

»Und jetzt kennen wir nur noch den Aufenthaltsort von einem von ihnen«, sagte ich. Von *zweien, wenn man den in meiner Hüfte mitzählt.*

»Ja, obwohl ich vermute, dass sie über ganz Yggdrasil verteilt sind.«

Ich hatte den Stab der Königin des Goldhofs gesehen und wusste mit Sicherheit, dass es sich nicht um einen Nebelstab handelte. Könnten die Königsfamilien des Erd-, Eis- und Feuerhofs die ihren behalten haben? Oder steckte einer von ihnen in meinem Gürtel? Ich fragte mich, wie viele mächtige Figuren ihn im Laufe der Geschichte *Yggdrasils* in der Hand gehalten hatten.

»Glaubst du, ein Nebelstab ist in der Lage, sich seinen Besitzer auszusuchen?«

»Das Rätsel lässt das vermuten.« Tait sah mir in die Augen. »Du hast ihn gefunden, oder? Warum sonst hättest du dieses Rätsel erhalten?«

Ich wich zurück. »Ich habe viel erhalten, mit dem ich nichts anzufangen weiß.«

»Deine Visionen?«

Ich nickte. »Jemand hilft mir.«

Tait neigte den Kopf und schwieg, während er erneut auf seinem Finger kaute. »Wenn der Stab Mazrith ablehnt, befürchte ich, dass dies schlimme Folgen haben könnte.«

Mir wurde flau im Magen. »Du glaubst nicht, dass Mazrith würdig ist? Findest du, dass er grausam oder ungerecht ist?«

Der Schattenspinner schüttelte traurig den Kopf. »Nein, Reyna. Ich habe dir das Buch gegeben, weil ich meinem ältesten Freund helfen möchte. Der Prinz ist nicht grausam. Aber er ist auch nicht aufrichtig. Dunkelheit wohnt in ihm.«

Auch in mir wohnte Dunkelheit. Tait wusste nichts von meiner Verbindung zu den Hungernden, oder dass die Älteste versuchte, mit mir in Kontakt zu treten. Für einen kurzen Moment überlegte ich, ob ich ihm davon erzählen sollte, aber meine Lippen blieben geschlossen.

Tait seufzte. »Ich bete, dass dir das Schicksal Antworten liefern wird, Reyna. Um euch beider Willen.«

»Was ist mit ihm passiert?« Die Frage entfuhr mir, bevor ich sie aufhalten konnte.

»Es steht mir nicht zu, seine Geschichte zu erzählen. Außerdem weiß ich es nicht. Ich kann nur Vermutungen anstellen.«

Ich unterdrückte ein frustriertes Schnauben und wechselte das Thema. »Mazrith denkt, meine Visionen könnten von den Göttern stammen, weil sie Wissen enthalten, das kein Sterblicher haben könnte.«

»Wie die Tatsache, dass der König seine Schätze im Stamm von Yggdrasil versteckt?«

»Genau.«

»Es wäre möglich«, sinnierte Tait. »Wenn das stimmt, geht deine Aufgabe über das Stürzen der Königin und die Rettung des Prinzen hinaus.«

Ein unangenehmes Gefühl breitete sich in mir aus. Meine Verbindung zu den Hungernden und die geheimnisvollen Worte der Fae, die Voror getroffen hatte, drängten sich in meine Gedanken.

War Mazrith dazu bestimmt, den Stab zu benutzen, um mir zu helfen? Vielleicht wäre er in der Lage, den Nebelstab einzusetzen, um herauszufinden, warum diese abscheulichen Kreaturen hinter mir her waren. Vielleicht mussten wir sie besiegen, um Yggdrasil zu retten.

Bei dem Gedanken verspürte ich ein Gefühl von Hoffnung, obwohl es von einer unbehaglichen, dunklen Vorahnung begleitet war. Ich war diejenige, die eine Verbindung mit ihnen hatte, nicht Mazrith. Das bedrückende Wissen, dass mein Schicksal mit dem ihren verwoben war, lag wie ein schwerer Stein auf meinem Herzen, und plötzlich verdunkelte sich meine Sicht. Ich tastete nach dem Tisch, doch einen Augenblick später wurde es wieder hell, und der Raum war wieder wie vorher.

»Alles in Ordnung?« Taits Stimme klang besorgt.

Wäre es mir beinahe gelungen, eine Vision der Hungernden heraufzubeschwören, nur weil ich an sie gedacht hatte? Oder wäre es eine Vision gewesen, die mir tatsächlich weitergeholfen hätte?

Mit einer Mischung aus Erleichterung und Enttäuschung blinzelte ich Tait an.

»Ja, es geht mir gut. Tut mir leid.« Ich hielt das Buch in die Höhe. »Ich sollte wohl besser anfangen, es zu lesen. Danke für deine Hilfe, Tait.«

»Wenn es dem Prinzen helfen kann, habe ich es mehr als gerne getan.«

»Oh, eine Sache noch, bevor ich gehe«, sagte ich und erinnerte mich plötzlich an etwas. »Die Rune auf deinem Handgelenk.« Ich zeigte darauf, und er hob den Arm und blickte auf das Zeichen hinab.

»Ja?«

»Hat sie noch andere Verwendungen oder Bedeutungen?«

Er schüttelte den Kopf. »Nein. Diese Rune wird nur für Runenträger verwendet. Ist das im Goldhof anders?«

»Ja«, antwortete ich langsam. »Ich denke schon.« Es gab mehr als ein Dutzend Runen, die Gold bedeuteten, weil es für die Gold-Fae so wichtig war, aber die Rune auf meinem Handgelenk tauchte nur bei Runenträgern auf. »Gab es jemals einen Schattenspinner in der königlichen Familie?«

Tait sah mich an, als hätte ich den Verstand verloren. »Einen königlichen Schattenspinner? Runenträger sind Menschen, Reyna, und es gab noch nie einen Menschen in der Königsfamilie des Schattenhofs. Bis jetzt«, fügte er hinzu und neigte den Kopf in meine Richtung.

»Wir sind noch nicht verheiratet«, murmelte ich.

Warum tauchte diese Rune auf dem Wandteppich mit dem Stammbaum auf? Ich war mir sicher, dass es etwas zu bedeuten hatte. Mit einem Schulterzucken bedankte ich mich erneut bei Tait.

»Pass auf dich auf, Reyna«, sagte er.

Aber als ich einen Schritt auf die Tür zu machte, brach Dunkelheit über mich herein.

Als ich wieder sehen konnte, befand ich mich in der Höhle des Berserkers unter dem Berg. Sofort begriff ich, dass das, was ich sah, keine Erinnerung war. Ich sah durch die Augen eines anderen. *Durch Mazriths Augen.*

War er gerade dort?

»Warum?« Die Stimme des Prinzen hallte durch die Höhle, und eine Flut von Gefühlen durchströmte mich, als er seine Schattenmagie auf die riesige Axt der Statue schleuderte.

Reue, Trauer, Angst.

Aber hauptsächlich Wut.

Die Statue stand groß und still da, während Mazrith auf sie losging.

»Warum sie?«, schrie er. Seine Stimme verhallte, und die Vision verschwand.

Ich sog keuchend Luft ein und ballte die Hände zu Fäusten. Mein Herz pochte wie wild.

Die Wut, die ich gespürt hatte, war so intensiv gewesen, dass mein ganzer Körper zu zittern begann.

»Reyna, was hast du gesehen?« Tait packte meinen Arm und sah mich an.

»Mazrith.«

»Was für eine Vision war es? Geht es ihm gut?«

»Nein, ich glaube nicht.« Zu wissen, dass er in diesem zerstörerischen Wirbel aus Gefühlen gefangen war, war ganz einfach zu viel. Ich hatte es satt, ihm Abstand zu geben.

Der Prinz des Schattenhofs würde mir seine Geheimnisse offenbaren, oder, Freya stehe mir bei, ich würde ihn selbst umbringen.

KAPITEL 9

REYNA

Es dauerte nicht lange, bis ich wieder im Palast war, aber meine Entschlossenheit, Mazrith zu konfrontieren, nahm unterwegs immer mehr zu. Ich würde dem Prinzen klarmachen, dass ich seine Verbündete war, und dass wir gemeinsam einen Weg finden würden, den Nebelstab zu nutzen.

Erst als Frima und ich bei der Schlangensuite ankamen, wurde mir klar, dass es unmöglich war, ohne Schattenmagie in die Höhle des Berserkers zu gelangen. Ich dachte kurz darüber nach, Frima um Hilfe zu bitten, aber Mazrith hatte mir gesagt, dass nur er von den Höhlen im Berg wusste, und ich wollte sein Vertrauen nicht missbrauchen.

Widerwillig entschied ich mich, in seinem Zimmer auf ihn zu warten. Bis er zurückkam, würde ich Taits Buch lesen. Vielleicht würde ich sogar etwas entdecken, was uns weiterhalf.

Auf einmal blieb Frima mitten im Korridor stehen. Ich hielt ebenfalls an. »Was ...«

Ich konnte meine Frage nicht zu Ende bringen.

Schatten umhüllten meinen ganzen Körper und dann sah ich nichts mehr. Schreie und Wehklagen erfüllten meine Ohren, dann erschienen Bilder auf der Innenseite meiner geschlossenen Augenlider. Ich konnte die Schatten nicht abwehren.

Die Bilder zeigten Lhoris und Kara, die im Thronsaal der Königin auf den Gestellen unter der Decke aufgehängt waren. Blut tropfte von ihren Körpern und fiel auf meine Haut, mein Gesicht und meine Lippen. In meiner Vision hob ich die Hand, und Kara krümmte sich qualvoll schreiend.

Galle stieg in meiner Kehle auf. Entsetzen und Abscheu durchfluteten meinen Körper bei dem, was ich sah.

Aber es war mehr als das. Ich sah es nicht nur, ich *erlebte* es. Es war wie ein realer Traum.

In meiner Vision schnipste ich mit den Fingern, und Knochen zerbrachen.

Mir wurde schwindelig, und mein Entsetzen verwandelte sich in Übelkeit.

Ich konnte das nicht erleben. Ich hielt es nicht aus.

Ich versuchte zu schreien, war aber nicht sicher, ob ein Laut über meine Lippen kam.

Die Bilder verschwammen, als ich verzweifelt versuchte, sie zu verdrängen, sie aufzuhalten und sie aus meinem Kopf zu verbannen.

Aber sie verschwanden nicht. Ich folterte die einzigen

zwei Menschen, die ich je geliebt hatte. Und ich genoss es.

»Aufhören! Aufhören, bitte!«, schrie ich, und diesmal hörte ich, wie die Worte aus meiner Brust hervorbrachen.

Ein Teil meines Bewusstseins regte sich, und ich klammerte mich an die Realität.

Es war Schattenmagie, die mich diese Bilder sehen ließ.

Ein stechender Schmerz durchbohrte meinen Kopf wie ein Pfeil. Ich spürte nur vage, wie meine Knie auf den Teppich fielen, und dann hörte ich weitere Schreie.

Einen Moment lang dachte ich, es wären Karas Schreie aus meiner Vision oder meine eigenen, aber als sich meine Sicht klärte, verschwanden sowohl die schrecklichen Bilder als auch der Schmerz in meinem Kopf.

Doch die Schreie hielten an.

Ich öffnete die Augen.

Eine vermummte Gestalt kniete mir gegenüber auf dem Boden, und Mazrith stand über ihr. Schatten flossen aus seinem Stab und umkreisten den Mann, strömten in seine Augen, Ohren und in seinen Mund.

Meine Sicht trübte sich erneut. Zunächst dachte ich, der vermummte Fae hätte mir weitere Bilder gesandt, doch dann realisierte ich, dass ich seine Visionen sah.

Kinder. *Seine eigenen Kinder?*

Sie ertranken in Blut.

Die Erkenntnis traf mich, als ich meine Tränen wegblinzelte.

Mazrith tat dem Fae dasselbe an, was mir angetan

wurde. Er quälte ihn, indem er ihn seine schlimmsten Ängste erleben ließ.

»Mazrith, hör auf!« Ich sprang auf, aber Mazrith nahm mich nicht wahr. Der verhüllte Fae schrie weiter, und irgendwo ging eine Tür auf und Svangrior kam herausgerannt. Frima stand daneben und umklammerte ihren Stab, doch ihre Augen waren voller Unsicherheit. »Hör auf!«, rief ich noch einmal.

»Er wurde geschickt, um dich zu foltern und zu töten.« Mazriths Stimme klang wie das Zischen einer Schlange. »Er verdient es nicht, die gleiche Luft zu atmen wie du.«

»Dann sperr ihn ein und finde heraus, wer ihn geschickt hat! Du musst ihn nicht quälen!«

Sein Blick traf auf meinen, und ich holte scharf Luft. Seine Augen waren schwarz. Nicht von Schatten durchzogen, sondern abgrundtief schwarz und seelenlos. Er wedelte mit seinem Stab, und es gab ein schnappendes Geräusch. Der Hals des Mannes knickte in einem unmöglichen Winkel zur Seite. Sein Schrei verstummte abrupt, bevor sein Körper leblos zusammenbrach.

Übelkeit überkam mich, als die Erinnerungen an Orm zurückkehrten, der das Leben der Kriegerin im Palast des Goldhofs mit genauso erschreckender Beiläufigkeit ausgelöscht hatte.

»Du bist nicht einer von ihnen«, würgte ich hervor, aber es ging nicht darum, dass er die Worte glaubte. Ich wollte sie glauben.

»Kümmere dich darum«, blaffte Mazrith Svangrior an, der abrupt stehen blieb. Er sah zwischen uns hin und her, dann blickte er auf den leblosen Körper. Die Kapuze war zurückgerutscht, als er zu Boden gefallen war. Es war ein junger, hübscher Schatten-Fae.

Mazrith marschierte in seine Gemächer, und seine Schatten folgten ihm.

»Was ist pass...«

Ich machte mir nicht die Mühe, Svangrior zu antworten, sondern stürzte Mazrith hinterher.

»Alle raus!«, brüllte er, kaum hatte er die Suite betreten. Alle gehorchten augenblicklich, und ich war so auf ihn fixiert, dass ich nicht einmal einen Blick auf Brynja und meine Freunde erhaschen konnte, bevor sie den Raum verließen.

»Du bist nicht einer von ihnen«, sagte ich noch einmal, als die Tür zuschlug. »Bitte, Mazrith, sag mir, dass du das nicht bist. Denn diese rücksichtslose Gleichgültigkeit gegenüber den Leben anderer habe ich bisher nur einmal gesehen, nämlich bei Lord Orm.«

Mit wutverzerrtem Gesicht fuhr er zu mir herum. »Natürlich bin ich einer von ihnen, Reyna! Ich bin der Schlimmste von ihnen. Ich bin all das, was du gehört hast, und noch viel mehr.«

»Lügen!«

Er breitete seine Arme aus. »Dieser Mann wollte dich töten. Er hätte dich gefoltert und getötet, weil es ihm von einem anderen Fae befohlen worden war. Das ist es, was die Fae tun. Sie sind wertloses, gieriges, ehrenloses Ungeziefer, und ich bin ihr Prinz. Mehr noch, ich bin ein wahres Monster, erschaffen aus Lügen, Hass und Gier.«

Ich starrte ihn an, und meine Augen füllten sich mit

Tränen. »Nein. Nein, du bist der erste Fae, den ich getroffen habe, der keines dieser Dinge ist.«

»Ich bin all diese Dinge. Du hattest sogar die Ehre, zu sehen, wie ich meine eigene Mutter ermordet habe.« Wut und Verbitterung entstellten sein schönes Gesicht, und bleiche Narben begannen sich auf seiner Haut abzuzeichnen.

»Mazrith, hör auf. Hör einfach auf. Du bist wütend, weil du nicht wolltest, dass ich das sehe. Ich verstehe es, aber das bedeutet noch lange nicht ...«

»Hör mir zu«, unterbrach er mich, seine Stimme war von Macht erfüllt. »In wenigen Wochen wird die Welt sehen, was ich wirklich bin. Und ich werde mich nicht verstecken. Ich werde nicht zulassen, dass sie mich verbrennen oder dich töten. Wenn sie mich nicht akzeptieren, werden sie lernen müssen, mich zu fürchten.«

Alles an ihm hatte sich verändert.

Die abweisende Kälte, mit der er mir in den letzten Tagen begegnet war, war beunruhigend gewesen, aber das hier? Es war ungezügelte Wut, gepaart mit einer Macht, die so dunkel und gefährlich war, dass sie an Wahnsinn grenzte.

»Du willst also wie deine Stiefmutter werden?«

»Ich werde zu dem werden, wozu ich bestimmt bin.«

»Du bist dazu bestimmt, gut zu sein – ehrenhaft und des Respekts der Götter würdig. Du bist dazu bestimmt, dir die Loyalität deines Hofes zu verdienen, nicht ihn zu unterwerfen. Das bist nicht du.«

Er trat auf mich zu, und ich wich instinktiv zurück.

Kein Mut dieser Welt konnte diesem brennenden Zorn standhalten. »Du kennst mich nicht, kleiner Mensch.«

Mir war übel, als ich seinen manischen Blick erwiderte. »Ich werde nicht an deiner Seite stehen, wenn das der Weg ist, den du einschlagen willst.«

»Du hast keine Wahl.« Er hob die Hand und zeigte mir sein Handgelenk, auf dem die schwarze Rune prangte, die auch auf meiner Haut zu sehen war.

Tränen liefen mir über die Wangen, und mein Bauch verkrampfte sich.

Er hatte recht.

Ich kannte ihn nicht mehr. Seine Worte hatten alles, woran ich zu glauben begonnen hatte, mit einem Schlag in Fetzen gerissen.

»Verschwinde.« Meine Stimme war erstickt.

Er starrte drohend auf mich herab, und seine schwarzen Augen waren fest auf mein Gesicht gerichtet. Als er sich nicht rührte, drehte ich mich um und rannte zur Schlafzimmertür. Mir war schmerzlich bewusst, dass dies *sein* Schlafzimmer war und ich keinen Ort hatte, an den ich mich zurückziehen konnte. Ich riss die Tür auf und knallte sie hinter mir zu.

Das Geräusch von zerbrechendem Glas und zersplitterndem Holz ließ mich zusammenzucken, doch dann wurde es still.

REYNA

Ich konnte nicht aufhören, zu schluchzen. Es war mindestens eine Stunde vergangen, als ich ein Klopfen an der Tür hörte.

Ich antwortete nicht, aber die Tür öffnete sich trotzdem. Ich hatte auf Kara gehofft, doch als ich aufblickte, sah ich Frima, die den Kopf durch die Tür steckte.

Sie hob die Augenbrauen, öffnete die Tür etwas weiter und zeigte mir die Gläser, die sie in den Händen hielt.

Ich atmete tief ein und versuchte, meine Tränen wegzuwischen, während sie sich neben mich auf das Bett setzte und mir ein Glas reichte.

»Whisky«, erklärte sie. »Weißt du, dass der Fae, den er getötet hat, ein Attentäter war?«

Ich nahm einen vorsichtigen Schluck, doch das Brennen, das sich in meiner Brust ausbreitete, war unangenehm. »Ja. Mazrith sagte, er sei geschickt worden, um mich zu töten. Bevor er ... du weißt schon ... seinen Hals gebrochen hat.«

»Der Tod ist unvermeidlich, Reyna. Besonders für berüchtigte, gesuchte Attentäter.«

Ich runzelte die Stirn. »Ich weine nicht, weil ein Mann gestorben ist, der versucht hat, mich zu töten.«

»Oh. Gut.«

Ich nahm einen weiteren Schluck. »Ich weine, weil ich dachte, Mazrith wäre etwas, was er nicht ist. Oder weil er zu etwas wird, was er nicht sein sollte. Ich bin mir nicht sicher.« Frima schwieg, und ich sprach weiter. »Er weiß, dass es nichts gibt, was mir wichtiger ist, als meine Freiheit. Und doch hielt er mir diese verfluchte Rune unter die Nase wie ein Tyrann. Als wäre ich seine Gefangene. Er ist nicht besser als der Mistkerl, der vor ihm versucht hat, mich an sich zu binden.«

»Ich denke, dieser Mistkerl wollte dich aus anderen Gründen an sich binden als Maz«, sagte sie sanft.

Das stimmte. Mazriths hatte es getan, um mich zu beschützen. Aber das änderte nichts an der Tatsache, dass er, zumindest momentan, alles verkörperte, was ich an Orm und seiner verrückten Stiefmutter hasste.

»Er drohte, sich den Schattenhof durch Angst zu unterwerfen.«

Diesmal runzelte Frima die Stirn. »Dann kann ich zumindest deine erste Frage beantworten. Er wird zu etwas, was er nicht sein sollte. Der Maz, den ich kenne, würde nie so etwas sagen.«

Ich spürte einen Hauch von Erleichterung, denn ihre

Worte bestätigten, dass ich nicht die ganze Zeit über getäuscht worden war. Ich hatte seine Beziehung zu seinen Kriegern richtig interpretiert. »Wie lange kennst du ihn schon?«

»Seit fast hundert Jahren.«

Ich seufzte. Es war leicht zu vergessen, wie langlebig die Fae waren. »Und er war immer ehrlich und ehrenhaft?«

»Gelegentlich etwas jähzornig und gewalttätig, aber ja, er war immer ehrenhaft. Wie seine Mutter. Ihr Tod war sehr schwer für ihn.«

Ich sah sie mit brennenden Augen an. »Wie ist sie gestorben?«

»An einer Krankheit. Einer von wenigen, an denen Fae sterben können. Er hatte immer den Verdacht, dass seine Stiefmutter etwas damit zu tun hatte.«

»Er glaubte, dass sie die Krankheit ausgelöst hatte?«

Frima atmete tief durch. »Bitte sag Mazrith nichts davon, aber Svangrior, Ellisar und ich wissen mehr, als er denkt. Wir wissen, dass der Stab seiner Stiefmutter allmächtig ist. Und wir vermuten, dass sie erst seine Mutter und dann seinen Vater getötet hat. Es ist durchaus möglich, dass sie mächtig genug ist, um Krankheiten auszulösen.«

»Was weißt du noch?«

»Dass sich Maz nach ihrem Tod radikal verändert hat. Seine Wut, seine Stimmungsschwankungen. Auf einmal hatte er es schrecklich eilig, dich zu finden.«

Ihre Worte ließen mich stutzen. »Er begann, nach

mir zu suchen, nachdem seine Mutter gestorben war, oder?«

»Nein.«

»Was?« Er hatte mir erzählt, dass seine Mutter ihm kurz vor ihrem Tod den Schrein und die Inschrift gezeigt hatte und dass dies der Auslöser dafür gewesen war, dass er nach einer Goldgeberin mit kupferfarbenem Haar zu suchen begann.

»Er hatte schon lange nach einer rothaarigen Menschenfrau gesucht. Seit zehn Jahren vielleicht. Vor fünf Jahren, als seine Mutter starb, erzählte er uns, dass er herausgefunden hätte, dass du eine Goldgeberin wärst. Das grenzte unsere Suche etwas ein.«

Also gab es noch mehr Geheimnisse, die er vor mir verbarg. »Er ist von Sinnen, Frima. Seine Augen waren so schwarz wie die der Königin.«

»Ich weiß.«

»Was hat seine Stiefmutter verrückt gemacht?«

»Das weiß niemand. Sie war bereits verrückt, als sie sich in den Palast einschlich. Es war nicht überraschend, dass Mazriths Vater sie mochte – schließlich war er auch kein Paradebeispiel für gute geistige Gesundheit.«

»Mazrith sagte, er hätte seinen Vater gehasst.«

»Milde ausgedrückt. Sein Vater war grausam, machthungrig – das pure Gegenteil seiner Mutter. Tja, ich ... Ich sollte dir das wahrscheinlich gar nicht verraten, aber Mazrith musste oft die Grausamkeit seines Vaters über sich ergehen lassen.«

Mein Magen zog sich zusammen, als ich mich an

meine Vision von Mazrith als Kind erinnerte, in der er sich hinter der Berserker-Axt unter dem Berg versteckt hatte.

All diese Narben ... War sein Vater dafür verantwortlich? Mir wurde schon wieder übel.

»Wie ist es möglich, dass ihn das Schicksal zu dem gemacht hat, was er ist?« Fast ohne mein Zutun ergriff ich Frimas Hand. »Frima, bitte. Wir dürfen nicht zulassen, dass er so wird wie seine Stiefmutter oder Lord Orm. Er glaubt, dass er ... etwas ist, was er nicht ist.« Würde sie auch weiterhin an seiner Seite bleiben und ihn bedingungslos lieben, wenn sie sah, was unter der Magie seiner Mutter verborgen lag? »Wir müssen seinen Verstand retten, auch wenn ... auch wenn er sich verändert.«

Ihre Augen waren von der Art von Mitgefühl erfüllt, das ich so gern in Mazriths gesehen hätte.

»Du liebst ihn«, sagte sie leise.

Ich schüttelte den Kopf. »Nein. Das kann ich nicht.«

»Du klingst wie jemand, der verliebt ist.«

»Ich bin unfreiwillig an ihn gebunden. Das ist keine Liebe. Aber ich kann auch nicht zulassen, dass er zu einem Monster wird. Er verdient so viel mehr. Dich, deine Freunde, diesen Hof. Yggdrasil.«

Sie zog mich in eine Umarmung, wodurch ich meinen Drink verschüttete. »Ich werde immer zu ihm halten, Reyna. Und zu dir. Du hast meine Treue.«

Gott sei Dank konnte sie die Tränen, die mir bei ihren Worten in die Augen stiegen, nicht sehen.

»Ich bin dankbar, dass mein Körper nicht so viel

Wasser produziert wie ihr Menschen.« Vorors Stimme erklang in meinem Kopf, bevor er auf dem Bettpfosten landete.

Frima löste sich von mir und warf ihm einen misstrauischen Blick zu, dann sah sie mich wieder an. »Ich muss gehen. Kommst du zurecht mit deiner ... Eule? Ich kann Kara holen.«

»Nein, danke. Ich muss mit Voror sprechen.«

Sie nickte und stand auf. »Was auch immer du und Maz tut, ich vertraue euch. Vergiss das nicht.«

Sie zupfte an meinem Zopf und lächelte, dann ging sie.

»Vertraust *du* euch beiden?«, fragte die Eule.

»Ich weiß nicht mehr, was ich denken soll. Glaubst du wirklich, dass er es ernst gemmeinte? Dass er so werden könnte wie ... wie die anderen?«

»Ja. Ich glaube, es wäre möglich.«

»Aber denkst du, dass es passieren wird?« Ich musste anders fragen. Ich hatte keinen Zweifel daran, dass es möglich war.

»Ich weiß es nicht.«

»Voror, glaubst du, dass Mazriths Mutter bereits im Sterben lag? Dass sie an dieser Krankheit litt, von der Frima gesprochen hat? Wenn Mazrith sie getötet hat, als sie bereits im Sterben lag, dann ... dann ist es nicht dasselbe.«

Vorors Schnabel klickte. »Ja. Ich denke, das ist sehr wahrscheinlich. Er hat ihr den Gnadenstoß versetzt, um sicherzustellen, dass ihre Macht an ihn weitergegeben werden konnte.«

Mein Herz schmerzte, als ich daran dachte, und mein Mitgefühl war so viel stärker als die Wut, die er in mir ausgelöst hatte.

»Er ist kein Mörder. Da bin ich mir sicher.« Das Bild des toten Fae blitzte in meinem Kopf auf.

»Dieser Mann hatte den Tod verdient«, sagte Voror und plusterte seine Federn auf. »Ich habe die beiden Krieger sprechen hören, als sie den Leichnam entfernt haben. Es war bekannt, dass er abscheuliche Taten begangen hatte.«

»Er hatte es nicht verdient, gefoltert zu werden«, murmelte ich.

»Im Gegenteil. Es hörte sich so an, als hätte er genau das bekommen, was er verdient.«

»Freya stehe mir bei«, seufzte ich. Ich ließ mich auf die Matratze fallen und rieb mir die brennenden Augen. »Wie kann ich ihn aufhalten? Soll ich Yggdrasil auf diese Weise retten? Indem ich verhindere, dass Mazrith zu einem Tyrannen wird?«

»Ich glaube nicht, dass dies deine einzige Aufgabe ist, aber es wäre sehr wohl möglich, dass dies eine davon ist.«

»Wie kann ich zu ihm durchdringen? Es ist unmöglich.« Ich schlug kraftlos mit den Fäusten auf die Decke. »Er braucht Vergebung. Erlösung. Und das kann ich ihm nicht geben. Nun, ich könnte, aber es scheint ihm nicht genug zu bedeuten.«

Voror schrie leise, und ich richtete mich auf. Er schrie praktisch nie. »Rabenstern«, sagte er gedankenverloren.

»Was? Die Insel?«

»Ja.« Voror zwinkerte mir zu. »Wir müssen das nicht alleine schaffen, Reyna.« Auf einmal klang er aufgeregt, doch noch ehe ich fragen konnte, was er damit meinte, flog er davon.

»Voror!« Aber er war bereits fort.

KAPITEL 11

MAZRITH

»Mazrith!«

Frimas Stimme hallte durch den Trainingsraum, und ich verfluchte mich innerlich dafür, mich nicht in die Höhlen unter dem Berg zurückgezogen zu haben, in die mir niemand folgen konnte.

Ich schleuderte meine Schatten gegen die Trainingspuppe.

»Ich bin beschäftigt.«

Sie schaute auf die Fetzen, die noch an dem Gestell hingen. »Das sehe ich. Ich brauche nur eine Minute.«

»Ich habe keine Minute.« In ein paar Wochen würde sich alles ändern.

»Sie liebt dich.«

Ich drehte mich zu ihr um. »Wie bitte?«

»Sie sagt, dass sie dich nicht liebt, aber nach dem, was man so hört, hast du sie gerade wie den letzten Dreck behandelt, und weißt du, was sie getan hat? Sie hat mich angefleht, zu dir zu halten, auch wenn du dich veränderst. Sie hat mich gebeten, dir zu helfen, damit du nicht verrückt wirst wie deine Stiefmutter.«

Ich starrte sie an. Meine Gefühle zerrten an der Fassade der Selbstbeherrschung, die ich aufrechtzuerhalten versuchte. »Sie ... hat dich angefleht?«

»Ja. Die Frau, die seit ihrer Ankunft hier noch kein einziges Mal bitte gesagt hat, reagiert auf dein idiotisches, verletzendes, krankes Verhalten, indem sie mich anfleht, dir meine Treue zu schwören.« Frimas Stimme wurde weicher. »Maz, sie sagte, du wärst ... nicht mehr du selbst.«

Es war keine direkte Frage, und doch erwartete sie eine Antwort. »Du weißt nicht, wer ich bin. Genauso wenig wie sie.«

Sie runzelte die Stirn. »Wir kennen uns seit unserer Kindheit.«

»Du hast erfahren, was du erfahren solltest. Du hast gesehen, was du sehen solltest.« Ich wandte mich wieder der Puppe zu.

»Unsinn.«

Ich schaffte es nur mit Mühe, meinen Zorn zu kontrollieren. »Geh.«

»Maz, was ist los?«

»Ich sagte, du sollst gehen.«

Ich verfluchte den winzigen Teil in mir, der hoffte, sie würde mir nicht gehorchen und bleiben. Sie war meine engste, älteste Freundin. Aber selbst sie wusste nicht, was unter der Magie meiner Mutter verborgen war.

Reyna wusste es nur, weil sie dieses Wissen

gestohlen hatte. Sie hatte es sich ohne meine Zustimmung genommen.

Hinter mir fiel die Tür zu.

Ich brüllte und ließ meine Schatten erneut auf die Puppe einschlagen.

Die wirbelnde, schwarze Macht würde mir nicht mehr lange gehorchen. Meine Mutter hatte mir nie beigebracht, meine wahre Magie zu benutzen – dazu war sie nicht in der Lage gewesen.

Vielleicht wäre sie stärker.

Ich schnaubte bitter. Es war unwahrscheinlich, außerdem wäre nichts stark genug, um meine Stiefmutter zu besiegen. All das Gerede von der Herrschaft über einen Hof, der mich nicht akzeptierte, war irrelevant. Die Königin war zu stark. Wenn sie überlebte, war unser Schicksal schlimmer als der Tod.

Ich würde fliehen und Reyna mitnehmen. Wir würden uns verstecken.

Sie würde mich nicht wollen, aber wir waren aneinander gebunden. Ich würde ihr Wachhund sein, genau wie Orm gesagt hatte. Ihr Wach*monster*. Ich würde mich in den Schatten verstecken und sie beschützen, ob sie es wollte oder nicht.

»Sie hat mich angefleht, zu dir zu halten, auch wenn du dich veränderst.« Frimas Worte spukten in meinem Kopf herum.

War es möglich, dass sie mich liebte?

Meine Wut schwoll an. Natürlich liebte sie mich nicht. Wer könnte je mit einem Monster wie mir zusammen sein? Hätte sie mich akzeptiert, ohne je gesehen zu haben, wer ich wirklich war, hätte ich sie getäuscht. Und nichts könnte je die Tatsache wiedergutmachen, dass sie einen Lügner und Verräter geheiratet hatte.

Vielleicht war es besser so.

Wut riss an meinen Eingeweiden.

Eine einzelne, weiße Feder schwebte vor mir auf den Boden. Ich hob sie auf, blickte zu den Balken der gewölbten Decke hinauf und sah nichts.

»Deine Insel *Rabenstern* ruft dich.«

Die Stimme in meinem Kopf war überheblich und arrogant. »Voror?«

»Ja. Dort gibt es alte Magie. Die Magie der Götter.«

»Keine Magie kann mir helfen.«

»Es ist die Magie der *Disir*.«

Ich erstarrte, mein Herz setzte einen Schlag aus. Die *Disir* waren die Göttinnen der Geister der Frauen, die nicht auf dem Schlachtfeld gefallen waren. Meine Mutter hatte immer gesagt, dass sie die Kirche auf Rabenstern besuchten, aber ich hatte geglaubt, das wäre einfach nur eine Geschichte gewesen.

Langsam kehrten meine Schatten zu meinem Stab zurück.

Es konnte nicht schaden, die Insel zu besuchen. Es war ein beruhigender Ort, und mein Kopf war in Aufruhr.

»Prinz Mazrith Andask, Herr der Schlangen?«

Ich hielt inne und schaute zur Decke. »Ja?«

»Die strenge Kriegerin hat recht. Reyna liebt dich. Sie weiß es nicht, und sie versteht es nicht. Aber du bist jetzt für mehr als dein eigenes Schicksal verantwortlich. Vergiss das nicht.«

~

Die Kirche war totenstill. Zum ersten Mal, seit wir diesen verfluchten Wasserfall verlassen hatten, spürte ich, wie die Anspannung aus meinen Muskeln wich.

Ich schritt den Gang hinunter, ohne den Blick von dem Wandteppich mit dem Stammbaum abzuwenden.

Lügen.

So viele Lügen.

Wer wäre ich, wenn ich nicht in die Königsfamilie des Schattenhofs hineingeboren worden wäre?

Ein Krieger? Ein Gelehrter? Ein Koch?

Nichts davon war wichtig. Ich war dazu bestimmt, ein Wachmonster zu sein.

Ich kniete vor dem Altar nieder, legte meine Hände auf meine Oberschenkel und senkte meinen Kopf.

Die Mythen besagten, dass die *Disir* mit den Seelen der Verstorbenen kommunizieren konnten. Nicht mit denen, die in Hels kalte, dunkle Welt eingetreten waren, und auch nicht mit denen, die auf dem Schlachtfeld gefallen waren und nun in den Hallen von Walhalla saßen. Sie sprachen nur mit den Seelen, die im Jenseits über Freyas Felder wanderten, mit den Frauen, die ihre Pflichten fernab des Schlachtfeldes erfüllt hatten und mit einer anderen Art von Ehre gestorben waren.

»Mutter. Wenn du mich hören kannst ... Ich habe dich enttäuscht. Ich habe sie gefunden, und du hattest recht, sie war der Schlüssel. Aber die Aufgabe ist zu schwer und die Zeit zu knapp. Ich ... ich bin nicht würdig.«

Leise Glocken läuteten um mich herum, und ich hob ruckartig den Kopf. Vor mir war ein Licht erschienen. Hunderte winzige Sterne vereinigten sich zu einer menschenähnlichen Gestalt.

»Die Disir heißen dich willkommen, Prinz Mazrith«, säuselte eine Stimme, die von einer geisterhaften Brise herbeigetragen wurde.

Die leuchtende Gestalt vor mir bewegte sich, und dann ertönte eine Stimme, von der ich gedacht hatte, sie nie wieder zu hören. Mein Herz machte einen Sprung. »Du könntest mich nie enttäuschen, Mazrith.«

»Mutter? Wie ... wie ist das möglich?«

»Du und das Mädchen habt das Interesse derer geweckt, die mir diese Audienz gewähren. Ich habe nicht viel Zeit.«

Mein Kopf war voller Fragen, aber das Einzige, was über meine Lippen kam, war eine Entschuldigung.

»Es tut mir leid.« Meine schweißnassen Hände umklammerten meine Oberschenkel, während ich auf das Licht der gespenstischen Gestalt blickte. Ich konnte keine Details und keine Formen erkennen, aber ich konnte ihn spüren: den Geist meiner Mutter. »Mutter, es tut mir so schrecklich leid.«

»Mein Sohn, ich bin es, die sich bei dir entschuldigen muss. All die Jahre, all die schrecklichen Dinge, die du hast ertragen müssen – ich konnte ihn nicht aufhalten. Dass du am Ende dazu gezwungen warst, zu tun, was du getan hast, ist grausam. Die Tatsache, dass ich nicht in Hel gelandet bin, ist mein einziger Beweis dafür, dass meine Gründe gerechtfertigt waren.«

»Es war alles umsonst. Ich bin dieser Aufgabe nicht gewachsen. Und Reyna ... Sie hat gesehen, was ich wirklich bin.«

»Was du wirklich bist, ist das, wozu du geworden bist, nicht das, was du versteckst. Du hast ein gerechtes, ehrenhaftes Leben geführt. Deine Haut, deine Augen, dein Gesicht, nichts davon macht dich zu einem Monster. Es sind deine Taten, die dich zu dem machen, was du bist.«

»Das ... hat sie ebenfalls gesagt.«

»Liebst du sie?«

»Ich liebe sie seit Jahren.«

»Dann musst du ihr gestatten, dich ebenfalls zu lieben. Ihre Liebe abzulehnen, obwohl du dich nach ihr sehnst, wäre eine Grausamkeit, die keine Frau verdient.«

»Mutter, wonach sie sich am allermeisten sehnt, ist Freiheit. Und weil ich die Königin nicht vom Thron vertreiben kann, ist das Beste, was ich ihr anbieten kann, ein Leben auf der Flucht. Das kann ich ihr nicht antun.«

Die Stimme meiner Mutter klang fest, als sie antwortete. »Wenn du die Wahl hättest, würdest du gerne ein Schatten-Fae bleiben?«

»Ja. Ich liebe meinen Hof.« Starke Emotionen stiegen in mir auf, doch es war keine Wut dabei. Bedauern vielleicht, aber keine Wut. »Wir haben den Eishof besucht, Mutter. Du hättest es geliebt.«

Ihre Antwort war leise. »Da bin ich mir sicher. Hast

du vor, die Höfe wiederzuvereinigen, wenn du deine Macht zurückerlangst?«

»Natürlich. Wir haben so oft darüber gesprochen, wie schön unsere Welt sein könnte. Ich habe es nicht vergessen.«

»Du verstehst nicht, welche Macht du haben könntest, mein Sohn. Ein vereintes Fae-Reich ... könnte Yggdrasil verändern. Vielleicht genug, dass die Götter eines Tages dorthin zurückkehren werden. Du hast das Potenzial, diese Welt zu heilen, mein Sohn.«

»Ich wünschte, ich könnte mich selbst heilen. Aber der Stab hat mich abgelehnt.« Meine Wut kehrte zurück.

»Mazrith, hör mir zu. Die Heilung, nach der du suchst, entspringt nicht der Magie, sondern der Liebe. Reyna wird dich erlösen. Du musst den Zorn loslassen, der dich zerfrisst. Gib die Vorstellung auf, du seist nicht würdig.«

»Der Stab hat mich abgewiesen. Das *beweist*, dass ich nicht würdig bin.«

»Ich spreche nicht von dem Stab. Ich spreche von Reyna. Du bist ihrer Liebe würdig.«

»Sie verdient etwas Besseres. Ich bin aus Lügen, Wut und Hass entstanden.«

»Schluss damit«, fauchte sie. Ihr Licht leuchtete so hell auf, dass ich gezwungen war, die Augen zu schließen. »Ich habe dich nicht dazu erzogen, die Augen vor der Wahrheit zu verschließen. Öffne sie und sieh, was vor dir liegt. Du sagst, dass ihr nichts mehr bedeutet als ihre Freiheit?«

Ich blinzelte. »Ja.«

»Dann gib ihr ihre Freiheit.«

»Ich habe sie gegen ihren Willen an mich gebunden. Ich kann die Bindung nicht rückgängig machen. Nicht, ohne dass einer von uns stirbt.«

»Wessen Magie hast du verwendet, um diese Bindung zu erschaffen?«

Ich runzelte die Stirn. »Deine. All meine Magie ist deine.«

»Soweit ich weiß, Mazrith, bin ich nicht mehr am Leben.«

»W-was?« Ich richtete mich auf und spürte Verwirrung und Hoffnung in mir aufsteigen. »Wie kann ich ...«

»Ich kann dir nicht mehr helfen. Meine Zeit ist um.« Das Licht war nur noch ein Flackern, und ich verschwendete keine Zeit mit weiteren Fragen.

»Ich liebe dich, Mutter. Ich vermisse dich.«

»Ich liebe dich auch, mein Sohn. Sei stark. Sei gut. Und sei der, für den sie dich hält.«

KAPITEL 12

REYNA

»Reyna? Wach auf.«

Ich fuhr hoch und krabbelte panisch von der tiefen Stimme weg, die von direkt neben mir kam. Es hatte Stunden gedauert, bis ich endlich eingeschlafen war, und mein Kopf war voll mit Bildern von Mazriths schwarzen Augen und den schrecklichen Visionen, die der Attentäter in meinen Kopf gezwungen hatte.

»Alles in Ordnung, Reyna, ich bin es. Du musst dich anziehen und mit mir kommen.«

Es war Mazriths Stimme.

Erleichterung durchflutete mich. Er klang ruhig und sanft. Ich blinzelte in die Dunkelheit und konnte seine Gestalt neben meinem Bett ausmachen. Als sich meine Augen an die Lichtverhältnisse gewöhnten, konnte ich sein Gesicht erkennen. Seine Augen waren klar, nicht schwarz.

»Was willst du?« Ich versuchte, streng zu klingen, damit er nicht bemerkte, wie unglaublich erleichtert ich war, dass er zu mir gekommen war.

»Ich will mit dir ausreiten.«

Mein Mund blieb offen stehen. »Wie bitte?«

»Zieh dich an. Wir sehen uns gleich.« Er drehte sich um und verließ das Zimmer. Ich konnte sehen, dass die Anspannung aus seinen Schultern gewichen war.

»Was in Freyas Namen ...«

Ich verschwendete keine Zeit mehr und zog meine Arbeitskleidung und meine Stiefel an.

Irgendetwas war passiert. Warum das bedeutete, dass wir mitten in der Nacht einen Ausritt machen sollten, wusste ich nicht, aber wenn er bereit war, mit mir zu reden, ohne einen Wutanfall zu bekommen, würde ich ihm nicht widersprechen.

Als ich mein Zimmer verließ und ins Wohnzimmer trat, stand er an der Tür. Wieder trug er nur eine schwarze Hose und ein Hemd, keinen Mantel oder Pelze. Seine Amulette glänzten auf seiner Brust. Das verbleibende Glimmen der Glut im Kamin erhellte den Raum ein wenig, und ich musterte sein Gesicht. Die Dunkelheit war verschwunden. Seine Züge waren angespannt, aber er wirkte mehr besorgt als wütend.

»Was ist passiert?«

»Deine Eule«, murmelte er. »Vielleicht ist sie doch so klug, wie sie sagt.«

Ich runzelte die Stirn. »Wovon sprichst du?«

»Voror hat mir ein aufschlussreiches Gespräch ermöglicht. Ich weiß jetzt, was ich tun muss.«

Meine Verwirrung verwandelte sich in Hoffnung. »Um den Stab verwenden zu können? Er ist hier« Ich klopfte auf den Gürtel, der um meine Hose geschlungen war.

Er sah mir lange in die Augen, dann nickte er in Richtung Tür. »Nicht hier. Die Pferde warten.«

Die Pferde waren bereits gesattelt, als wir die Ställe erreichten, und Jarls Satteltaschen waren voller Pelze. Mazrith half mir wortlos auf Rasas Rücken, und sie schüttelte ihre Mähne und scharrte mit den Hufen, während er sich in Jarls Sattel schwang.

»Wohin reiten wir?«

Mazrith warf den Stallburschen einen prüfenden Blick, dann richtete er seine Augen auf mich. »Folge mir. Reite nicht voraus.«

Fast hätte ich scherzhaft ein Wettrennen vorgeschlagen, biss mir aber auf die Zunge. Ich würde mich hüten, ihn zu provozieren.

Stattdessen nickte ich. »In Ordnung.«

Wir rasten durch den gespenstischen Wald um den Palast herum. Als wir Slaithewaite erreichten, erwartete ich, dass er anhalten würde, um Tait zu besuchen. Aber er ritt weiter, bis wir das schlafende Dorf durchquert hatten. Er trieb Jarl weiter durch den Wald, bis er irgendwann auf einer Lichtung anhielt, die mir bekannt vorkam.

»Hier haben wir das Springen geübt«, sagte ich,

nachdem ich Rasa zum Stehen gebracht hatte. Wie immer, wenn ich auf ihrem starken Rücken saß, war ich von einer kribbelnden Begeisterung erfüllt.

»Ja.« Mazrith sprang von seinem Pferd und band die Zügel an einen nahen Baum fest. Ich tat es ihm gleich, stieg allerdings deutlich vorsichtiger ab.

»Warum sind wir hier?«

»Ich wollte weit weg vom Palast sein. Weit weg von allem und jedem, der uns belauschen oder stören könnte. Der Geist des Attentäters war durch Magie geschützt. Nur ein mächtiger Schatten-Fae ist zu so etwas in der Lage. Es muss jemand im Palast gewesen sein.«

Ich schluckte. »Wir wussten bereits, dass jemand in unserer Nähe ein Verräter ist. Der Schrein, die Schlange ...«

»Darüber möchte ich nicht sprechen. Wichtig ist nur, dass niemand in unserer Nähe ist. Reyna, ich möchte dir etwas geben.«

Meine Augenbrauen zogen sich zusammen. »Was?«

»Hör mir zu. Unterbrich mich nicht und widersprich nicht. Der Nebelstab wird mich nicht akzeptieren.«

»Maz ...«

»Ich habe dir gesagt, dass du mir zuhören sollst.« Er kam einen Schritt näher, und ich sah zu ihm auf. Das Sternenlicht des Schattenhofs fiel in kleinen Sprenkeln durch das Blätterdach über uns, und sein intensiver Blick fesselte mich.

»Ich höre zu«, flüsterte ich.

»Ich habe dich angelogen. Oder besser gesagt, ich

habe dir die Wahrheit verschwiegen. Ich habe schon viel länger nach dir gesucht, als ich dich habe glauben lassen. Ich wusste nur nicht, wo ich suchen musste. Du warst schon seit Jahren ein Teil meines Lebens, obwohl mir jetzt klar ist, dass du nichts davon gewusst hast.«

Ich starrte ihn an. »Ich habe dich an dem Tag kennengelernt, an dem du in meine Werkstatt eingedrungen bist. Wie kann ich schon vorher ein Teil deines Lebens gewesen sein?«

»Du hast fast ein Jahrzehnt lang meine Träume besucht.«

»Deine Träume?«

»Ja. Und das erste Mal, als ich dein Gesicht sah, wusste ich, dass du mich ins Grab bringen würdest. Trotzdem habe ich nach dir gesucht.« Er hob eine Hand und strich mit seinem Daumen über mein Kinn.

»Nein, Maz, ich werde dich nicht ins Grab bringen. Niemals.«

Er ließ seinen Daumen weiterwandern und berührte meine Lippen. »Mir ist jetzt klar, dass mein Ende unausweichlich ist. Bei meiner Suche ging es nie um mich, sondern um dich. Ich bin das Werkzeug, das dir helfen soll, nicht umgekehrt.«

Ich starrte ihn an. »Du glaubst doch nicht etwa, dass ich diesen Stab benutzen kann, oder?«

Mazriths Gesicht kam näher. »Odin stehe mir bei, Reyna. Würdest du bitte still sein und mir zuhören?«

Ich presste die Lippen zusammen, als er seine Hand von meinem Gesicht nahm und einen Schritt zurücktrat.

»Wir können nicht gewinnen, Reyna.« Er hob eine Hand, als ich erneut den Mund öffnete. »Widersprich mir nicht. Yggdrasil wird sehen, was ich wirklich bin, und meine Stiefmutter wird den Schattenhof regieren. Wenn sie tatsächlich mit Orm im Bunde ist und die beiden eine Art Allianz bilden, werden sie unaufhaltbar sein. Du hattest recht, dass ich nicht mit Angst oder Gewalt regieren würde. Ich dachte, das wäre die einzige Möglichkeit, um deine Sicherheit zu gewährleisten, aber das ist nicht das Leben, das du verdienst. Die Wahrheit ist, dass wir zu einem Leben auf der Flucht vor grausamen, rachsüchtigen Fae verdammt sind.«

Ich schüttelte den Kopf, als ich von Gefühlen überwältigt wurde. »Nein«, hauchte ich, aber Mazrith sprach weiter.

»Das kann ich dir nicht antun. Dein Licht ist zu hell, um in der Dunkelheit versteckt zu werden. Du bist zu kühn und zu hartnäckig. Du hast es nicht verdient, an ein Monster gebunden zu sein.«

»Du bist kein Monster, Mazrith.«

Er lächelte mich traurig an. »Es freut mich, dass du das sagst, aber der Rest der Welt wird dir nicht zustimmen. Der Wert eines Wesens wird nicht mehr an seinen Taten gemessen. Es gibt keine Ehre mehr in dieser Welt.«

»Nein.« Ein Gefühl von Übelkeit breitete sich in mir aus.

»Ich werde dich von unserer Bindung befreien. Sie wurde mit der Magie meiner Mutter erschaffen, und sie ist nicht mehr am Leben.«

Ich holte keuchend Luft, und für einen Moment

dachte ich, mein Herz sei stehen geblieben. »Mazrith, was sagst du da?«

Seine Stimme wurde zu einem Flüstern. »Meine Mutter sagte, dass es möglich sei, und ich weiß auch wie. Aber, Reyna – ich möchte, dass du etwas weißt: Auch wenn du mich vielleicht nicht mehr ansehen willst, werde ich immer für dich da sein, wenn du mich brauchst. Immer.«

»Maz, du redest Unsinn!« Panik überkam mich. Die seltsame Ruhe, die ihn ergriffen hatte, war fast noch schlimmer als seine zerstörerische Wut. »Du kannst nicht mit deiner Mutter gesprochen haben, sie ist tot! Was ist los mit dir?«

»Ich habe in der Kirche auf *Rabenstern* mit ihrem Geist gesprochen. Sie hätte dich geliebt. Und du sie«, sagte er leise. »Die Pferde werden versuchen, zu fliehen, wenn ich mein wahres Gesicht zeige. Rasa gehört jetzt dir, sie hat ihre eigene Wahl getroffen. Aber bitte kümmere dich um Jarl für mich.«

Tränen strömten über meine Wangen. »Mazrith, bitte. Was redest du da?« Aber meine verzweifelte Bitte blieb unbeantwortet.

Er hob seinen Stab, und Schatten begannen aus dem Schädel an seiner Spitze zu strömen. Mein Arm hob sich wie von selbst, und die Schatten wirbelten um die Rune auf meinem Handgelenk herum.

»Mazrith!«

Die bronzene Farbe seiner Haut verblasste, und ich sah, wie sie von schwarzen und weißen Flecken überzogen wurde. Helle, weiße Narben brachen darunter hervor, brachen auseinander und haben ein goldenes Leuchten frei. Die riesige Wunde in der Mitte seiner Brust strahlte hell, doch die Ränder waren schwarz und verschorft. Es war, als würde seine Tarnung in die Schatten gesogen werden, die von seinem Stab ausgingen. Mein Handgelenk brannte, und als ich meine Augen von ihm abwandte, sah ich, dass die Rune verblasste.

Er gab die Magie seiner Mutter auf, um unsere Bindung zu lösen.

Die Bedeutung dessen, was er tat, traf mich wie ein Schlag in die Magengrube.

Er gab auf. Er gab die gesamte Suche auf, seine Heimat, sein Volk, seine Magie.

Für mich. Alles nur, damit ich frei sein konnte.

»Mazrith, ich will diese Bindung!« Die Schatten wirbelten auseinander, als sich seine traurigen, aber entschlossenen Augen weiteten. Ich hielt mein Handgelenk hoch und wünschte mir das schwarze Mal zurück. »Ich *will* an dich gebunden sein!«

»Schau mich an«, sagte er. Ein Wirbelsturm aus Schatten und goldenem Licht tobte um uns herum, doch seine Stimme war klar und deutlich. »Du kannst nicht an *das* gebunden sein.«

»Das bin ich bereits! Ich liebe dich.«

Die Schatten erstarrten. Tränen strömten über meine Wangen, während ich in seine Augen blickte. Schwärze breitete sich in ihnen aus, doch es waren immer noch seine Augen.

»Das kannst du nicht.« Seine Worte waren hart.

Ich trat näher an ihn heran und presste meine Hände

gegen seine vernarbte, fleckige Haut. »Ich werde tun, was auch immer nötig ist, um den Schmerz zu lindern, den du ertragen hast. Was auch immer es ist, Maz. Spürst du das?« Ich drückte fest zu und grub meine Finger in seine Haut. »Fühlt sich das wie Angst oder Abscheu an?« Ich stellte mich auf die Zehenspitzen und küsste seine Brust, dann seinen Kiefer. Dann ließ ich seine Schultern los und umfasste sein Gesicht, um ihn zu mir herunter zu ziehen. Ich zwang ihn dazu, mich anzusehen, meine Aufrichtigkeit zu sehen. *Meine Liebe.*

Langsam hob er eine Hand und wischte die Tränen weg, die mir immer noch über das Gesicht liefen. »Weine nicht.«

»Ich weine für dich.«

»Reyna, ich schwöre, dass ich dir für den Rest meines Lebens dienen werde, ob wir gebunden sind oder nicht.«

»Ich will nicht, dass du mir dienst, Maz. Ich will, dass du kämpfst, dass du siegst. Dass du der bist, zu dem dich deine Mutter machen wollte.«

»Ich lebe für dich. Ich liebe dich. Ich habe dich seit Jahren geliebt.« Seine Augen waren wild und hell. Gold blitzte darin auf. »Hast du eine Ahnung, wie schwer es war, dagegen anzukämpfen? Dich zu verletzen und von mir zu stoßen? Dich dazu zu zwingen, mich zu hassen, damit ich nicht vor dir auf die Knie falle und dir mein Herz und meine Seele öffne?«

Ich starrte zu dem hünenhaften Krieger empor. Schwarze Flecken und rote Narben zogen sich über seine kreideweiße Haut. »Du hast dagegen angekämpft, vor mir auf die Knie zu fallen?«

»Ich wusste, dass mich meine Liebe zu dir zerstören würde. Zuerst habe ich es nicht geglaubt. Ich dachte, ich könnte meine Gefühle für die kupferhaarige Frau bekämpfen, nach der ich mich in meinen Träumen sehnte. Aber dann warst du hier und … so viel mehr als die Frau in meinen Träumen. Du warst wie Feuer und Gold in einer Welt aus Schatten und Blut. Ich begriff, dass ich aus einem anderen Grund kämpfen musste – um dich am Leben zu halten.«

Neue Tränen liefen über meine Wangen. »Mazrith, du musst weiterkämpfen.«

Sanft ergriff er mein Handgelenk, und ich nahm widerwillig meine Hand von seinem Gesicht. Die Rune war blass, aber sie war noch da. »Du … willst das wirklich?«

»Willst du es?«

»Mehr als alles andere.«

Er hatte es gerade bewiesen. Er hatte bewiesen, dass ihm mein Glück und meine Freiheit mehr bedeuteten als sein eigenes Leben. »Bring es zurück, Mazrith.«

»Und das sagst du nicht nur, weil du mich nicht mehr so sehen willst?«

Ich umfasste seinen Hinterkopf, zog ihn an mich heran und presste meine Lippen auf seine. Die Anspannung verschwand aus seinem Körper, als er mich fest umarmte und meinen Kuss erwiderte, als hinge sein Leben davon ab.

Und in gewisser Weise tat es das.

Es war mehr als ein Kuss. Es war ein Versprechen.

Das Versprechen, dass ich ihn niemals belügen würde, dass jedes Wort, das ich sagte, der Wahrheit entsprach.

Und es war sein Versprechen, weiter zu kämpfen. Das Versprechen, nie zu dem Monster zu werden, das er zu werden drohte.

Die Schatten kehrten zurück und wirbelten so schnell um uns herum, dass ich dachte, sie würden uns vom Boden heben. Die Rune brannte sich auf meinem Handgelenk ein, und ich genoss die Welle intensiver Empfindungen, während ich meine Arme um Mazriths Hals schlang.

»Ich liebe dich«, keuchte ich zwischen fiebrigen Küssen, doch meine Worte wurden von seinen Lippen verschluckt. »Ich liebe dich.« Die Erkenntnis war wie eine Droge, die jeden Zentimeter meines Körpers und meines Geistes berauschte.

Und er liebte mich.

Es war wie nichts, was ich je zu hoffen gewagt hatte. Alles andere auf der Welt schien Millionen von Meilen entfernt zu sein, nicht nur wegen der verzweifelten Leidenschaft, die ich empfand, als ich in seinen Armen lag.

Es ging tiefer. So tief wie ein Gefühl nur gehen konnte. Er war ein Teil von mir. Seine Seele war mit meiner verwoben, und nichts anderes spielte mehr eine Rolle.

Nichts.

»Spürst du das?«, keuchte ich überwältigt.

»Die Bindung.« Er löste sich von mir. Seine Augen waren wild, seine Narben verblassten, und die Farbe kehrte in seine Haut zurück. »Ich gehöre dir, Reyna. Für immer.«

»Und ich gehöre dir.«

Diese vier Wörter waren mächtiger als alles, was ich je gesagt hatte.

KAPITEL 13

MAZRITH

Sie liebte mich.

Sie wollte mich.

Sie wusste, was ich war, was ich wirklich war, und sie liebte mich immer noch.

Ich wurde von Leidenschaft verzehrt, als sie mich so stürmisch küsste, dass ich ihr Verlangen spüren konnte. Ihre Begierde.

Wir waren miteinander verbunden, wahrhaftig und bis tief in unsere Seelen.

Sie gehörte mir, und ich gehörte ihr.

Ich umfasste ihren Körper und hob sie mühelos hoch. Sie schlang ihre Beine um mich und umklammerte mich so fest, als wollte sie ihren Körper noch näher an meinen bringen, als er es bereits war.

Ich wollte sie noch viel näher spüren. Ich wollte in sie eindringen, sie für mich beanspruchen und sie endgültig mein machen.

Meine Lippen lösten sich von ihren um ihr Kinn,

ihren Hals und ihre Brust zu küssen. Sie zerrte an ihrem Hemd, während ihre Beine fest um meine Taille geschlungen waren. Ich machte ein paar Schritte zurück, bis mein Rücken gegen die Rinde des Baumes hinter mir stieß.

Ich setzte sie gerade lange genug ab, um sie fieberhaft an ihrer Hose ziehen zu lassen. Mir blieb kaum Zeit, meine eigene Hose zu öffnen, bevor ihre Hände danach griffen und sie über meine Oberschenkel zerrten.

Sie starrte auf meinen aufgerichteten, pochenden Schwanz, dann blickte sie zu mir auf.

Verlangen lag in ihren Augen. Mit einem Knurren packte ich sie erneut und hob sie wieder hoch. Ihre nackte Haut unter meinen Händen zu spüren, löste Wellen pulsierender Lust in mir aus. Ihre Brüste drückten gegen meinen Körper, als ich ihren Hintern umfasste.

»Ich liebe dich«, sagte ich, als sie ihre Hände um meinen Hals legte und ihre Knöchel hinter meinem Rücken kreuzte. Ich senkte sie ab und hielt mit einem Zischen inne, als mein schmerzhaft erigierter Schwanz ihre Öffnung fand.

Sie war so feucht, dabei hatte ich sie nicht einmal berührt.

»Ich liebe dich. Ich brauche dich. Mach mich dein, Mazrith.« Ihre strahlenden Augen waren voller Gefühle, und ich küsste sie stürmisch.

In ihren heißen, erregten Körper einzudringen, ließ die Welt um mich herum verschwinden. Alles, was ich noch spüren konnte, war sie. Alles, was ich noch schmecken konnte, waren ihre Lippen. Alles, was ich noch hören konnte, war ihr lustvolles Stöhnen.

So langsam wie möglich drang ich tiefer in sie ein und spürte, wie sie sich um mich herum zusammenzog. Ich versuchte herauszufinden, wie viel sie aushalten konnte und was sie von mir brauchte.

»Mehr«, keuchte sie, und ich senkte sie weiter ab, bis es kein Mehr mehr gab.

Ihre Hände gruben sich in mein Haar, ihre Zähne knabberten an meinen Lippen. Ihr Körper bebte.

Sie war bereit.

Ich hob ihren Körper an und schob die gesamte Länge meines Schafts in sie hinein, während ich verzweifelt gegen ihre Lippen stöhnte.

»Ich gehöre dir, Mazrith. Nur dir. Nimm mich.«

Ihre Worte ließen mich die Kontrolle verlieren.

Ich stieß hart in sie hinein, und sie schrie auf, laut genug, um die Toten zu erwecken.

Meine Finger gruben sich in ihren Hintern, ihre Nägel zerkratzten meine Schultern, und ich stieß immer und immer wieder in sie hinein, härter und härter. Die enge Wärme ihres Körpers verkrampfte sich um mich herum, und ihre Schreie erfüllten den Wald.

»Mein«, keuchte ich, dann lagen ihre Lippen wieder auf meinen.

»Dein«, hauchte sie zwischen fiebrigen Küssen und lustvollen Schreien.

Ich war für sie gemacht. Ihr Körper umschloss mich, als wäre er für mich geschaffen worden. Er war perfekt, und meine Lust schwoll immer mehr an. Sie pulsierte um mich herum, während ich sie mit jedem Stoß ausfüllte und dehnte.

Sie begann, mir ihre Hüften entgegenzuschieben. Ihre Atemzüge wurden kürzer, ihre Schreie lauter.

»Ja«, sagte ich und gestattete mir, mich in ihrem Verlangen zu verlieren. »Jetzt, meine Königin.«

Ihre Hände krallten sich in mein Haar und ihr Kopf fiel nach hinten, als sie sich gegen mich stemmte, um mich so tief in sich zu pressen, wie sie konnte. Ein langer, keuchender Schrei begleitete ihre ekstatischen Krämpfe, dann füllte ich sie mit meinem Erguss und grub knurrend meine Finger in ihren Hintern.

»Mein.«

Sie gehörte mir. Sie liebte mich.

Pochende Lust durchströmte mich. Sie sank gegen meinen Körper und bedeckte mein Gesicht mit atemlosen Küssen.

»Dein. Für immer.«

KAPITEL 14

REYNA

»Du kannst in meinen Kopf schauen. Wenn du willst.«

Bei meinen Worten erstarrte Mazriths Brust unter meiner Wange.

Der Waldboden war gemütlicher, als ich erwartet hatte, und ich hatte keine Ahnung, wie lange wir schon hier lagen.

»Warum möchtest du, dass ich in deinen Kopf schaue?«

Ich drehte mich um, legte mein Kinn auf seine harte, nackte Brust und schaute ihm in die Augen. »Ich möchte, dass du mir glaubst. Alles, was ich zu dir gesagt habe. Ich möchte, dass du weißt, dass es wahr ist. Dass du keinerlei Zweifel hast.«

Er sah mich an. »*Ástin mín*«, flüsterte er.

»Was bedeutet das?«

»Meine Liebe.«

Wärme durchströmte meinen Körper. »Ich mag es.«

Seine Augen blitzten auf. »Besser als *Gildi*? Weil ich weiß, dass du das ebenfalls magst, auch wenn du etwas anderes sagst.«

»Vielleicht möchte ich doch nicht, dass du in meinen Kopf eindringst.«

Sein verspieltes Lächeln verschwand. »Ich glaube dir. Ich brauche keinen Beweis. Wenn überhaupt, wünschte ich, du könntest in meinen Kopf eindringen.« Er wich meinem Blick aus und schaute zu den Baumkronen über uns. »Das würde mir die Aufgabe ersparen, dir alles zu erzählen, was du wissen musst.«

Ich setzte mich auf, und sein Blick fiel auf meine nackte Brust. Ich gab ihm einen spielerischen Klaps auf den Arm. »Du sollst nicht meine Brüste anstarren, wenn du mir deine Geheimnisse verrätst.«

Er warf mir einen langen Blick zu und setzte sich ebenfalls auf. Ich schaute ihm demonstrativ zwischen die Beine, und er lachte laut und zog mich an sich. Sein Daumen strich über meine Wange, während er mir in die Augen sah. »Wenn du mit dem Feuer spielst, wirst du dich verbrennen, *Gildi*.«

»Ich weiß.«

Er küsste mich, und ich schwang ein Bein über ihn und setzte mich auf seinen Schoß. Als ich mich zu bewegen begann, hielt er mich jedoch auf.

»Nein. Bitte. Ich muss dir sagen, wer und was ich bin.«

»Ich weiß, was du bist. Mein.«

Er knurrte zufrieden und küsste mich erneut, diesmal fester. »Und du bist mein«, sagte er, als er sich wieder von mir löste. »Und deshalb musst du es wissen. Ich schulde es dir.«

Er stand auf, zog ein Fell aus Jarls Satteltasche und deckte mich damit zu, bevor er sich wieder neben mich setzte. »Der König des Schattenhofs war nicht mein Vater.«

Ich war mir nicht sicher, was ich erwartet hatte, aber das war eindeutig nicht dabei gewesen.

»Meine Mutter hat ihn nie geliebt. Es war eine politisch arrangierte Ehe.«

»Und wer ist dein echter Vater?«

»Sie hat es mir nie verraten, aber ich weiß, dass er ein Gold-Fae war. Kinder mit Eltern, die zwei verschiedenen Arten von Fae angehören, können sich nicht aussuchen, welche Art von Magie sie beherrschen. Ich wurde mit Gold-Fae-Magie geboren.«

Ich nickte, und meine Augen wanderten zu seiner Brust und zu der riesigen Narbe. Sie verdeckte eine Wunde, von der ich wusste, dass sie golden leuchtete. Tief in meinem Inneren hatte ich immer gewusst, dass er mit Gold verbunden war.

»Mein Vater war außer sich. Es war mehr als deutlich, dass sie ihm untreu gewesen war, und er konnte nicht zulassen, dass die Welt davon erfuhr. Meine Mutter konnte ihn davon überzeugen, mich nicht zu töten und mir stattdessen mithilfe des Nebelstabs seine Magie einzuflößen. Aber er hat nicht funktioniert.« Seine Augen verdunkelten sich, und er wich meinem Blick aus. »Das hat ihn jedoch nicht davon abgehalten, es weiter zu versuchen. Für viele, viele Jahre.«

Galle stieg in meiner Kehle auf. »Die Narben. Deine gefleckte Haut.«

»Ja. Es ist das Resultat der Versuche meines Vaters, seine Schattenmagie in meinen Körper zu zwingen. Schließlich benutzte meine Mutter ihre eigene Magie, um ihn davon zu überzeugen, dass ich endlich genug von seiner Schattenmagie angenommen habe, um ein echter Schatten-Fae zu sein. Ob er ihr glaubte oder nicht, weiß ich nicht, aber von diesem Punkt an hat er mich in Ruhe gelassen.«

Die Erinnerung an Mazrith, der sich als Kind hinter der Berserker-Axt versteckt hatte, tauchte in meinen Gedanken auf. »Mazrith, es ... es tut mir so leid.«

Seine Augen richteten sich wieder auf mich. »Mit Mitleid komme ich nicht gut zurecht. Aber ich danke dir für deine Aufrichtigkeit.«

»Es ist kein Mitleid, Maz.« Das war es nicht. »Es ist Trauer und Wut. Du warst noch ein Kind und wurdest auf abscheuliche Weise misshandelt. Wenn dein Vater noch am Leben wäre, würde ich ihn ebenfalls töten wollen.«

»Dieses Vergnügen hatte ich leider nicht«, seufzte er. »Aber wenn es noch irgendwelche Gerechtigkeit gibt, schmückt er die Hallen von Hel.«

»Möge er in alle Ewigkeit leiden«, sagte ich und zog die Felle enger um mich. »Glaubst du, dass dich dieser Nebelstab zu einem Schatten-Fae machen kann? Obwohl es deinem Vater nie gelungen ist?«

»Es überrascht mich nicht, dass er gescheitert ist. Es

ging ihm mehr darum, mir zu schaden, um Vergeltung zu üben.«

»Du warst ein wehrloses Kind!« Ich ballte meine Fäuste, aber Mazrith streckte eine Hand aus und legte sie auf meine.

»Er ist tot. Wir haben neue Feinde.«

Eine Weile schwiegen wir, und ich versuchte, meine tobenden Gefühle unter Kontrolle zu halten. Ich entschied mich für einen Themenwechsel.

»Erzähl mir von deinen Träumen.«

Er hob eine Augenbraue. »Von dir?«

Ich nickte. »Ja. Jahre, hast du gesagt?«

»Ja.«

»Und was mache ich in diesen Träumen?«

»Was du immer tust. Kämpfen.« Ich runzelte die Stirn, und er fuhr fort: »Ich habe gesehen, wie du mit anderen gesprochen und was du gemacht hast. Nie genug, um herauszufinden, wo du warst, aber genug, um dich kennenzulernen. Ich habe deine Entschlossenheit und dein inneres Feuer gespürt. Deine Leidenschaft.« Er atmete tief aus. »Genug, um mich in dich zu verlieben. Und dann, als ich dich schließlich fand ...«

»Maz ...«

»Du warst das, was ich gesehen hatte, und noch viel mehr. Eine Stimme der Vernunft in einer Welt voller Wahnsinn und Grausamkeit.« Er wickelte eine Strähne meines roten Haares um seinen Finger. »Rot in einem Meer von Braun. Mut in einer Welt voller Feiglinge.«

»Ich bin nicht mutig. Ich habe mein ganzes Leben lang

Angst gehabt. Mein ganzes Leben lang bin ich vor irgendetwas weggelaufen, und ich habe es erst bemerkt, als du mich darauf aufmerksam gemacht hast. Das ist kein Mut.«

»Reyna, an dem Tag, an dem ich dich hierhergebracht habe, wolltest du dein Leben für deine Freunde opfern. Weißt du, wie viele Leute das tun würden?«

»Du unterschätzt die Menschen, Maz. Du lebst in einer Welt voller gieriger, ehrenloser Fae. Es gibt viele Menschen, die genauso handeln würden wie ich. Das schließt auch Lhoris und Kara ein.«

Ich dachte, er würde mir widersprechen, die Fae verteidigen, aber er schaute mich nachdenklich an. »Vielleicht hast du recht. Oder vielleicht täuschen wir uns beide.« Er beugte sich vor und küsste mich. »Bevor ich dich traf, wusste ich nicht, ob du mir diese Träume absichtlich schickst. Und auch dann war ich mir nicht sicher, ob du mich belügst.«

»Also, an dem Abend, an dem ich dir alles gestanden habe ...«

»Ja. Ich wartete darauf, dass du zugibst, dass du in meinen Träumen warst.«

Ich schüttelte den Kopf. »Ich weiß nicht, was ich bin, Maz. Ich weiß nicht, wer ein solches Interesse an mir hat, dass er mir diese Visionen schickt, aber ich schwöre, dass ich bis zu dem Tag, an dem ich hier ankam, nur die vom Gold ausgelösten Visionen der Hungernden hatte.«

»Ich weiß. Ich glaube dir.«

Ich nickte, dann schluckte ich und stellte die Frage, vor deren Antwort ich mich fürchtete. »Du hast gesagt, dass du gewusst hättest, dass ich dich ins Grab bringen würde. Warum?«

Er legte eine Hand an meine Wange. »Ich wusste es einfach. Die Angst, die Intensität, all die Gefühle, die ich in meinen Träumen erlebte. Gefahr, Schicksal. Ich kann es nicht erklären, aber ich wusste es mit vollkommener Gewissheit.«

Ich kannte dieses Gefühl. Ich hatte es mehr als einmal erlebt.

»Bis heute dachte ich, dass es um den Tod dieses Trugbildes, dieser Fassade ging. Dieses falsche ich. Ich dachte, dass ich es opfern müsste, um dir deine Freiheit zu schenken.«

Ich strich mit einer Hand über seine Brust und zeichnete die blassen Narben nach. »Und jetzt?«, flüsterte ich.

»Jetzt spielt es keine Rolle mehr.« Ich quietschte, als er mich in seinen Schoß zog und die Felle von meinem Körper fielen. Er presste seine Lippen auf meine und erstickte das Geräusch. Eine herrliche Wärme durchströmte meinen Körper.

Ich legte meine Hände um sein Gesicht und schob ihn behutsam von mir, damit ich ihn ansehen konnte. »Mazrith, ich möchte, dass du mir zuhörst. Es ist mir egal, wie du aussiehst oder was andere von dir denken. Die Person, in die ich mich verliebt habe, ist die, mit der ich die letzten Wochen verbracht und versucht habe, die Welt zu retten.«

Er sah mir in die Augen. »Dann lass mich diese Person für dich sein. Ich erinnere mich an einen Traum von dir, in dem du mein wahres Ich gesehen hast. Eine

Seite von mir, die dir bis dahin unbekannt war.« Die Hitze zwischen uns verstärkte sich, als seine Stimme tief und heiser wurde. »Ich erinnere mich, dir versprochen zu haben, dass du betteln wirst, *Gildi*.«

»Ich werde nie betteln«, sagte ich und hoffte, dass er versuchen würde, meine Meinung zu ändern. Seine Hand legte sich über meinen Mund, um mich zum Schweigen zu bringen. Ich rieb mich an ihm und spürte, wie hart er war.

Er beugte sich hinunter und strich mit seiner Zunge über meine Brustwarze. Ich stöhnte. Meine Hände vergruben sich in seinem Nacken, und er packte mein Haar und zog daran.

Mit einem Bein spreizte er meine Schenkel, während seine Hand über meinen Bauch nach unten glitt.

»Dann werde ich dich quälen müssen, bis du es tust.«

Ich keuchte, als er mich federleicht berührte.

Er löste sich von meinen Brüsten, und seine Hand ließ mein Haar los, dann hob er mich hoch und legte mich auf die Felle. Sein Körper bewegte sich an mir herunter, küsste meine Haut, und ich sah atemlos zu, wie er die Stelle zwischen meinen gespreizten Beinen erreichte.

Seine Zunge strich über meinen Kitzler, dann wanderte seine Hand zu meinem engen, nassen Eingang. Er leckte mich weiter, während er langsam einen Finger in mich schob.

Ich schrie auf, und er hielt inne.

Ich öffnete den Mund, wollte protestieren und nach

mehr verlangen, doch dann presste ich meine Lippen zusammen.

Er schaute mich mit einem spöttischen Lächeln auf den Lippen an, bevor er erneut den Kopf senkte.

Seine Zunge neckte mich erneut, dann stöhnte ich auf, als er seinen Finger tiefer in mich stieß, ihn beugte und drehte. Meine Muskeln spannten sich um ihn herum an.

Unwillkürlich wimmerte ich seinen Namen, und wieder hielt er inne.

Ich wand mich und presste mich gegen ihn, worauf er kehlig lachte und mich erneut zu lecken begann. Er führte einen weiteren Finger in mich ein und stimulierte mich weiter. Der Druck meiner Lust nahm immer mehr zu, und ich dachte, dass ich kommen würde, noch ehe er erneut innehielt. Aber gerade, als sich meine Muskeln zu verkrampfen begannen und die Welt um mich herum verschwamm, knurrte er gegen meine Haut. »Bettle. Flehe mich an, dich zu erlösen, oder ich werde aufhören.«

Ich gehorchte. Ich konnte mich nicht mehr beherrschen. »Bitte! Bitte lass mich kommen!«

Die Bewegungen seiner Zunge wurden schneller. Seine Finger stießen immer wieder in mich hinein, bis ich von Wellen der Lust überflutet wurde. Ich kam heftig und presste mich gegen ihn. Mein ganzer Körper zuckte, doch er gönnte mir keine Pause. Er drehte mich auf den Bauch, griff mich an den Hüften und zog mich auf die Knie. Ich wimmerte, als ich ihn zwischen meinen Pobacken spürte.

»Willst du meinen Schwanz, *Gildi?*«

»Ja.« Er presste sich gegen mich und verharrte an meinem Eingang. Hart, heiß, riesig.

»Halt dich an den Fellen fest«, sagte er, »und bettel um meinen Schwanz.« Ich konnte mich nicht davon abhalten, meine Hüften zu bewegen, als er mit seinen feuchten Fingerspitzen meine Öffnung umkreiste.

Seine andere Hand strich über meinen Rücken und drückte mich nach unten. Ich stöhnte. Das Gefühl seines Körpers an meinem machte mich fast verrückt, und ich presste mich unwillkürlich gegen ihn. Fluchend griff er nach meinen Hüften. Ich biss mir auf die Unterlippe und schloss die Augen.

»Ich werde mich so oft mit dir vergnügen, wie ich kann«, sagte er mir. Seine Hände wanderten an meinem Rücken empor, strichen durch mein Haar und packten meinen Nacken. »Aber erst, wenn du bettelst. Bitte mich darum, *Gildi.*«

»Bitte«, flüsterte ich. Mein Kopf wurde leicht und mein Körper zitterte, als ich seinen Schwanz spürte. Er war glitschig von meinen Säften.

»Lauter.«

»Bitte«, wiederholte ich verzweifelt. Er stieß in mich hinein, und ich schrie seinen Namen, während sich mein Körper sofort um ihn herum zusammenzog. Er drückte mich noch fester an sich, und ich spürte, wie er noch härter wurde und noch tiefer in mich eindrang.

»Noch einmal«, sagte er hart.

»Bitte«, stöhnte ich.

»Bitte was?« Er zog an meinem Haar und füllte mich mehr aus, als ich es je für möglich gehalten hätte.

»Bitte«, flehte ich. »Nimm mich. Mach mich dein.«

Seine Selbstbeherrschung zerbrach mit einem Knurren, und er drang tief und hart in mich ein. Ich stöhnte, und als er sich zurückzog und erneut in mich stieß, schrie ich auf.

»Bitte«, flehte ich ihn an. Mein Körper kribbelte, als sein Rhythmus schneller wurde. Meine Hände krallten sich in die Felle, als ich mich an ihm rieb und immer wieder seinen Namen wimmerte.

»Du gehörst mir«, knurrte er. Er packte meine Hüften und hämmerte in mich hinein.

»Ich gehöre dir«, stimmte ich zu, während meine Muskeln seinen Schwanz umklammerten. Er knurrte, nahm mich immer härter und schneller. Er füllte mich aus, bis ich dachte, ich würde gleich zerbrechen.

Ich wiegte mich gegen ihn und spürte, wie das intensive Lustgefühl in meinem Inneren anschwoll. Die Hitze meiner Lust nahm immer mehr zu, und alles, woran ich noch denken konnte, war das Gefühl seines Körpers, der den meinen dominierte. Ich vergrub mein Gesicht in den Fellen, schloss die Augen und stieß ihm meine Hüften entgegen, jedes Mal, wenn er in mich eindrang. Ich spürte, wie seine Hand zwischen meine Beine glitt und schrie auf, als er mit seinem Daumen über meine Klitoris strich.

»Komm, *Gildi*. Komm für mich.«

Wieder gehorchte ich. Mein Körper verkrampfte sich um ihn herum, und mein Kopf wurde leicht, als ich von einem überwältigenden Orgasmus überrollt wurde. Pulsierende Wellen der Lust zuckten durch meinen Körper. Seine Stöße wurden langsamer, aber intensiver. Er legte einen starken Arm um meinen Bauch und hob mich hoch, sodass mein Rücken an seiner Brust lag. Seine Lippen fanden meinen Hals, und seine Hände wanderten zu meinen harten Brustwarzen.

»Ich liebe dich«, hauchte er gegen meine Haut und stieß tief in mich hinein. Sein Schwanz pulsierte, als er ebenfalls kam und mich mit seinem Samen füllte.

Ich spürte, wie ich ein zweites Mal kam, schaffte es aber gerade noch, eine Antwort zu flüstern. »Ich liebe dich auch.« Dann sah ich nur noch Sterne.

KAPITEL 15

REYNA

«**R**eyna, wach auf. Wir müssen zurück zum Palast, bevor uns die Stadtbewohner hier finden.«

Sie bewegte sich, dann drehte sie sich um und schmiegte ihr Gesicht an meine Brust. Ihr warmer Atem kitzelte mich, als sie kicherte.

»Nicht sehr königlich, nackt im Wald erwischt zu werden.«

»Es ist mein Wald. Ich kann tun, was ich will.«

Sie lachte erneut und richtete sich auf. »Bei den Göttern, du bist so wunderschön«, hauchte ich, als sie aufstand und ich ihren herrlichen, nackten Körper sehen konnte.

»Du hast gerade gesagt, wir müssen gehen«, sagte sie grinsend. Sie strich sich das Haar aus dem Gesicht, dann blickte sie auf meinen bereits wieder steifen Schwanz. Sie kam auf mich zu, und eine Flut goldener Runen lösten sich von meinem Körper. Sie schwebten von meinem Gesicht empor, lösten sich von meiner Brust, meinem Bauch, sogar von meinen Oberschenkeln.

»Bei den Göttern«, flüsterte Reyna und erstarrte.

Ich fluchte und wünschte, die Runen würden verschwinden. Während wir zusammen gewesen waren, hatte sich keine einzige von meinem Körper gelöst, aber jetzt schien meine Magie alles nachholen zu wollen.

»Warum bewirkt meine Nähe, dass dich die Magie deiner Mutter schneller verlässt?«, fragte Reyna. Ihre Stimme leise und traurig.

»Ich weiß es nicht. Ich hätte sie fragen sollen.« Ich stand auf. Die Zahl der Runen hatte abgenommen. »Aber wenn wir weiterkämpfen sollen, dann brauche ich die Magie, die mir noch bleibt. Um dich beim *Leikmot* am Leben zu halten und um meine Stiefmutter und Orm daran zu hindern, die Macht an sich zu reißen, wenn sie glauben, ich sei schwach.«

Sie nickte mit großen Augen. »Maz, es tut mir leid. Ich will nicht dein Verderben sein, auf welche Weise auch immer. Ich liebe dich. Ich will dir nicht wehtun.«

Ich streckte eine Hand nach ihr aus, aber weitere Runen lösten sich von meiner Wange, und ich wischte sie wütend weg. »Du tust mir nicht weh. Aber wir müssen einen Plan ausarbeiten und schnell handeln.«

Sie begann sich anzuziehen, und ich tat es ihr widerwillig gleich. »Was war in der Flasche, die du im Berg hattest? Könnte das helfen, dass deine Magie länger hält?«

Ich zwang mich, sie anzusehen. »Nein. Das war …

eines von Taits Gebräuen. Es ist keines mehr übrig, auch wenn ich es benutzen wollte.«

Sie warf mir einen besorgten Blick zu. »Was war es?«

»Ein magischer Regenerationstrank. Gestohlen.«

»Von wem gestohlen?«

Ich seufzte. »Von den Fenrir.«

»Die verschollene Wolfsrasse?«

Ich war überrascht, dass sie von ihnen gehört hatte. »Ja. Tait hat eine Methode, um etwas von ihrer Magie aus Reliquien zu extrahieren. Es ist eine fragwürdige Praxis, und eigentlich mag sie es nicht.«

»Diese Klaue aus der Truhe«, sagte sie nachdenklich und strich sich mit den Fingern durchs Haar, um die darin verfangenen Zweige und Blätter zu entfernen. »War es eine Wolfsklaue?«

»Selbst wenn es so wäre, wir haben keine Zeit mehr, um mehr davon herzustellen.«

»Oh.« Sie sah enttäuscht aus.

»Ich nehme an, du hast nichts Hilfreiches über den Nebelstab herausgefunden, während ich ...« Ich verstummte.

»Während du geschmollt hast?«, schlug sie vor. »Nein. Nichts. Du solltest noch einmal versuchen, eine Verbindung mit ihm herzustellen, jetzt, wo du nicht mehr so wütend bist.«

Ich wollte ihr widersprechen, beherrschte mich aber. »Hast du ihn dabei?«

»Natürlich. Ich lasse ihn nie aus den Augen.« Sie reichte mir den einfachen, hölzernen Stab und begann, sich ihren Gürtel umzuschnallen. »Willst du das, ähm, nackt machen?«

»Glaubst du, dass es den Stab kümmert?«

»Wenn er Augen hätte, würde es ihn kümmern. Jeden mit Augen würde es kümmern.«

»Möchtest du, dass ich mich anziehe?«

»Auf keinen Fall. Ich finde, du solltest alles nackt machen. Obwohl ich dann den Stab bräuchte, um all die Frauen abzuwehren, die sich auf dich stürzen würden.«

Ich wusste, dass sie mich neckte, aber das Wissen, dass sie diesen Körper so attraktiv fand, verstärkte nur meine Gewissheit, dass sie mein wahres Ich nicht mögen würde. Meine Gefühle mussten sich auf meinem Gesicht abgezeichnet haben, denn ihr Lächeln verschwand.

»Mazrith, es ist mir egal, wie du aussiehst, ehrlich. Es tut mir leid.«

»Ich weiß.«

Ich wedelte mit dem Stab, sodass er sich zu seiner vollen Länge ausdehnte. Ich schloss die Augen und versuchte, meine Magie in das Holz fließen zu lassen. Jegliche Art von Magie. Nicht nur meine Schatten, sondern auch die Goldmagie, die irgendwo in mir verborgen sein musste.

Nichts passierte.

Ich seufzte und gab Reyna den Stab zurück. »Es tut mir leid, *Ástin mín*.«

»Wir werden eine andere Lösung finden. Vielleicht habe ich bald eine Vision, die uns zeigt, was wir tun müssen«, sagte sie entschieden. »Du solltest ihn behalten.«

»Nein.« Ich schüttelte den Kopf und drückte ihn ihr in die Hände. »Es würde seltsam aussehen, wenn ich zwei Stäbe bei mir hätte. Er sieht aus wie ein gewöhnlicher Trainingsstab, also wäre es weniger auffällig, wenn du ihn behalten würdest. Und du hast recht, wir dürfen ihn nie aus den Augen lassen.«

Sie nahm ihn und steckte ihn in die Scheide, die ich ihr gegeben hatte, dann sah sie mich an. Ich konnte sehen, dass ihr Verlangen, mich zu halten, genauso groß war wie meines. »Ich werde ihn sicher aufbewahren. Wir werden es schaffen. Wir müssen es schaffen.«

Ich zog meine Hose an und wünschte, wir könnten für immer hier auf der Lichtung bleiben. Der Gedanke, zum Palast zurückzukehren und mich der Realität unserer Situation zu stellen, war bedrückend. Ich wollte Reynas Optimismus teilen, das wollte ich wirklich, aber die Wahrheit war, dass uns die Zeit und Möglichkeiten ausgingen.

Ich würde kämpfen, so wie ich es ihr versprochen hatte. Aber ich würde für sie kämpfen.

KAPITEL 16

REYNA

»Mein Prinz.«

Mazrith und ich waren auf halbem Weg die große Treppe des Palastes hinauf. Beim Klang von Rangvalds Stimme blieben wir beide stehen.

Mazrith drehte sich langsam zu ihm um. »Ja?«

Der Berater der Königin neigte den Kopf, doch sein falsches Lächeln erreichte nie seine Augen. »Was für ein Glück, dass ich Euch hier treffe. Ich wollte gerade einen Boten zu Euren Gemächern schicken.«

»Was wollt Ihr, Rangvald?«

»Es hat eine Planänderung in Bezug auf das *Leikmot* gegeben. Die nächste Runde wird nicht im Erdhof, sondern im Goldhof stattfinden.«

Ein unbehagliches Frösteln lief mir über den Rücken, als ich das hörte. *Der Goldhof.*

Ich hatte immer gewusst, dass ich irgendwann dorthin zurückkehren würde, hatte aber nie wirklich darüber nachgedacht, wie es sein würde. Ganz zu schweigen von der Tatsache, dass diese Planänderung höchst verdächtig war.

Mazrith schien das genauso zu sehen, denn er verengte die Augen. »Warum?«

»Der Erdhof ist nicht bereit«, sagte Rangvald und zuckte mit den Schultern. »Irgendetwas mit einem Mangel an menschlichen Sklaven und einer anderweitig beschäftigten Königsfamilie. Aber egal, der Goldhof ist angeblich mehr als bereit, um die nächste Runde abzuhalten.«

Ich wünschte, ich könnte Dakkar fragen und herausfinden, ob es wirklich der Erdhof gewesen war, der diese Entscheidung getroffen hatte. Aber selbst wenn ich das könnte, ich hatte keine Wahl. Ich repräsentierte den Schattenhof in diesen Spielen, also musste ich gehen.

»Wann wird es stattfinden?«, knurrte Maz.

»Wir brechen bei Anbruch des Tages auf.«

»Dann werde ich zur Mittagszeit abreisen.«

Rangvald hob einen Finger. »Tatsächlich wünscht Eure Majestät, dass Ihr gemeinsam reist. Sie findet, dass es einen guten Eindruck macht, wenn Mutter und Sohn gemeinsam eintreffen.« Er schenkte Mazrith ein übertrieben unterwürfiges Lächeln, und ich konnte mich gerade noch davon abhalten, meine Lippen zu verziehen. Der Mann war eine falsche Schlange. Als mein Kopf begann, sich Rangvald mit gespaltener Zunge und einem geschuppten Schwanz vorzustellen, verdunkelte sich meine Sicht.

Sie klärte sich schnell wieder, und ich befand mich in

Rangvalds Kopf. Ich sah Mazrith und mich selbst auf der Treppe stehen.

Ich spürte Angst in ihm, wann immer er den Prinzen ansah, vermischt mit einem Hauch von Bedauern. Aber als er mich ansah, tauchte ein neues Gefühl auf. *Schuld.* Ein mühsam unterdrücktes, schier überwältigendes Gefühl von Schuld.

Die Vision verschwand, und meine schwitzigen Hände umklammerten das Treppengeländer. Ich versuchte, mir nicht anmerken zu lassen, was gerade geschehen war.

»Ich möchte nicht mit ihr reisen«, sagte Mazrith laut. »Die Königin hat eine Entscheidung darüber getroffen, wie sie sich den anderen Höfen präsentiert, als sie zur Unterhaltung der Gäste deren Angehörige entführt hat. Ich werde mich nicht mehr mit ihr abgeben, als ich muss.«

»Mein Prinz, Ihr und Eure ...« Mazrith unterbrach ihn mit einem bösen Knurren, und er verschluckte sich fast an seinen nächsten Worten. »... und Eure *Stief*mutter habt diesen Balanceakt viele Jahre lang gemeistert. Es wäre nicht klug, diese Fassade ins Wanken zu bringen, nicht jetzt, wenn wir so exponiert sind.«

Mazrith trat eine Stufe näher an Rangvald heran, und dieser wich sofort zurück. »Ich reise zur Mittagszeit ab. Es ist mir egal, wann meine Stiefmutter aufbricht.«

Rangvald schluckte. »Ich werde es weitergeben.« Mit einem kleinen Nicken zog er sich die Treppe hinunter zurück.

»Maz«, zischte ich, als er sich mir wieder zuwandte.

Die Wut in seinem Gesicht verwandelte sich in Sorge, und er griff nach meiner Hand.

»Warum bist du auf einmal so blass?«

»Ich war in seinem Kopf«, flüsterte ich.

Mazriths Augen weiteten sich. »Hast du etwas herausgefunden?«

»Es war keine Erinnerung, aber ja. Ich glaube, ich habe etwas herausgefunden. Er hat Angst vor dir.«

»Der Mann ist ein Feigling, natürlich hat er Angst vor mir.«

»Nein«, sagte ich und schüttelte den Kopf. »Es ist mehr als das. Es gibt einen bestimmten Grund, warum er Angst vor dir hat, einen, der nichts mit deiner Macht zu tun hat. Als er mich ansah, wurde er von Schuldgefühlen überwältigt.«

Mazriths Gesicht verhärtete sich. »Er steckt hinter den Anschlägen«, murmelte er. »Komm. Wir sollten nicht hier draußen darüber sprechen.« Er hielt weiterhin meine Hand fest, während er mich den Rest der Treppe hinauf und in die Schlangensuite führte.

Das Wohnzimmer war voll, und alle Köpfe drehten sich in unsere Richtung, als wir eintraten.

»Reyna! Wir hatten uns schon gefragt, wo du geblieben bist!«, rief Kara und sprang von ihrem Platz vor dem Kamin auf, wo sie mit Ellisar ein Spiel gespielt hatte.

»Ihr habt euch gefragt, wo sie geblieben ist?«, murmelte Frima, die Federn für Pfeile zuschnitt. »Beide die ganze Nacht nicht in ihren Betten? Ich war mir ziemlich sicher, dass es ihnen nie besser ging.« Als sie aufblickte, trug sie ein wissendes Grinsen im Gesicht.

Meine Wangen wurden rot. Ich wollte gerade mit einer schlagfertigen Bemerkung kommen, da stand Lhoris aus seinem Sessel auf. »Stimmt es, was sie sagt?«

Kara blieb stehen.

»Was hat sie denn gesagt?« Ich warf Frima einen Blick zu. Sie lächelte noch immer.

»Ich habe ihm nur gesagt, dass ihr beiden herausfinden müsst, was ihr wollt, und dass die Dinge danach möglicherweise nicht mehr so sind wie vorher. Ehrlich gesagt war ich mir nicht ganz sicher, wie es ausgehen würde, aber ...« Sie brach ab und zuckte mit den Schultern, während sie auf unsere ineinander verschlungenen Hände blickte.

Lhoris' Schultern spannten sich an. »Reyna?«

Ich nahm einen tiefen Atemzug und umklammerte Mazriths Hand. Was ich Lhoris sagen wollte, war, dass ich verliebt war. Dass ich das fehlende Stück meiner Seele gefunden hatte. Dass ich herausgefunden hatte, dass das Loch in meinem Inneren nur mit einem hünenhaften, mächtigen, loyalen Schatten-Fae-Prinzen gefüllt werden konnte.

»Mazrith ist nicht unser Feind«, sagte ich stattdessen. »Wir müssen zusammenarbeiten, um unsere wirklichen Feinde daran zu hindern, diese Welt noch weiter von dem Weg abzubringen, den die Götter für uns vorgesehen haben.«

Lhoris sah mich einen Moment lang an, dann drehte er sich langsam um und verließ den Raum.

Ich seufzte und schloss die Augen.

Kara erwachte aus ihrer Starre und stürzte auf mich zu, und ich ließ Maz' Hand los, um sie zu umarmen. »Er braucht einfach nur etwas Zeit. Er wird sich beruhigen«, flüsterte sie. Ein Hauch von Verzweiflung lag in ihrer Stimme. Als ich über ihre Schulter hinweg zu Ellisar blickte, sah ich ihn mit gekreuzten Beinen auf dem Boden sitzen. Er hielt einen Becher in der Hand und trug ein schiefes Grinsen im Gesicht.

»Wirst du dich uns zum Mittagessen anschließen?«, fragte Frima und legte ihre Pfeile hin. Die Frage war an Mazrith gerichtet.

»Ja. Wir müssen Pläne schmieden. Reyna muss das *Leikmot* gewinnen, wenn wir eine Chance haben wollen, genügend Unterstützung zu bekommen, um meine psychotische Stiefmutter ein für alle Mal zu vernichten. Gerade wurde ich über eine kurzfristige Planänderung informiert, die wir besprechen müssen.«

KAPITEL 17

REYNA

»**K**omm mit«, sagte Mazrith leise, als alle in den Kriegsraum gingen, um zu essen. Er ging daran vorbei und hielt an der Tür seines vorübergehenden Schlafzimmers an. Ich folgte ihm in ein viel schlichteres, aber dennoch schönes Schlafzimmer. Über dem Bett befand sich ein hohes Fenster, und links davon war eine Tür, von der ich annahm, dass sie zu einem Waschraum führte. Die Bettlaken waren schwarz, und ein großer Kleiderschrank und ein riesiger Spiegel dominierten die eine Wand.

»Bist du in Ordnung?«, fragte Mazrith, als die Tür geschlossen war. Er streckte die Hand aus und hob mein Kinn an. »Ich möchte nicht, dass du und dein Mentor in einen Konflikt geratet. Das muss sehr schwierig für dich sein.«

Von Zuneigung überwältigt trat ich an ihn heran. »Lhoris liebt mich, das hat er mir erst vor ein paar Tagen gesagt. Er ist wie ein Vater für mich. Er wird sich beruhigen. Du kannst helfen, weißt du.« Ich lehnte mich zurück und sah in seine wirbelnden Augen.

»Ich würde alles für dich tun«, flüsterte er.

»Zeig ihm, wie gut du für mich bist. Wie sehr du mich liebst.«

»Ich werde dir jeden Moment, den ich mit dir habe, zeigen, wie sehr ich dich liebe.« Er beugte sich vor und küsste mich sanft. »Aber jetzt müssen wir über Rangvald sprechen.« Seine Brust spannte sich an, und ich ließ ihn los, um mich auf das Bett zu setzen.

»Er hat etwas damit zu tun, da bin ich mir sicher. Aber ich glaube nicht, dass es die Königin war, die ihn damit beauftragt hat, mich umzubringen.«

Mazrith wirkte nachdenklich. »Du solltest deine Eule rufen. Ich finde sie zunehmend hilfreich.«

Ich grinste. »Er wird begeistert sein, wenn er das hört«, sagte ich. Noch bevor ich den Satz beendet hatte, tauchte Voror auf und landete auf den Kissen.

»Ich bin nicht begeistert. Es ist offensichtlich. Es hätte nicht so lange dauern sollen, das einzusehen«, sagte er.

»Einige von uns benötigen etwas mehr Zeit, um aufzutauen«, sagte ich zu ihm.

»Ich sehe, ihr beiden seid ordentlich aufgetaut.«

»Ja. Wir haben unsere Differenzen beigelegt.« Ich lächelte Mazrith an und spürte, wie meine Wangen warm wurden. Ich war erleichtert, dass Voror uns nicht in den Wald gefolgt war. Oder vielleicht war er es und hatte sich einfach diskret verhalten.

»Und die Sache mit dem Nebelstab?«, fragte Voror.

»Das haben wir noch nicht herausgefunden, aber ich habe es geschafft, in Rangvalds Kopf zu sehen. Ich glaube, dass er etwas mit den Anschlägen auf mein Leben zu tun hat. Er hat Angst vor Maz und fühlte sich schuldig, als er mich ansah.«

Voror neigte seinen Kopf. »Schuldig? Wenn er jemanden bezahlt hat, um dich zu töten, würde er sich kaum schuldig fühlen. Diese Taten passen nicht zu jemandem, der Reue empfindet.«

Ich gab seine Worte an Mazrith weiter, und der Prinz nickte. »Stimmt. Und ich glaube, du hast recht damit, dass die Königin nichts damit zu tun hatte.«

»Nein. Wenn sie von dem Schrein wüsste und in der Lage wäre, dir dorthin zu folgen, wüssten wir inzwischen davon.«

»Und Rangvald ist ihr engster Berater. Wenn er davon wüsste, hätte er es ihr sicherlich gesagt«, sagte Maz.

»Weißt du, ich glaube nicht, dass er der Königin so treu ergeben ist, wie du denkst«, sagte ich langsam. »Ich hatte den klaren Eindruck, dass das Ausschalten aller Schattenspinner ein großes Problem für ihn ist. Ich glaube, er weiß, wie gefährlich die Königin für den Schattenhof ist. Und für den Rest von Yggdrasil.«

»Warum würde er dir dann den Tod wünschen?«

»Ich weiß es nicht. Er kann nicht alleine gehandelt haben. Die Schlange wurde in meinem Zimmer versteckt, also muss jemand Zugang dazu gehabt haben. Nur jemand in unseren engsten Kreisen könnte das getan haben.«

Mazrith schüttelte den Kopf. »Nein. Ich vertraue ihnen. Allen von ihnen.«

Ich seufzte. »Dann spioniert uns jemand aus, der über große Macht verfügt.«

»Dies ist der Palast des Schattenhofs. Er ist voller mächtiger Spione.« Mazrith warf mir einen kurzen Blick zu. »Obwohl ich glaube, dass die beste aller Spione in diesem Zimmer ist.«

Ich rutschte unbehaglich auf dem Bett umher. »Ich tue das nicht freiwillig.«

»Nein. Aber wir müssen es zu unserem Vorteil nutzen.«

»Ich wünschte, ich könnte entscheiden, wann ich eine Vision bekomme«, murmelte ich. »Und ich möchte immer noch wissen, warum ich im Eishof keine hatte.«

»Machst du dir Sorgen, dass du auch in der nächsten Runde der Spiele keine bekommen wirst?«, fragte Voror.

»Ja«, gestand ich. Ich sah Mazrith an, der zwischen der Eule und mir hin und her blickte. »Glaubst du, dass es dir helfen wird, die Macht über deinen Hof zu erlangen, wenn ich das *Leikmot* gewinne?«

Mazrith nickte. »Ja. Um die Königin zu stürzen, werden wir Hilfe brauchen. Es würde helfen, wenn ihr Plan, uns zu demütigen, schrecklich fehlschlagen würde, sodass sie am Ende wie eine Närrin dasteht.«

»Es ist extrem unwahrscheinlich, dass du das *Leikmot* gewinnst«, sagte Voror.

»Und es wird noch schwieriger, wenn ich keine Visionen habe, die mir dabei helfen. Es war schwer genug, die Spiele im Eishof zu überleben, geschweige denn sie zu gewinnen«, seufzte ich.

Mazrith verspannte sich. »Dir wird nichts passieren.«

Ich lächelte ihn an. In einem Versuch, ihn zu beruhigen, hob ich meinen Zopf. »Ich weiß. Schau. Ich bin besser, als sie denken.«

»Du bist besser als sie alle«, knurrte er.

»Danke. Trotzdem werde ich jede Hilfe annehmen, die ich bekommen kann. Vor allem, wenn wir als Nächstes zum Goldhof reisen.«

Mit besorgter Miene stand Mazrith auf. »Diese Planänderung gefällt mir nicht.«

»Mir auch nicht. Aber als wir *Kubb* gespielt haben, erwähnte eines der Kinder eine Krankheit, mit der sie zu kämpfen haben. Vielleicht ist die Königsfamilie des Erdhofs tatsächlich nicht in der Lage, die Spiele abzuhalten.«

»Hmm. Ich denke, wir sollten sehr, sehr vorsichtig sein.«

Ich schenkte ihm einen nüchternen Blick. »Du hast mich aus dem Goldhof entführt. Ich war eine ihrer wertvollsten Ressourcen, und jetzt bringst du mich dorthin zurück. Befürchtest du wirklich, ich könnte unvorsichtig sein?«

Er nahm meine Hand und sah mich liebevoll an. »Ich bringe dich als meine Verlobte dorthin zurück, nicht als eine Sklavin. Das sollen alle sehen. Und wenn Rangvald unabhängig von der Königin gegen uns vorgeht und wir mehr Feinde haben, als wir dachten, dann glaube ich, dass wir Lhoris und Kara ebenfalls mitnehmen müssen. Man könnte sie als Druckmittel gegen dich verwenden, also müssen sie in meiner Nähe bleiben, damit ich sie beschützen kann.«

Sein Blick schweifte ab, und ich spürte, was ihm durch den Kopf ging. »So lange du sie noch beschützen *kannst*«, flüsterte ich und strich mit meinem Daumen über seine Fingerknöchel.

»Ja. Das ist der zweite Grund, warum ich sie in unserer Nähe haben möchte. Orm und die Königin könnten uns im Goldhof in eine Falle locken. Meine Magie könnte versiegen, und wenn das passiert, müssen wir möglicherweise schnell handeln. Ich weiß, dass du sie niemals zurücklassen würdest, falls wir zur Flucht gezwungen würden, also kommen sie mit. Sie bleiben an unserer Seite.«

Meine Liebe zu ihm wärmte mein Herz. »Danke, Maz. Danke.« Ich trat auf ihn zu, um ihn zu küssen, doch in dem Moment sprang mir etwas ins Auge.

»Maz, schau!«

Mein Ring veränderte sich. Die Farbe des Steins, den die Schlange in ihrem Mund hielt, verblasste. Goldene und schwarze Ströme tauchten darin auf und verbanden sich miteinander.

Maz sah vom Ring zu mir auf, und seine Augen leuchteten. »Es ist ein Feuerstein. Sie sind sehr selten und in der Lage, eine Verbindung mit ihrem Träger herzustellen.« Er strich mit einem Finger über mein Kinn. »Du hast mich akzeptiert.«

»Ich habe dich schon vorher akzeptiert.«

Ein Lächeln umspielte seine Lippen. »Dann haben diese Gefühle ihren Weg zu deinem Ring gefunden.«

Ich hielt ihn in die Höhe und beobachtete, wie die goldenen und schwarzen Ströme miteinander tanzten. »Vielleicht mag ich ihn doch«, sagte ich grinsend.

KAPITEL 18

REYNA

Das Mittagessen war ganz anders als die letzten paar gemeinsamen Mahlzeiten, die wir in der Schlangensuite eingenommen hatten, obwohl Lhoris nicht erschien.

Alle lachten und redeten. Die drückende Anspannung, die von Maz oder seiner auffälligen Abwesenheit ausgelöst worden war, war verschwunden. Selbst Svangrior beteiligte sich am Gespräch und machte Scherze, obwohl er der einzige Fae im Raum war, dem ich noch immer nicht ganz vertraute. Ich konnte mir nicht vorstellen, dass Frima oder meine Freunde mich verraten würden, also blieben noch Svangrior, Ellisar und Tait. Einer der drei war deutlich schlauer und aufbrausender als die anderen.

Das Gespräch verstummte nie und drehte sich mehrheitlich darum, was uns im Goldhof erwarten könnte.

»Es wird sehr merkwürdig für dich sein, den Goldhof

wiederzusehen, Reyna«, sagte Kara. »Glaubst du, du wirst unsere alte Werkstatt sehen?«

Ich konnte nicht sagen, ob das in ihrer Stimme Wehmut oder Furcht war. »Nein, ich denke, dass es zu gefährlich sein wird, den Palast zu betreten.«

Ich stieß Maz in die Rippen, um ihn dazu zu bringen, ihr von unseren Plänen zu erzählen.

»Ich habe beschlossen«, sagte Mazrith so laut, dass die anderen Gespräche am Tisch verstummten, »dass wir diese Reise gemeinsam antreten werden. Wir alle.«

Tait strahlte, Kara starrte ihn an, und Ellisar knallte seinen Krug auf den Tisch. Dann gingen die Gespräche weiter.

»Aber Reyna, was, wenn sie versuchen, uns zurückzubekommen?«, fragte Kara. »Du vertrittst den Schattenhof, dich können sie nicht entführen, aber Lhoris und ich ...«

»Sie werden nicht einmal in eure Nähe kommen«, sagte Mazrith. Er warf mir einen Blick zu und sah dann wieder Kara an. »Es sei denn, ihr wollt in eure Werkstatt im Palast des Goldhofs zurückkehren?«

Ich schaute Maz scharf an, doch dann dämmerte es mir. Ich hatte bisher nicht einmal in Betracht gezogen, dass meine Freunde vielleicht in ihre Heimat zurückkehren wollten.

»Aber wenn wir sie im Goldhof zurücklassen, könnten sie als Druckmittel gegen mich eingesetzt werden«, platzte ich heraus. »Ich kann nicht zulassen, dass sie meinetwegen verletzt werden.«

»Schon gut, Reyna«, sagte Kara mit einem Lächeln. »Ich möchte bei dir bleiben.«

»Und Lhoris? Glaubst du, er wird zurückkehren wollen?«

»Er vermisst das Arbeiten mit Gold«, sagte sie leise. »Vielleicht. Aber ich denke, selbst wenn er es wollte, würde er bei uns bleiben, bis das hier vorbei ist.«

»Was auch immer *das hier* ist«, murmelte ich. Wenn die Königin die uneingeschränkte Herrschaft über den Schattenhof erlangte, würden wir entweder fliehen oder um unser Leben kämpfen müssen. Keiner unserer Pläne beinhaltete eine Rückkehr zum Goldhof. Ich seufzte. »Ich werde Lhoris fragen. Er muss selbst eine Entscheidung treffen.«

Kara blickte an mir vorbei zu Maz. »Danke.« Er sah sie fragend an. Ihre Stimme zitterte ein wenig, wurde dann aber schnell fester, als sie sagte: »Dass du anbietest, uns freizulassen. Du und deine Krieger seid nicht das, was man uns im Goldhof glauben gemacht hat.«

Maz senkte den Kopf. »Es tut mir leid, dass ich euch auf diese Art und Weise aus eurem Zuhause gerissen habe.«

»Die Gründe für unsere Entführung sind ehrenhafter, als ihr glaubt, auch wenn er sie euch nicht erklären kann«, sagte ich unbeholfen. »Ehrlich.«

»Ich glaube dir. Und ich freue mich darauf, mehr über deine geheime Mission zu erfahren, wenn du sie vollendet hast.« Kara lächelte mich an. Es war nicht das erste Mal, dass ich wünschte, ich könnte ihre Zuversicht teilen.

~

Nach dem Mittagessen verschwanden Mazrith und Frima, um das Beladen des Schiffes zu überwachen, aber bevor er ging, zog mich Maz zur Seite.

»Reyna, ich ... ich möchte es Frima sagen.«

»Das mit uns? Glaub mir, sie weiß es.« Während dem Essen hatte sie mich andauernd angegrinst und mir vielsagende Blicke zugeworfen.

»Nein. Das über mich.«

»Vielleicht ist das eine gute Idee. Und ich glaube, dass sie mehr weiß, als du denkst.«

Er nickte. »Bis wir wissen, wer mit Rangvald unter einer Decke steckt, wird nur sie es erfahren.«

Ich wusste, dass er das aufgrund meines Misstrauens seinen Kriegern gegenüber tat, und ich drückte dankbar seinen Arm. »Ich bin sicher, dass sie dir treu ergeben sind, aber ...«

»Ich werde kein Risiko eingehen«, unterbrach er mich. »Der Geist ist zerbrechlich und kann manipuliert werden. Ich mag stur sein, aber ich bin nicht blind. Nur Frima wird es erfahren.«

Svangrior sah genervt aus, als Maz ihm sagte, dass er nicht auf dem Schiff, sondern in der Waffenkammer gebraucht werde. Ellisar begleitete den mürrischen Krieger, und Kara und ich spielten Schach. Als ich mich vergewissert hatte, dass Lhoris immer noch in seinem Zimmer war, erzählte ich ihr, was zwischen Mazrith und mir geschehen war, ließ aber alles aus, was mit Maz' Geheimnis und dem Nebelstab zu tun hatte.

»Ihr hattet Sex auf einem Baum?«, flüsterte Kara mit offenem Mund.

Ich errötete und nickte. »Und es war wie nichts, was ich je erlebt habe.«

Sie schüttelte den Kopf. Auch ihre Wangen waren rot. »Ich kann es mir nicht mal vorstellen!«

»Wenn du Ellisar genauso sehr magst, wie ich glaube, dass er dich mag, musst du es dir vielleicht nicht nur vorstellen.« Meine Worte hatten einen neckischen Unterton, und ich hoffte, dass sie mir mehr erzählen würde. Eine Mischung aus einem Prusten und einem verlegenen Kichern entkam ihr.

»Er mag mich nicht auf diese Weise.«

»Hmm. Magst du ihn?«

»Er ist klüger, als er aussieht.«

»Das ist keine Antwort.«

»Er steht auf Essen, Kämpfen und ... *Sex*.« Das letzte Wort flüsterte sie. »Zumindest sagt er das, wenn er mit anderen spricht. Mir gegenüber erwähnt er diese Dinge kaum. Abgesehen vom Essen.«

Ich lächelte sie an. »Worüber redet er mit dir?«

»Medizin. Magie. Geschichte.«

»Vielleicht ist das Gerede über Kämpfen und Sex einfach nur ... Gerede.«

»Reyna, ich weiß, was für eine Art von Mann er ist.« Sie schüttelte den Kopf. »Nein. Ellisar und ich würden nicht zusammenpassen.«

»Ganz wie du meinst«, sagte ich und erinnerte mich daran, dass Frima etwas Ähnliches zu mir gesagt hatte, als ich meine Gefühle für Maz abgestritten hatte.

»Das tue ich. Also, was passiert jetzt mit dir und Mazrith?«

»Ich weiß es nicht. Wir können erst zusammen sein, wenn ...« Ich versuchte, ihr die Wahrheit zu sagen, ohne ihr zu viel zu verraten. »Wenn er seine Stiefmutter beseitigt hat.«

»Und wie will er das machen?«

»Wir werden versuchen, die nächste Runde des *Leikmot* und die Gunst des Schattenhofs zu gewinnen. Dann sehen wir weiter.«

»Ich denke, der plötzliche Wechsel zum Goldhof ist verdächtig«, sagte Kara.

»Ich weiß. Du hast recht, aber du brauchst dir keine Sorgen zu machen. Wir werden uns vom Palast und Orm fernhalten, und Maz und seine Krieger werden uns beschützen.«

»Ich weiß. Ich vertraue ihnen. Aber du musst mit Lhoris sprechen. Ich weiß nicht, was er davon halten wird, zum Goldhof zurückzukehren.«

Ich schloss die Augen, dann zwang ich mich dazu, aufzustehen. »Du hast recht. Ich sollte es gleich tun.«

Brynja hatte vor einer Stunde einen mit Speisen und Getränken beladenen Wagen in die Suite gebracht, also belud ich ein Tablett und machte mich mit nervös schlagendem Herzen auf den Weg zu Lhoris' Zimmer.

»Ich habe Essen für dich, Lhoris«, rief ich durch die Tür. »Und Brandy.«

»Komm rein.«

Er saß am Fenster und rauchte seine Pfeife, während er in den Sternenhimmel blickte. Er drehte sich nicht um, als ich das Tablett auf den Schreibtisch stellte.

»Ich werde mich nicht dafür entschuldigen, dass ich mit ihm zusammen bin, Lhoris. Das wäre nicht richtig«, sagte ich leise. »Aber ich kann dir sagen, dass er nicht das ist, wofür du ihn hältst.«

»Diese ganze Welt ist nicht das, wofür ich sie hielt«, antwortete er genauso leise. »Siehst du diesen Himmel?«

»Ja.«

»Er ist wunderschön.«

Ich neigte den Kopf. Es war nicht das, was ich zu hören erwartet hatte. »Ja.«

»Ich hätte nie gedacht, dass ich je einen Himmel sehen würde, der nicht der des Goldhofs ist.«

»Ich habe immer gewusst, dass ich das würde.«

Als er sich zu mir umdrehte, war sein Blick hart. »Ja, du magst die Macht einer Goldgeberin haben, aber du warst nie für den Goldhof bestimmt.«

Ein kalter Schauer lief über meinen Rücken. Würde er mich doch verstoßen?

Sein Blick wurde weicher. Er stand auf und streckte mir einen Arm entgegen. »Schau nicht so traurig drein, Reyna. Du bist nicht diejenige, auf die ich wütend bin.«

Ich nahm seine Hand. »Du solltest auch Maz nicht böse sein. Er ist weder gierig noch grausam. Ich schwöre es.«

»Reyna, mein Zorn gilt der Welt. Den Kräften, die dich so unvorbereitet in diese Situation hineingeworfen haben.«

»Du bist nicht wütend auf Mazrith?«

»Nein. Das habe ich kommen sehen wie einen Felsen, der einen Abhang hinunterrollt. Aber ich verstehe die Götter nicht. Wenn du zu mehr bestimmt bist, dann hättest du Zeit haben sollen, dich vorzubereiten, stark zu werden.« Frustration lag in seiner Stimme.

Ich lächelte ihn an. »Das ist genau das, was ich jetzt tue. Und diese Fae helfen mir dabei. Sie helfen mir, stark zu werden.«

Er drückte meine Hand. »Stark genug, um dich gegen sie zu verteidigen?«, flüsterte er.

»Lhoris, ich habe es dir doch gesagt. Ich muss mich nicht gegen sie verteidigen. Sie sind nicht unsere Feinde.«

»Der Prinz nicht, da hast du recht. Ich sehe, wie er dich anschaut ... Ich glaube, er hat tiefe Gefühle für dich.«

»Er hat lange nach mir gesucht. Wir sind miteinander verbunden, und das geht über jede Vernunft und jede Logik hinaus. Es ist Schicksal.«

Endlich lächelte Lhoris. »Dann freue ich mich für dich.«

»Wirklich?«

»Ja. Aber das bedeutet noch lange nicht, dass ich den anderen oder diesem Ort vertraue.«

»Du hast gerade gesagt, er sei schön.«

»Noch ein Grund, ihm zu misstrauen.«

Ich biss mir auf die Lippe. »Heute wurde eine Ankündigung gemacht. Der Erdhof ist nicht in der Lage, die nächste Runde des *Leikmot* abzuhalten, also werden wir morgen zum Goldhof reisen. Wir alle.«

Er versteifte sich. »Alle?«

»Ja. Wir glauben, dass die Königin nichts mit dem letzten Angriff auf mich zu tun hatte. Maz denkt, dass es nicht sicher sein wird, wenn ihr im Schattenhof bleibt. Es ist verdächtig, dass die nächste Runde nicht im Erdhof stattfindet. Er vermutet, dass sie uns eine Falle stellen wollen. Er will dich und Kara für den Fall dabei haben, dass wir schnell reagieren müssen.«

Lhoris sah mich lange an. »Du weißt schon, wie das aussehen wird, oder? Er wird mit seinen gestohlenen Goldgebern vor den Fae des Goldhofs herumspazieren, die seinetwegen keine neuen Stäbe herstellen können. Es wäre höchst provokativ.«

»Nein. Er nimmt dich nur mit, weil du mir wichtig bist und er weiß, dass ich dich nicht im Schattenhof zurücklassen würde, wenn ...« Ich brach ab, als ich realisierte, dass ich ihm nicht zu viel verraten durfte.

»Wenn du fliehen musst«, beendete Lhoris den Satz und seufzte. »Du glaubst, dass du am Ende doch auf der Flucht sein wirst.«

»Ja. Aber im Gegensatz zu meiner geplanten Flucht vor Orm und dem Goldhof werde ich nicht allein sein. Mazrith wird mich nie wieder verlassen.«

Lhoris hob die Hand und strich sich über den Bart, während seine Augen die meinen fixierten. »Dann werde ich widerspruchslos mitkommen.«

»Danke«, hauchte ich. »Und, wenn wir nicht zur Flucht gezwungen werden, hat Mazrith Kara angeboten, im Goldhof zu bleiben. Er wird dir dasselbe anbieten.«

»Wir sind nicht mehr seine Gefangenen?«

»Das wart ihr nie. Er hat uns entführt, um uns in Sicherheit zu bringen. Wenn unsere Leben nicht mehr in Gefahr sind, können wir leben, wo wir wollen.«

Lhoris' Blick wurde weicher. »Und du? Wird dein Platz an seiner Seite sein?«

»Ja.«

»Hier?«

Ich nickte. »Wenn seine Stiefmutter nicht mehr auf dem Thron sitzt, wird der Schattenhof ihm gehören.«

Lhoris blickte auf die schwarze Rune an meinem Handgelenk. »Und du wirst die gebundene Königin der Schatten sein.«

KAPITEL 19

REYNA

Ich sah Mazrith erst wieder, als ich in seinem riesigen Himmelbett lag und kurz davor war, einzuschlafen.

Er klopfte leise an die Tür und trat ein, ohne auf eine Antwort zu warten. Mein Herz schlug höher, als ich verschlafen aufblickte und seine große Gestalt sah, die ins Zimmer trat und die Tür hinter sich schloss.

»Kannst du bleiben?«, fragte ich ihn, als er sich auf das Bett setzte und meine Wange streichelte.

»Du weißt, dass ich das nicht kann.«

Ich verzog das Gesicht, widersprach aber nicht. »Wie ist es mit Frima gelaufen?«

»Gut. Ich bin froh, es ihr erzählt zu haben. Was auch passiert, sie wird immer an meiner Seite kämpfen.« Ich konnte die Erleichterung in seiner Stimme hören und lächelte ihn im gedämpften Licht des Kamins an.

»Das wusste ich bereits. Und du auch, tief in deinem Inneren.«

Seine Augen waren voller Gefühle, als er sich vorbeugte, um mich zu küssen. Eine goldene Rune schwebte von seinem Schlüsselbein empor, und das Feuer, das in mir zu lodern begonnen hatte, als seine Zunge die meine gefunden hatte, erlosch.

Er versteifte sich und stand auf. Seine Lippen waren zu einer dünnen Linie zusammengepresst. »Verfluchte Magie«, murmelte er.

»Gute Nacht, Maz.«

»Gute Nacht, *Ástin mín*.«

Ich wusste, dass wir nicht riskieren konnten, seine Magie zu verlieren, nur um miteinander intim zu sein. Das hinderte mich jedoch nicht daran, von ihm und all den Dingen zu träumen, die er mit mir machen würde, wenn das hier vorbei war.

»Bei Odins Raben«, flüsterte ich.

Es war Mittag, und unsere Gruppe stand am Ufer des Wurzelflusses. Die Wagen mit unseren Vorräten standen bereit und warteten darauf, auf das Schiff verladen zu werden.

Das Schiff der Königin hatte auf uns gewartet, statt bei Tagesanbruch loszusegeln, und der Anblick raubte mir den Atem.

Es war furchterregend.

Das Holz war schwarz gestrichen, und statt der geschnitzten Schlange prangte eine schreckliche Nachbildung des Schattenbiests am Bug, das ich mehr als einmal in Aktion gesehen hatte. Entlang der Reling waren in regelmäßigen Abständen geschnitzte Köpfe angebracht. Viele trugen gehörnte Helme, und ihre Gesichter waren vor Schmerz oder Angst verzerrt. Direkt unter der Reling gab es Löcher, aus denen glänzende Speerspitzen hervorragten und aus denen etwas über den Rumpf lief, von dem ich hoffte, dass es rote Farbe war.

»Reyna, die sind doch nicht etwa echt, oder?«, flüsterte Kara und starrte auf die Köpfe.

»Nein«, sagte ich selbstsicherer, als ich mich fühlte. »Sie sind aus Holz geschnitzt.«

Ich drehte sie um, sodass wir unser eigenes Boot anschauten.

Es war eine größere Variante des Boots, mit dem wir zum Eishof gesegelt waren. Es hatte eine sehr ähnliche Schlange am Bug, und die Kabinen auf dem Deck waren leicht zu erreichen. Die Bänke und Tische waren diesmal fest auf den Planken verankert und mussten nicht zusammengeklappt werden, dazu gab es zahlreiche Feuerstellen und massive Geländer. Ansonsten war alles gleich.

Svangrior und Ellisar trugen Waffen an Bord, und Frima half Brynja, Säcke mit Lebensmitteln in den Frachtraum im Rumpf zu hieven.

»Das letzte Boot, auf dem ich war, hatte nur drei Kabinen. Jetzt haben wir mehr Platz. Und schau, es gibt sogar Feuerstellen, um uns warmzuhalten«, sagte ich zu Kara.

Sie nickte, wandte sich aber gleich wieder dem schwarz-roten Ungetüm eines Schiffes zu.

Lhoris marschierte los, ergriff ihren Arm und zog sie zu unserem Boot. »Das sieht nach einem guten Schiff aus«, sagte er bestimmt. »Schauen wir es uns an.«

Dankbar, dass Lhoris die Kontrolle über Kara übernommen hatte, begab ich mich auf das Deck. Mazrith stand am Bug und starrte auf den Fluss hinaus.

»Spürst du etwas?«, fragte ich ihn.

»Hungernde, meinst du?« Seine Stimme war leise, aber ich warf trotzdem einen Blick über meine Schulter. Alle waren beschäftigt. Niemand konnte uns hören.

»Ja.«

»Nein. Mit meiner Stiefmutter und diesem Schiff in der Nähe wäre ich überrascht, wenn wir unterwegs auf Probleme stoßen würden.«

Ich nickte. »Das ist immerhin etwas. Diese Köpfe ...«

»Frag nicht.«

Mir wurde schlecht, als ich erneut das Schiff der Königin betrachtete. Sie trug ein bauschiges, blutrotes Kleid und stand in der Mitte des riesigen Decks, inmitten des geschäftigen Treibens der Wachen und Höflinge, die auf dem Boot herumwuselten. »Wir können nicht zulassen, dass sie gewinnt, Maz.«

»Hast du den Stab?«, fragte er leise.

Ich berührte meine Hüfte. »Natürlich.«

»Dann haben wir die beste Chance, die uns die Götter geben werden.« Er klang nicht so überzeugt, wie ich es mir gewünscht hätte, aber wenigstens hatte er nicht aufgegeben. »Es gibt vier kleinere Boote mit

Höflingen, die uns in den nächsten Stunden folgen werden«, sagte er.

»Vier Boote mit Höflingen? Zum Eishof hat sie nicht so viele mitgenommen.«

»Nein. Ich glaube, sie hat etwas vor. Wir müssen wachsam bleiben.«

Ich sah zurück zu ihrem Schiff, und im selben Augenblick wurden zwei tiefrote Segel entrollt, welche das Bild einer Gestalt auf einer Folterbank zeigten.

Wachsam kam nicht annähernd an das heran, was ich in der Nähe dieser verrückten, gottverdammten Königin sein würde.

»Wer teilt sich eine Kabine mit wem?«, fragte ich Frima, als sich das Boot vom Ufer entfernte und dem schwarzroten Ungetüm eines Schiffes folgte.

»Du mit mir, Kara mit Brynja, Svangrior mit Maz und Ellisar mit Lhoris und Tait. Aber wir werden nicht viel Zeit in den Kabinen verbringen. Ich bezweifle, dass wir viel Zeit auf dem Boot verbringen werden, wenn wir im Goldhof sind.«

»Nein, der Palast liegt im Landesinneren«, stimmte ich zu.

Frima sah mich nachdenklich an. »Kannst du uns etwas Nützliches über den Goldhof erzählen, bevor wir dort ankommen?«

»Sicher. Ich kann euch die Grundrisse des Palastes und der umliegenden Städte beschreiben, aber wenn man die vielen Überfälle der Schatten-Fae bedenkt, die es im Laufe der Jahre gegeben hat, bezweifle ich, dass diese Informationen etwas Neues für euch sind.«

»Erzähl es uns trotzdem.«

Als alle auf dem Deck versammelt und mit Brennnesseltee oder Bier versorgt waren, erzählten Kara und ich den Fae alles, was wir über den Goldhof wussten. Tait machte sich Notizen und stellte alle möglichen Fragen zur Architektur, dem Essen und der Art und Weise, wie die Menschenclans in den Städten lebten.

»Das größte Problem, das ihr haben werdet, ist das Licht«, sagte ich. »Es ist viel, viel heller als im Schattenhof. Zu jeder Tageszeit.«

»Wird es nachts dunkler?«

»Im gleichen Maße wie im Schattenhof, denke ich. Ein bisschen, aber wirklich dunkel wird es nie.«

Svangrior richtete sich plötzlich auf und schlug sich genervt auf die Arme.

»Ignoriere sie einfach«, knurrte Mazrith und sah zu dem schwarzen Schiff der Königin hinüber. Es lag eine halbe Meile weiter flussabwärts, war aber deutlich sichtbar.

»Ich kann nicht«, knurrte Svangrior. »Ich spüre ihre Magie auf mir, als wären es summende Insekten.«

»Wirklich?«, fragte ich alarmiert.

»Ja«, murmelte Frima. »Wir alle müssen sie andauernd abblocken. Sie schickt immer wieder Fäden ihrer Gedankenmagie zu uns, um unsere Gedanken zu belauschen.«

»Warum?«

»Ich nehme an, sie will wissen, was Maz vorhat.«

»Kann sie in Lhoris' oder Karas Kopf eindringen?« Ich versuchte, die Panik aus meiner Stimme zu verbannen.

»Nein. Das, was hier ankommt, ist nicht viel mehr als ein Flüstern. Es ist leicht abzuwehren«, sagte Maz.

»Außerdem wissen wir alle, dass du das *Leikmot* gewinnen willst«, sagte Kara mit einem Schulterzucken.

»Hm«, machte ich und stand auf. »Trotzdem. Vielleicht sollten wir nichts anderes mehr besprechen.«

»Ich versuche, eine Lösung für das grelle Licht finden«, sagte Tait und stand ebenfalls auf. »Ich melde mich in ein paar Stunden, wenn wir Yggdrasil erreichen.«

Die Gruppe zerstreute sich, und ich lehnte mich neben Frima über die Reling. »Es ist seltsam. Mein ganzes Leben lang habe ich davon geträumt, den Goldhof zu verlassen und diese Flüsse entlangzusegeln. Aber jetzt habe ich das Gefühl, dass ich sie mehr als genug befahren habe.«

»Du hast recht. Willst du trainieren?«

»Ja. Auf jeden Fall.«

Mazrith kam herbei, ein Hauch eines Lächelns auf den Lippen. »Hast du etwas von Training gesagt?«

»Ja. Es gibt nichts anderes zu tun.«

»Was hast du im Sinn?«

»Da Reiten hier nicht möglich ist, Bogenschießen.«

»Du willst nicht mehr mit dem Stab üben?«

»Frima sagte, dass ein Stab einem Fae nur begrenzten Schaden zufügen kann. Ein Pfeil ist tödlicher.«

»Das stimmt. Zeig es mir.«

Ich dachte, Mazriths wachsamer Blick würde mich verunsichern, aber das Gegenteil war der Fall. Anstatt mich nervös zu machen, empfand ich ihn als eine beruhigende Präsenz. Ich wollte ihn beeindrucken, und von dem Moment an, in dem Frima schattenhafte Ziele in der Luft zu erschaffen begann, traf jeder Pfeil sein Ziel.

Bevor ich ihn traf, hatte ich noch nie einen Bogen, Pfeil oder Stab in der Hand gehabt. Ich war noch nie auf einem Pferd geritten und hatte mir noch nie einen Zopf verdient.

Er hatte mich stärker gemacht.

Ich war so vertieft in mein Training, dass ich keine Ahnung hatte, was los war, als ich ein lautes Platschen hörte.

»Kara!« Ellisars Stimme hallte über das Deck, und ich ließ sofort den Bogen fallen und rannte dorthin, wo sich der riesige Krieger über die Seite des Bootes beugte. »Sie ist ins Wasser gefallen! Ich kann nicht schwimmen!«

Mein Herz setzte einen Schlag aus. Kara schlug mit den Armen um sich und kämpfte darum, den Kopf über Wasser zu halten, doch in diesem Augenblick erregte ein weiteres Platschen meine Aufmerksamkeit. Übelkeit stieg in meiner Kehle auf.

Ein Hungernder bewegte sich vom Ufer des Wurzelflusses auf sie zu. Ihm fehlten zwei Drittel seines Kopfes, aber seine Arme waren überraschend stark, sodass er sich langsam aber stetig auf die strampelnde Kara zubewegte.

»Maz!«, schrie ich. Ich begann, mir die Pelze vom Körper zu reißen, obwohl ich wusste, dass ich nicht gut genug schwimmen konnte, um ihr zu helfen. Ich würde alles nur noch schlimmer machen. Plötzlich hatte ich eine Idee und lief auf meinen Bogen zu.

Doch kaum hatte ich mich in Bewegung gesetzt, hatte sich Ellisar über die Reling ins Wasser geworfen.

»Verdammte Scheiße, was tut er da?«, fluchte Frima, als sie neben mir zum Stehen kam.

Sie und Mazrith beschworen ihre Schatten heraus, die gleichzeitig über die Reling in Richtung Wasser flogen.

Kara versuchte immer noch, den Kopf über Wasser zu halten, doch ihre Aufmerksamkeit war nun ganz auf Ellisars strampelnde Gestalt konzentriert, die sich wenige Meter von ihr entfernt im Fluss befand.

»Tritt, Elli, tritt!«, rief sie ihm zu, offensichtlich hin- und hergerissen zwischen dem Instinkt, sich selbst über Wasser zu halten und ihm zu helfen. Frimas Schatten schlangen sich um ihre Arme und zogen sie aus dem Wasser. Ich beugte mich vor, und sobald sie in Reichweite war packte ich ihre Schultern und half den Schatten, sie aufs Boot zu ziehen.

»Ich habe sie«, keuchte ich, als ich sie über die Reling zog.

»Gut. Frima, hilf mir«, stöhnte Mazrith. Ich nahm Kara in meine Arme und versuchte, ihre zitternden Schultern mit meinen Kleidern trocken zu reiben, aber sie riss sich los und stürzte zurück zum Geländer. »Ellisar!«

Mazriths Schatten hatten sich um den Hungernden geschlungen, der sich aufbäumte und wand. Frimas Schatten kehrten zum Wasser zurück und wickelten sich um Ellisars Körper, um ihn davor zu bewahren, unterzugehen.

Svangrior kam herbeigerannt und fluchte heftig, als er sich über die Reling beugte. Schatten brachen aus seinem Stab hervor, und mit vereinten Kräften begannen Frima und er, Ellisar aus dem Wasser zu ziehen, der immer noch strampelte und hustete.

Ich zog Kara in meine Arme, als sie den massigen Mann über die Reling zogen, und kaum lag er auf den Planken, schossen ihre Schatten davon, um Maz zu helfen.

Kara befreite sich erneut aus meinem Griff, lief zu Ellisar hin und ließ sich keuchend vor ihm auf die Knie fallen. »Kara. Es geht dir gut«, würgte er.

»Warum bist du mir hinterhergesprungen, wenn du nicht schwimmen kannst? Was hast du dir nur dabei gedacht?«

Ich war mir nicht sicher, ob er nachgedacht hatte. Er hatte instinktiv gehandelt, um sie zu retten.

»Ich ... Ich weiß es nicht«, stammelte Ellisar.

Ich wandte mich gerade rechtzeitig von den beiden ab, um zu sehen, wie der Hungernde in einer Explosion aus schwarzen, wirbelnden Schatten auseinandergerissen wurde.

Die Augen, die uns vom Ufer des Wurzelflusses beobachtet hatten, waren verschwunden, und meine Schultern entspannten sich.

»Warum haben wir sie nicht bemerkt?«, knurrte Svangrior.

»Wir waren damit beschäftigt, die Magie der Königin zu blockieren«, keuchte Frima atemlos.

»Es sieht nicht so aus, als hätte die Königin Probleme.« Ihr Schiff segelte immer noch vor uns her, scheinbar völlig unbehelligt.

»Kara, warum bist du ins Wasser gefallen? Was ist passiert? Haben sie angegriffen?«, fragte Frima eindringlich, aber es war Ellisar, der antwortete.

»Wir standen an der Reling und haben geredet, und Kara hat Augen gesehen. Sie hat darauf gezeigt, worauf ich sagte, dass es nur Einbildung sei. Als sie noch einmal zeigte, diesmal deutlich energischer, fiel sie über Bord.«

Ihre Augen füllten sich mit Tränen. »Was bin ich doch für eine *Heimskr*. Es tut mir so leid.«

»Nein, du hättest dich nicht so aufgeregt, wenn ich dir geglaubt hätte. Es war meine Schuld.«

»Es war niemandes Schuld. Es war ein Unfall. Und jetzt geht es allen wieder gut, stimmt's?« Aber als ich Maz anlächelte, sah ich, wie ernst sein Gesicht war.

»Stimmt«, sagte er streng. »Alle sollen sich in ihre Kabinen zurückziehen. Bleibt dort, bis wir den Baum erreichen.«

Aber ich rührte mich nicht vom Fleck, genauso wenig wie Frima und Mazrith. Svangrior warf ihnen einen Blick zu, folgte dann aber Ellisar und Kara in eine der Kabinen.

Ich trat dicht an Mazrith heran und senkte meine Stimme. »Was ist los? Gibt es noch mehr Hungernde da draußen? Müssen wir kämpfen?«

»Es geht um meine Magie«, sagte Mazrith, so leise, dass ich ihn kaum hören konnte. »Normalerweise hätte ich keine Hilfe gebraucht, um einen Hungernden zu zerstören oder einen Menschen aus dem Wasser zu ziehen.«

Meine Gedanken wanderten zurück zu dem Tag, an dem er eine riesige Wasserschlange aus dem Wurzel-Fluss gehoben hatte.

Angst schwoll in mir an, und die Sorge in Frimas Gesicht verstärkte sie noch.

»Glaubst du, die Magie deiner Mutter lässt nach?«

»Oder vielleicht ist es, weil er versucht hat, sie aufzugeben«, murmelte Frima.

»Deine Narben ...« Ich hob eine Hand an seine Wange. Mir war aufgefallen, dass sie deutlicher geworden waren, aber ich hatte geglaubt, dass es daran lag, dass ich von ihrer Existenz wusste. Jetzt, als ich ihn genauer betrachtete, wurde klar, dass sie tatsächlich zum Vorschein kamen. Überall auf seiner Haut stachen die blassen, weißen Linien hervor.

Er atmete zischend aus. »Was auch immer wir tun, um meine Stiefmutter zu stürzen, ich fürchte, dass es nicht mehr lange warten kann.«

KAPITEL 20

REYNA

Einige Stunden später erreichten wir Yggdrasils Stamm. Die Treppen im Inneren des Stammes waren verschwunden, und als wir die Versammlung der kolossalen Statuen umrundeten, starrte ich auf den Wasserfall und erinnerte mich an das letzte Mal als ich hier gewesen war. In diesem Moment spürte ich starke Hände, die sich um meinen Bauch legten, und ich lehnte mich gegen Mazriths Brust. Er hob eine Hand und strich durch mein Haar.

»Es tut mir leid, dass ich mich hier drinnen so daneben verhalten habe«, murmelte er mir ins Ohr. »Und es tut mir leid, dass ich dich danach so grob durchs Wasser gezogen habe. Ich war einfach ...«

»Verzweifelt darauf bedacht, zu fliehen? Glaub mir, ich beginne zu erkennen, wie es ist, vor sich selbst auf der Flucht zu sein.«

Ich drehte mich zu ihm um, und er schaute mir in die

Augen. Eine einzelne, goldene Rune schwebte von seiner Wange empor.

»Mist«, flüsterte ich. »Ich würde dich so gerne küssen.« Ich löste mich aus seinen Armen und wich einen Schritt zurück.

Entschlossenheit trat in seine Augen, und für eine Sekunde dachte ich, er würde mich aufhalten. Aber er ließ mich gehen, und sein Blick wanderte zum Schiff der Königin, das direkt vor uns lag. Sie hatte im Inneren von Yggdrasils Stamm auf uns gewartet.

»Ich glaube, das hier wird bald eskalieren.«

Er hatte recht, ich konnte es spüren. Es lag eine Spannung in der Luft, die sich immer mehr aufbaute, und doch schwer zu greifen war.

Ich wandte mich der Statue von Freya zu und schloss die Augen. »Was auch immer auf uns zukommt, bitte pass auf meine Freunde auf«, betete ich.

Bilder erschienen vor meinen geschlossenen Lidern. Ich schwankte und versuchte, mich irgendwo festzuhalten. Mazrith packte meine Hand, doch ich nahm es kaum wahr.

Ich sah durch die Augen eines menschlichen Wachmanns auf dem Schiff der Königin, das an der Statue von Thor vorbeisegelte.

Er blickte sich um und fühlte sich überfordert und überwältigt.

Aufregung packte mich. Ich hatte verzweifelt auf eine Vision gewartet, die uns zeigte, was wir als Nächstes tun sollten, und dies könnte sie sein. Wenn der Mann nah genug an die Königin herantrat, könnte ich vielleicht hören, was sie sagte.

Als ob er meinen Wunsch hören würde, drehte sich der Wächter in diesem Moment um und ging zur Reling, wo die Königin mit Rangvald sprach.

»Er hat einen Schattenspinner auf seinem Schiff, und ich will ihn, Rangvald. Habe ich mich deutlich ausgedrückt?«

Ich spürte, wie der Wächter von Angst gepackt wurde, und als er sich umdrehte, begriff ich, warum. Das Schattenbiest der Königin streifte über das Deck, und es hatte seine abscheulichen Augen auf ihn gerichtet.

Die Angst verwandelte sich in Entsetzen, und ich spürte, wie der Mann erstarrte, als sich das Biest quälend langsam auf ihn zubewegte.

Konnte es meine Präsenz spüren?

»Meine Königin, Euer Sohn hält den Schattenspinner dicht an seiner Seite. Es wäre äußerst schwierig, ihn zu entführen, und ich bezweifle, dass es klug wäre. Sobald wir Mazrith entmachtet haben, werden wir in der Lage sein, Tait in unsere Gewalt zu bringen.«

Das Biest machte einen weiteren Schritt auf den Wächter zu, und ein tiefes Knurren drang aus seinem schattenhaften Körper.

»Ich habe genug von diesen Spielen. Sie sind nicht das, was Orm mir glauben gemacht hat«, schnappte die Königin.

Bei der Bestätigung, dass sie mit Orm zusammenarbeitete, stieß ich einen triumphierenden Schrei aus, und aus irgendeinem Grund schrie der Wächter ebenfalls auf.

Das Schattenbiest sprang auf ihn zu, und die Vision verschwand.

Meine eigene Realität brach über mich herein. Ich riss die Augen auf und hörte einen entsetzlichen Schrei durch das Innere des Baumes hallen.

»Freya stehe mir bei«, stammelte ich und blickte auf das Schiff der Königin. »Bei den Göttern, ich glaube, ich habe gerade einen Wächter umgebracht.«

Mazrith sprach beruhigend auf mich ein, und als ich mein Glas Branntwein geleert hatte, begannen sich meine zitternden Hände zu beruhigen.

»Das ist ein gutes Zeichen. Deine Kräfte nehmen zu«, sagte Voror, der in die Kabine geflattert war, in der ich mich versteckte.

»Wie bitte?«

»Du hast gesagt, dass du dir gewünscht hast, dass der Wächter näher an die Königin herantritt, damit du ihr Gespräch belauschen kannst. Und er hat es getan.«

Ich starrte die Eule an und gab dann seine Worte an Mazrith weiter. »Glaubst du wirklich, dass ich ihn dazu gebracht habe, zu ihr hinzugehen?«

»Es ist nicht unmöglich«, sagte Maz.

»Natürlich ist es das!« Ich stand auf und hätte meinen Drink verschüttet, wäre das Glas nicht leer gewesen. »Es ist eine Sache, durch die Augen eines anderen sehen zu können, aber eine ganz andere, sie zu kontrollieren!« Ich schüttelte energisch den Kopf, um das beunruhigende Gefühl abzuschütteln. »Nein. Nein, dazu kann ich unmöglich in der Lage sein.« Ich warf einen Blick in den Himmel, doch die Holzdecke der Kabine war alles, was ich sehen konnte. »Wer auch immer mir diese Magie schickt, das ist zu viel«, sagte ich mit zusammengebissenen Zähnen. »Es ist falsch.«

»Es ist mächtig«, sagte Mazrith leise.

»Beim *Leikmot* könnte es den entscheidenden Unterschied machen«, sagte Voror.

»Das wäre Betrug!«

»Schummeln die anderen, wenn sie ihre Magie einsetzen?«

»Nein, aber keiner von ihnen hat die Macht, andere Menschen zu kontrollieren!«

»Der Wächter war ein Mensch, nicht wahr?«

Ich starrte ihn an. Wieder rebellierte mein Magen, als ich daran dachte, dass ihn das Schattenbiest vielleicht meinetwegen getötet hatte. »Ja. Und?«

»Ich frage mich, ob du in der Lage wärst, Fae zu kontrollieren«, überlegte Mazrith.

Ich hob abwehrend die Hände und schüttelte den Kopf. »Das reicht. Wir haben keinen Beweis dafür, dass ich irgendetwas kontrolliert habe. Es könnte ein Zufall gewesen sein, dass er sich der Königin genähert hat.«

»Und ... das Schattenbiest?«

Mir wurde schlecht. Ich setzte mich hin und schluckte die Galle in meiner Kehle herunter. »Das war kein Zufall«, murmelte ich. »Es hat gespürt, dass ein Spion an Bord seines Schiffes war. Da gibt es keinen Zweifel.«

»Aber die Königin und das Biest können nicht wissen, dass du das warst.«

Wieder schüttelte ich den Kopf, dann schob ich mir frustriert die Haare aus dem Gesicht. Mazriths nachdenkliche Miene verschwand, und seine Augen weiteten sich. Voror klickte mit dem Schnabel und starrte mich an.

»Was? Was ist los?« Mein Magen zog sich zusammen.

»Dein Ohr.« Mazrith blickte entgeistert auf mich hinab, und ich ging zu dem winzigen Spiegel über dem Waschbecken. Mir graute vor dem, was ich darin sehen würde.

Es war subtil, aber nicht zu leugnen. Am oberen Ende meines Ohres befand sich eine Spitze.

Meine Finger fühlten sich taub an, als ich sie berührte, und ich spürte, wie Panik in mir aufstieg. »Was ... Wie ... Warum? Was passiert mit mir?«

»Beruhige dich, Reyna«, sagte Mazrith und kam auf mich zu. Ich hob abwehrend die Hände und erhaschte einen weiteren Blick auf den Spiegel. Mazrith blieb stehen.

»Ich soll mich beruhigen? Du hast leicht reden! Du hast nicht gerade aus Versehen jemanden umgebracht!«

»Er war ein Wächter der Königin«, sagte Maz sanft. »Wenn dieser Konflikt eskaliert, werden noch viele von ihnen sterben.«

Ich ließ mein Haar über meine Ohren fallen und schloss die Augen. »Lhoris hatte recht.«

»Womit?«

»Ich bin nicht bereit. Er sagte, ich sei nicht bereit,

und ich bin es nicht. Nicht für eine Macht wie diese, und auch nicht für ...« *Spitze Fae-Ohren? Könnte ich wirklich eine Fae sein?*

Ich holte tief Luft und spürte erneut, wie Panik in mir aufstieg.

»Ich brauche etwas Zeit allein.«

Ein Ausdruck von Schmerz huschte über Mazriths Gesicht, aber er widersprach mir nicht und ging zur Tür. »Nimm dir so viel Zeit, wie du willst. Ich bin hier, wenn du mich brauchst.«

Irgendwann kam Frima in die Kabine und schlief ein paar Stunden, aber davon abgesehen war ich den Rest der Reise allein mit meinen Gedanken. Und ich brauchte diese Zeit.

Ich hatte mich selbst davon überzeugt, dass es die Götter waren, die mir die Kräfte schickten, die ich nutzte. Aber warum würden sie meine Ohren verändern? Verwandelte mich die Tatsache, dass ich diese Magie verwendete, in eine Fae?

Dieser Gedankengang und jeder, der daran anknüpfte, führte mich zu einer Frage, die meinen Magen zum Rebellieren brachte und einen sauren Geschmack in meinem Mund hinterließ.

Ich liebte einen Fae. Warum missfiel mir die Vorstellung, selbst eine Fae zu sein?

Alle Beweise, dass nicht alle Fae böse waren, lagen direkt vor mir, und ich hatte mich oft mit Lhoris darüber gestritten. Warum sträubte ich mich so sehr dagegen?

Meine Identität und meine wahre Herkunft waren immer ein Rätsel gewesen, aber die Vorstellung, einer anderen Rasse anzugehören ... ergab keinen Sinn. Außerdem war ich eine Goldgeberin. Kein Fae konnte selbst Stäbe erschaffen.

Eine schreckliche, lähmende Erkenntnis packte mich. Was, wenn das der Grund dafür war, dass ich so wichtig war? Der Grund, warum ich die Aufmerksamkeit der Allmächtigen auf mich gezogen hatte?

Weil ich eine Fae war, die Stäbe erschaffen konnte? Das würde bedeuten ... dass Menschen überflüssig wären. Ich könnte der Auslöser dafür sein, dass meine eigene Art aus dieser Welt vertrieben würde.

Ich atmete mehrmals tief durch. Ich überreagierte.

Natürlich tat ich das. Selbst wenn ich eine Fae und eine Goldgeberin war, würde das nicht bedeuten, dass alle Menschen überflüssig waren. Zudem wusste ich nicht mit Sicherheit, dass ich eine Fae war. Ich hielt mich davon ab, zum millionsten Mal die Spitze meines Ohrs zu berühren. Könnten die Ohren durch meine Verbindung mit Mazrith entstanden sein?

Es schien unwahrscheinlich. Aber etwas hatte die Veränderung ausgelöst.

Ich musste mich an das klammern, was Maz und Voror gesagt hatten. Ich musste diese Kräfte zu unserem Vorteil nutzen. Mir war Macht zuteilgeworden, und ich musste sie für das einsetzen, was ich für richtig hielt – nämlich Königin Andask vom Thron des Schattenhofs zu vertreiben und Lord Orm daran zu hindern, mehr Macht zu erlangen. *Außerdem musste ich herausfinden, warum die Hungernden hinter mir her waren.*

Entschlossenheit durchströmte mich, und so wiederholte ich meinen Vorsatz laut.

»Sei deiner Macht würdig.«

Wer auch immer sie mir schenkte, es gab einen
Grund dafür, und ich musste das tun, worum ich Mazrith
gebeten hatte: Wir mussten für das Gute kämpfen. Für
Ehre und Tapferkeit.

»Sei deiner Macht würdig.«

Ich schloss die Augen, und ein Gebet entstand in
meinem Kopf.

Ihr Götter, lasst mich meiner Macht würdig sein.

REYNA

»Reyna, wir nähern uns dem Goldhof.« Ich war überrascht, Lhoris' Stimme auf der anderen Seite meiner Kabinentür zu hören. Seit wir das Innere Yggdrasils verlassen hatten, war ich nicht mehr aus der Kabine herausgekommen, aber jetzt war meine Gnadenfrist zu Ende.

Mein Mentor schenkte mir ein gezwungenes Lächeln, als ich aus der Kabine trat. »Ich hätte nie gedacht, je hierher zurückzukehren. Nicht nach allem, was passiert ist«, sagte er.

»Bist du froh, zurück zu sein?«

Brynja schenkte mir ein flüchtiges Lächeln, als sie hinter mir in die Kabine ging und alles, was zurückgeblieben war, zusammenraffte. »Danke«, sagte ich zu ihr, dann folgte ich Lhoris zur Reling. Das gesamte Boot war in Nebel gehüllt, sodass ich nur schemenhaft erkennen konnte, wie die anderen auf dem Deck umhergingen und

Säcke, Waffen und riesige, gefaltete Leinwände auf den Planken stapelten.

Wir gesellten uns zu Kara, die in den Nebel hinausstarrte. »Ich bin nicht froh, zurück zu sein«, antwortete Lhoris mir. »Aber die Reise war angenehmer als beim letzten Mal.«

Ich stieß ihn mit meiner Schulter an. »Alles ist anders.«

»Jetzt, wo du und der Prinz verliebt seid?« Karas Stimme klang nachdenklich, als sie sich zu mir umdrehte.

»Ja. Gemeinsam werden wir alles in unserer Macht Stehende tun, um uns zu schützen. Ich habe ein Geschenk erhalten«, sagte ich und versuchte, Kraft aus dem Entschluss zu schöpfen, den ich in der Kabine gefasst hatte. »Von jemandem, der sehr mächtig ist. Ich darf es nicht verschwenden. Es wurde mir aus einem bestimmten Grund gegeben.«

Lhoris' Augenbrauen hoben sich. »Um die Königin aufzuhalten?«

»Ich denke schon.« *Und um Maz zu retten.*

»Uns steht noch viel bevor«, sagte Lhoris und blickte wieder in den Nebel.

»Das bezweifle ich nicht.«

Als ich das schwarze Schiff der Königin aus dem Nebel auftauchen sah, lag es bereits an einem Ufer aus glänzendem Sand vor Anker. Dahinter ragte ein dichter Wald aus dem Nebel auf.

Eine Abordnung von Wachen war entsandt worden, die nun in glänzenden Goldrüstungen am Ufer standen und beim Entladen der vielen Kisten und Taschen der Königin halfen. Die Sachen wurden auf große, von Pferden gezogene Kutschen geladen, die im blassen Nebel nur knapp zu erkennen waren.

»Bei Odins Rabe, es ist so verdammt hell«, brummte Svangrior, als das Boot gegen das sandige Ufer stieß und er ein großes Holzbrett über die Reling schob.

»Wenn sich der Nebel lichtet, wird es noch heller«, sagte ich, aber er hatte sich bereits mehrere Säcke auf die Schultern geladen und stapfte über das Brett auf eine wartende Kutsche zu.

Frima, Ellisar und Maz begannen, die restlichen Sachen zu entladen und auf einen großen Wagen zu stapeln, der hinter der Kutsche festgemacht war. Alle hatten ihre glänzenden Totenkopfmasken aufgesetzt. Tait und Brynja stellten sich zu mir an die Reling.

»Sollen wir helfen?«, rief ich.

»Nein«, kam die schroffe Antwort.

Ein Krieger in glänzender Goldrüstung näherte sich, und Mazrith ging ihm entgegen.

»Guten Tag, Prinz Mazrith«, sagte der Wächter mit einem Nicken. Sein Blick wanderte zum Boot, dann zog er eine Schriftrolle hervor und reichte sie dem Prinzen.

Mazrith entrollte sie. »Ihr dürft gehen«, sagte er zu dem Mann, der uns einen letzten Blick zuwarf und dann zu der viel größeren Gruppe beim Schiff der Königin zurückkehrte.

Mazrith winkte uns herunter, und wir verließen das Boot über die Planke.

»Heute Abend wird ein Begrüßungsball abgehalten.

Das erste Spiel findet morgen Mittag statt«, sagte Mazrith, während er das Pergament überflog.

»Bisher hört sich alles so an, wie wir es erwartet haben«, sagte Frima.

»Uns wurde ein Bereich auf dem Palastgelände zugewiesen, in dem wir unser Lager aufschlagen können.«

»Wie bitte?« Ich sah ihn überrascht an. »Sie erlauben Fae von anderen Höfen, das Palastgelände zu betreten?«

»Ja. Und der heutige Ball wird im Ballsaal des Palastes stattfinden.«

Ich schluckte. Ich kannte diesen Saal, aber ich hätte nie gedacht, dass ich ihn je als ein Gast betreten würde. Es passte nicht zu mir. Ich würde wie eine Hofdame gekleidet sein, Wein trinken, teures Essen kosten und tanzen. *Ich gehörte nicht hierher.*

Meine Bedenken mussten sich auf meinem Gesicht abzeichnen, denn Mazrith berührte meine Schulter. »Du bist nicht mehr die Frau, die diesen Ort verlassen hat. Das solltest du ihnen zeigen.« Ich nickte, aber das Unbehagen hatte sich bereits in meinem Bauch festgesetzt. Es war eine Sache, sich in eine Welt voller Fae einzugliedern, die mich immer gut behandelt hatten, aber eine ganz andere, mich mit den Gold-Fae abzufinden, die ich mein ganzes Leben lang verachtet hatte.

»Wir können los, Maz«, sagte Svangrior und lenkte meine Aufmerksamkeit auf das Ufer.

»Gut. Alle in die Kutsche.«

Die Kutsche rumpelte durch den Wald, und ich erinnerte mich an die Nacht, in der wir von den Schatten-Fae durch den Wald geschleift worden waren. Ich hatte verzweifelt darauf gehofft, von den Fae des Goldhofes gerettet zu werden.

»Es überrascht mich nicht, dass die Königin des Goldhofs nicht gekommen ist, um ihre Schwester zu begrüßen«, murrte Svangrior.

»Nein«, sagte ich. »Sie verbrachte einen Großteil ihrer königlichen Ansprachen damit, ihr Volk vor den Schatten-Fae, insbesondere vor ihrer Schwester und deren Stiefsohn, zu warnen.« Ich sah Maz an. »Hat Königin Andask je von ihr gesprochen?«

»Nein. Obwohl ihre Augen immer etwas wilder werden, wenn ihre Schwester erwähnt wird.«

»Warum haben sie dem *Leikmot* überhaupt zuge-stimmt, wenn sie sich so sehr hassen?«

Niemand hatte eine Antwort.

»Ich frage mich, ob Lord Orm mehr Einfluss hat, als ich dachte«, grübelte ich.

»Es gab Gerüchte darüber.« Alle drehten sich um, um Lhoris anzusehen. Dieser Satz war mehr, als er je zu den Schatten-Fae gesagt hatte.

»Wirklich?«

»Ja. Etwa sechs Monate bevor all das begann, habe ich einige Adligen über Pläne sprechen hören, seinen Einfluss zu untergraben oder sich bei ihm einzuschmei-cheln. Damals dachte ich, er wolle der Königin näher-kommen, aber dann, als er verkündete, dass er sich eine neue Konkubine nehmen wolle ...« Er wurde von

Mazriths Knurren unterbrochen, und Lhoris warf ihm einen langen Blick zu, ehe er fortfuhr: »Da fragte ich mich, ob mehr dahintersteckt.«

»Wann hast du die Königin zum letzten Mal gesehen?«, fragte Kara.

Lhoris wirkte nachdenklich. »Bei ihrer letzten öffentlichen Ansprache.«

»Wann war das?«

»Vor neun Monaten.« Ich erstarrte. Auch ich hatte sie seitdem nicht mehr im Palast gesehen.

»In der Nacht, in der ihr den Palast überfallen habt, um uns zu entführen, waren deutlich weniger Gold-Fae im Palast als sonst«, sagte ich langsam.

»Um *dich* zu entführen«, korrigierte Mazrith. Svangrior schnaubte.

»Wie ich schon sagte, liegt das daran, dass die Gold-Fae dumm und feige sind«, spuckte der Krieger aus.

Ich vermied es, Mazrith anzusehen. Er war halb Gold-Fae. Ob ihn solche Kommentare verletzten?

»Ihr glaubt, sie sind Feiglinge, weil sie eure Feinde sind, aber glaubt mir, bei früheren Angriffen haben die Gold-Fae ihre Schätze verteidigt. Ihre Gier ist größer als ihre Feigheit.« Ich blickte auf den Wald vor dem Fenster. Der Nebel klärte sich, und der strahlend helle Himmel begann, hindurchzuscheinen. »In dieser Nacht gab es nicht genug Widerstand.«

Mazrith nickte langsam. »Du denkst, dass es insze-niert gewesen sein könnte?«

»Vielleicht.«

»Wer würde den Goldhof regieren, wenn der Königin etwas zustoßen würde?«

»Ihr Sohn«, sagte Kara. »Aber er ist noch sehr jung, erst dreizehn oder vierzehn. Außerdem ist die Königin eine mächtige Fae mit loyalen Leibwächtern. Es wäre keine leichte Aufgabe, sie zu stürzen.«

»Viele Königliche wurden gewaltsam ihrer Macht enthoben«, sagte Maz düster.

Die Kutsche folgte dem Weg aus dem Wald hinaus und hielt direkt auf den Palast zu. Das Licht wurde immer heller, bis die Reflexionen des goldenen und weißen Palastes meine Augen zum Tränen brachten, obwohl wir immer noch in der Kutsche saßen. Im Vergleich zu den anderen hatte ich nicht sehr viel Zeit im Schattenhof verbracht, und es war kaum vorstellbar, wie unange-nehm diese Umgebung für die Schatten-Fae sein musste.

Als die Kutsche zum Stehen kam, befanden wir uns in einem großen Innenhof auf der dritten Ebene des Palast-geländes. In der Mitte befand sich der riesige Brunnen, in dem ich früher zu schwimmen versucht hatte. Wir stiegen aus, und ich sah die Königin und ihre riesige Gefolgschaft, die dabei waren, auf der linken Seite des Brunnens ihre Zelte aufzuschlagen.

Mazrith sah sich um, und trotz der Maske konnte ich sehen, wie er die Augen zusammenkniff. »Dort. Diese große Buche. Dort werden wir unser Lager aufschlagen.«

»Als du mich aus dem Palast entführt hast, verdunkelte sich das Licht. Die Gerüchte besagen, dass nur du und deine Stiefmutter das können«, sagte ich. »Warum verdunkelt sich der Himmel nicht auch jetzt, wo ihr beide hier seid?«

Mazrith warf mir einen düsteren Blick zu. »Die Macht meiner Stiefmutter wird durch ihren Stab verstärkt, deshalb ist sie in der Lage dazu. Ich konnte es selbst auf dem Höhepunkt meiner Macht nur für kurze Zeit, aber es wäre wohl nicht sehr höflich, es während eines vermeintlich freundschaftlichen Turniers zu versuchen.«

»Verdammt, es ist unerträglich«, murmelte Tait vor sich hin, als er neben mir ausstieg. »Ich bin mir nicht sicher, ob es funktionieren wird, aber wir sollten es versuchen. Mein Prinz?«

Mazrith wandte sich Tait zu, während die Krieger begannen, den Wagen zu entladen. »Was versuchen?«

»Ich glaube, ich kann uns vor dem Licht abschirmen, aber ich benötige eine spezielle Art von Gaze dafür.« Er schaute mich an. »Weißt du, wo wir diese Art von Material herkriegen könnten?«

»*Upper Krossa* ist nur einen kurzen Spaziergang entfernt, und es ist die wohlhabendste Stadt im ganzen Hof. Es gibt Schneider, Näherinnen und einen belebten Markt. Ich würde sagen, dass das deine beste Chance ist.«

Tait zog ein Buch aus seiner Tasche, blätterte durch die Seiten und hielt es mir dann hin. »So etwas.«

Ich nickte, und Maz schaute zur Kutsche. »Frima?«

Sie kam näher, und ich sah, dass ihre Augen unter der

Maske tränten. »Bitte sag mir, dass es bald dunkler wird.« Sie sah mich an.

»Tut mir leid. Nicht wirklich.«

»Frima, Tait glaubt, dass er uns helfen kann, aber wir müssen einen bestimmten Stoff besorgen. Bleib hier und lass die Menschen keinen Moment aus den Augen. Das gilt auch für dich«, sagte er und wandte sich an Tait.

»Mein Prinz, so sehr ich darauf brenne, die Umgebung zu erkunden, ich werde mich auf den Augenschutz und die Kugel konzentrieren«, erwiderte der Schattenspinner.

»Gut. Denn die Königin hat es auf dich abgesehen.«
»Wie bitte?«

»Reyna hat sie belauscht. Sie hat zu Rangvald gesagt, dass sie die Anzahl ihrer Schattenspinner erhöhen möchte. Ich meine es ernst, Tait. Bleib hier und sei vorsichtig. Halte dich vom Lager der Königin fern, und bleib in der Nähe meiner Krieger.«

Tait verneigte sich. »Ich habe verstanden, mein Prinz.«

KAPITEL 22

REYNA

»Ich hätte nie gedacht, je so offen durch die Straßen eines feindlichen Reiches zu spazieren«, sagte Mazrith und schaute sich die Gebäude von *Upper Krossa* an.

»Und ich hätte nie gedacht, dass ich sie je zusammen mit dem Prinzen des Schattenhofes betreten würde.« *Mit meinem Verlobten.*

Ich widerstand dem Drang, seine Hand zu nehmen.

Ein Teil von mir hatte befürchtet, dass es gefährlich sein könnte, völlig ungeschützt durch den Goldhof zu spazieren. Aber als ich seine riesige Gestalt gesehen hatte, nachdem er seinen Fellumhang und all seine Waffen angelegt und seine furchterregende Schädelmaske aufgesetzt hatte, machte ich mir keine Sorgen mehr.

»Warum wolltest du mich persönlich begleiten?«

Er schaute mich von der Seite her an. »Ich mag es, mit dir allein zu sein. Und ich wollte die Stadt sehen.«

Ich fragte mich, ob es noch einen anderen Grund gab. »Tut mir leid wegen gestern Abend.« Mir war bewusst, dass er keine Entschuldigung erwartete, aber ich wollte mich trotzdem entschuldigen.

»Ich verstehe es. Aber es wäre schön, wenn du mich dir helfen lassen würdest, so wie du mir geholfen hast.«

»Maz, ich war aufgebracht, weil sich meine Ohren verändern und ich eine Fae sein könnte. Es wäre ziemlich unpassend, mich bei dir auszuheulen – einem Fae, dessen ganzer Körper sich vielleicht vollkommen verändern wird.«

Dunkelheit überzog seine Augen. »Ich verstehe dein Argument. Aber Schmerz und Verwirrung sind relativ. Das Ausmaß meiner Probleme hat keinen Einfluss auf das, womit du zu kämpfen hast.«

»Oh, Mazrith. Deine Weisheit steht deiner Größe in nichts nach.«

Ich sah, wie sich seine Augenwinkel verengten und hoffte, dass dies das Ergebnis eines Lächelns war. »Glaubst du, ich könnte deiner weisen Eule Konkurrenz machen?«

Ich lachte. »Niemals. Warum wolltest du die Stadt sehen?«

»Ich habe sie oft in meinen Träumen gesehen. Immer, wenn ich dich gesehen habe.«

»Wirklich?«

»Ja. Ich habe dich nie im Palast gesehen, sonst hätte ich gewusst, wo ich dich finden kann. Ich habe dich immer in Häusern gesehen, die überall hätten stehen können.«

»Hmm. Nun, *Upper Krossa* ist eine große Stadt mit vielen Gebäuden. Ich habe mich selten weiter vom Palast entfernt.«

Ich blieb vor einem leuchtend weißen Steinhaus mit einer Tür stehen, über der ein Schild mit einer riesigen Schere hing.

Kaum waren wir eingetreten, wurde es still. Zwei Frauen, die mit langen Bahnen aus weißem Stoff gearbeitet und miteinander geplaudert hatten, verstummten, als Mazrith in den Raum trat.

Er blinzelte und war vermutlich dankbar, eine Pause von dem grellen Licht zu bekommen.

Ich lächelte die beiden Schneiderinnen an. Beide waren braunhaarig und mollig. »Guten Tag. Wir suchen gewobene Gaze.«

»Natürlich ...« Die Frau hielt inne und war sich offensichtlich unsicher, wie sie mich ansprechen sollte.

»Mylady«, sagte Maz im selben Moment, wie ich »Reyna« sagte.

»Mylady«, sagte die Frau und stand so schnell von ihrem Hocker auf, dass sie ihn umwarf. Ihr Blick fiel auf mein Haar, und ich spürte ihre Anspannung, als sie Maz ansah. »Wie viel benötigt Ihr?«

»Drei Yards bitte.«

Sie eilte zu einem riesigen Regal und durchsuchte eine Reihe von Stoffballen, die ordentlich aufeinandergestapelt waren. »Farbe?«, fragte sie.

»Schwarz.«

Sie schnitt den Stoff zu, während ihr Blick immer wieder zu meinem Haar huschte. Ich ergriff eine Strähne davon und wickelte sie um meinen Finger. »Immer starren alle mein Haar an«, raunte ich Maz zu. Für eine Weile schwieg er, doch als er schließlich antwortete, überraschten mich seine Worte.

»Sie bewundert es.«

»Wie bitte?« Als sie zurückkam und die Gaze ordentlich faltete, sagte ich: »Ihr scheint mein Haar sehr interessant zu finden.«

Sie errötete. »Es tut mir leid, dass ich gestarrt habe, Mylady. Es ist so schön.«

»Schön? Als ich noch eine Sklavin war, fanden alle, dass es mich zu einer Missgeburt machte. Jetzt, da ich eine Lady bin, ist es schön?«

Der Gesichtsausdruck der Frau wandelte sich, und sie sah erschrocken zwischen mir und Maz hin und her. »Es tut mir leid, Mylady, ich wollte Euch nicht beleidigen. Sklavin oder nicht, ich hätte Euch sicherlich nie als Missgeburt bezeichnet.«

Ich bedauerte meine scharfen Worte und lächelte. »Schon gut. Es tut mir leid. Ich habe noch nie ein Kompliment für mein Haar bekommen.«

»Wirklich? Was für ein Wunder, solch herrlich kupferfarbene Locken zu haben! Ich habe ein Kleid, das sie zum Strahlen bringen würde.«

»Tatsächlich?«

»Leider kann ich es nicht verkaufen. Es ist schwarz, und die Gold-Fae tragen selten schwarz. Aber Ihr, mit diesem Haar ... es würde königlich aussehen.«

»Ich werde draußen warten, während du dir das Kleid ansiehst«, sagte Maz.

»Aber ich habe kein Geld.«

Er warf mir einen Blick zu, dann holte er einen Geldbeutel aus einer seiner Taschen.

»Brynja hat viele Kleider für mich dabei. Ich brauche kein neues.«

»Sie wurden von jemand anderem ausgewählt.« Seine Stimme war tief und intensiv. »Diesmal solltest du dein Kleid selbst auswählen. Du musst dem Goldhof zeigen, dass du nicht mehr die Frau bist, die du damals warst.«

Ich starrte ihn an. »Glaubst du, dass ein Kleid so etwas bewirken kann?«

»Ich erinnere mich, wie du auf dem ersten Ball im Schattenhof ausgesehen hast, Reyna. Das Kleid hatte dich verändert und dein wahres Ich zum Vorschein gebracht.«

Und ich erinnerte mich an das, was er an diesem Abend zu mir gesagt hatte. Die Worte hatten sich in meinen Erinnerungen eingebrannt.

»*Ich sehe es in deinen Augen. Du wurdest für mehr geboren, als dein Leben zugelassen hat, und du weißt es.*«

»Das Kleid hat dir mein wahres Ich gezeigt?«

»Du hast es wie eine Rüstung getragen.« Seine Stimme wurde zu einem Knurren. »Und wenn es nach mir gegangen wäre, hätte ich dich an Ort und Stelle genommen.«

Ich starrte ihn noch einen Moment lang an, dann wandte ich mich der Schneiderin zu. »Dürfte ich das Kleid bitte sehen?«

~

»Das hat länger gedauert, als ich dachte«, sagte Mazrith.

»Du sagst es«, antwortete ich, als ich aus dem Laden trat. »Aber ich hoffe, dass es das wert war.«

»Du trägst ein Lächeln im Gesicht, also war es das.«

Ich lächelte ihn an, doch ein Ruf veranlasste mich dazu, mich umzudrehen. Die Taverne lag drei Häuser weiter auf der anderen Straßenseite. Ein großer Mann warf einen viel kleineren Mann zur Tür hinaus und lachte schallend, als der schmächtige Mann über den schlammigen Boden rutschte.

»Hmm. Trotz des verdammt hellen Himmels und der grellen, weißen Häuser, haben die Menschenclans unserer beiden Höfe viel gemeinsam«, murmelte Mazrith.

»Trinken, kämpfen, ficken«, antwortete ich und blinzelte den großen Mann an. »Moment mal. Das ist Skegin.«

»Skegin?«, fragte Mazrith scharf.

»Ich habe früher gegen ihn Schach gespielt. Er war der festen Überzeugung, dass ich mir nie ein Zopf verdienen würde, weil ich eine Missgeburt bin. Also wollte ich mit ihm darum wetten.«

»Hat er die Wette angenommen?«

»Leider nicht.«

Mazrith stellte sich breitbeinig hin und beobachtete, wie Skegin die Taverne betrat.

Skegin hielt inne, dann drehte er sich abrupt um. Sein Blick fiel auf mich, dann auf Mazrith.

»Hast du das getan?«, flüsterte ich Maz zu.

»Sein Geist ist schwach.«

»Er ist ein guter Schachspieler. Und kein Feigling.«

»Er ist ein Feigling«, sagte Mazrith. »Er fürchtet alles, was er nicht versteht.«

Ich sah Panik in Skegins Augen und schlug Maz auf den Arm. »Hör auf! Ich kümmere mich um ihn.«

Ich schlenderte auf die Türen der Taverne zu und lächelte Skegin an. Maz blieb, wo er war.

»Guten Tag, Skegin.«

Seine Augen suchten mein Gesicht ab und wanderten immer wieder zu Mazriths riesiger Gestalt hinter mir. Offensichtlich versuchte er zu entscheiden, ob ich gefährlich war oder nicht. »Du bist mit dem Schattenprinzen zusammen? Die Gerüchte sind also wahr?«

»Er hat mich aus dem Palast entführt und mich als seine Verlobte an sich gebunden. Und dann wurde ich gezwungen, den Schattenhof bei den Festspielen zu vertreten.« Ich versuchte, meine Stimme so gleichgültig wie möglich klingen zu lassen.

»Nein. Nein, das ist unmöglich. Was sollte ein Fae-Prinz mit jemandem wie dir wollen?« Er richtete sich auf, und seine Angst verschwand. »Das ist einer deiner verrückten Freunde, der sich verkleidet hat!«

Ich lächelte. »Glaub, was immer du glauben willst, Skegin. Schau, das habe ich mir verdient, weil ich bei den Festspielen gegen drei der stärksten Fae Yggdrasils gewonnen habe.«

Ich nahm meinen Zopf und wedelte damit vor seinem Gesicht herum.

Sein Mund klappte auf, als er ihn sah. »Dafür wirst du bestraft werden!«, stammelte er. »Du kennst die Strafe dafür, einen Zopf zu tragen, den man sich nicht verdient hat!«

»Hunderte von Fae und Menschen haben gesehen, wie ich ihn mir verdient habe, Skegin.« Mein Blick schweifte über sein Haar. »Wo ist deiner?«

Sein Gesicht verzog sich. »Auch wenn du kein verlogenes Stück Scheiße wärst, würde ein Zopf nichts an der Tatsache ändern, dass dein Haar falsch ist. Du bist eine Missgeburt. Du bist hier nicht willkommen.«

Seine Worte taten nicht mehr weh, und ein neues Lächeln erschien auf meinen Lippen.

Ich verspürte weder Trauer noch Schmerz.

Mir war klar geworden, dass ich nicht in Skegins Welt gehörte.

Und das war in Ordnung. Ich war nie dafür bestimmt gewesen, hier zu leben. Ich wusste jetzt, wo mein Zuhause war: an Mazriths Seite.

»Weißt du, Skegin, verglichen mit dir und deinen Freunden bin ich wohl eine Missgeburt«, sagte ich und lächelte ihn an. »Den Göttern sei Dank.«

KAPITEL 23

REYNA

Im Lager der Königin herrschte reges Treiben, als wir in den Innenhof zurückkehrten. Große Zelte, sowohl runde als auch dreieckige, bedeckten den gesamten Bereich, und dazwischen brannten zahlreiche Lagerfeuer.

Wir umrundeten ihr Lager auf der rechten Seite, stiegen die glänzenden weißen Stufen hinauf und gingen zu der Buche, die Maz ausgesucht hatte.

Auch unser Lager war voller Leben. Sechs große runde Zelte waren um ein zentrales Lagerfeuer herum aufgestellt worden, über dem ein großer Eisenkessel hing. Nur Brynja und Tait saßen draußen. Sowohl Frima als auch Svangrior hatten sich in die Öffnungen ihrer Zelte gesetzt, wahrscheinlich, um ihre Augen vor dem Licht zu schützen.

Tait sprang auf, als er uns sah. »Ich habe es geschafft! Mein Prinz, ich habe es geschafft!«

Er wedelte mit etwas, das im Licht glänzte und uns beide dazu brachte, die Augen zusammenzukneifen.

»Was hast du geschafft?«, fragte Mazrith und drückte den Arm des Schattenspinners nach unten, damit ihn das glänzende Objekt nicht mehr blendete.

»Ich habe herausgefunden, wie man die Kugel des Eishofs öffnet!«

Die Erleichterung darüber, dass es keine Falle gewesen war, wurde schnell von Neugier abgelöst.

»Was war drin?«

»Das hier«, sagte er strahlend und hielt den Gegenstand wieder hoch. Ich schirmte meine Augen ab und blinzelte, während Mazrith genervt aufstöhnte.

Es war eine dünne Scheibe aus Glas oder Eis, etwa so groß wie meine Handfläche. Sie war mit einem silbernen Ring eingefasst, an dem sich ein Griff befand.

Ich sah ihn fragend an.

»Ein Wahrheitsglas«, sagte er und hüpfte auf der Stelle. »Sehr selten. Es besteht aus einem Material, das nur im Eishof zu finden ist.«

Ich sah erneut darauf hinab und erkannte schimmernde, blaue Streifen im goldenen Licht des Tages. Es sah aus, als wäre es kalt, und aus irgendeinem Grund nahm ich an, dass es aus verzaubertem Eis bestand.

»Was tut es?«, fragte Mazrith mit zusammengekniffenen Augen.

»Es offenbart die Wahrheit! Man kann es über Schriften oder Stellen legen, an denen etwas verborgen sein könnte, und es wird deren Geheimnisse offenbaren.«

Ich blinzelte ihn an. »Wenn ich also ein Rätsel schreiben und das darauf legen würde ...«

»Dann würde es dir die Antwort liefern!«

Ich drehte mich zu Mazrith. »Nun, das hätte uns viel Zeit gespart«, murmelte ich.

»Ich werde das letzte aufschreiben, und wir können es ausprobieren.«

Tait sah ihn interessiert an. »Ja, wir werden es an allem ausprobieren! Ich habe viele Texte in der Bibliothek, mit denen ich experimentieren kann.«

»In der Zwischenzeit«, sagte Mazrith und streckte seine Hand aus.

»Natürlich! Die Gaze!« Tait nahm den Stoff und huschte in eines der Zelte.

»Glaubst du, dieses Wahrheitsglas könnte uns helfen?«

Mazrith schüttelte den Kopf und schaute sich um, um sicherzugehen, dass uns niemand zuhörte. »Nein. Ich denke nicht, dass uns die Statue ein Rätsel gegeben hat, das ein Geheimnis enthält. Der Reim soll lediglich ausdrücken, dass der Stab nur von jemandem verwendet werden kann, der würdig ist.«

Ich nickte und war geneigt, ihm zuzustimmen. »Also. In welches Zelt soll ich mein neues Kleid bringen?«

»Das hier gehört Frima und dir.« Mazrith zeigte auf das Zelt, neben dem wir standen. Es war aus dickem, dunklem Leder gefertigt. Die Kanten waren mit kunstvoll geflochtenen und verknoteten Seilen geschmückt, und die Eingangsplanen waren an robusten Holzpfosten befestigt, in die bedrohliche Bestien geschnitzt worden waren. An der Vorderseite des Zeltes hing ein fein gesticktes Banner mit einem Raben.

Ich ging hinein und fand mich in einem geräumigen, runden Raum wieder. Der Boden war mit dicken Fellen bedeckt, um die Kälte des Bodens abzuhalten, und in der Mitte gab es eine runde Feuerstelle, in der ein Feuer brannte. Der Rauch entwich durch ein Loch im Dach.

Es gab hölzerne Möbel, darunter zwei prächtig geschnitzte Betten, die mit Decken und Kissen bedeckt waren. Ein großer Eichentisch stand bereit, und Waffen, Taschen und Rüstungsteile waren ordentlich an den Seitenwänden aufgereiht worden.

»Das ist unglaublich«, staunte ich.

»Es passt zu einer Königin.«

Nachdem Maz gegangen war, betraten Frima und Brynja das Zelt. Wir aßen etwas Käse und Brot, tranken Nesselwein und nahmen uns Zeit, um über unsere Kleidung und Frisuren zu sprechen.

Voror kam ebenfalls ins Zelt geflogen, doch abgesehen von ein paar Kommentaren über die albernen Bräuche der Menschen und Fae verhielt er sich still.

»Wo bleibt dein Geschimpfe über Feste und Bälle?«, fragte Frima, während Brynja mehr Puder auf meine Wangen auftrug. »Ich dachte, Zeit unter hochnäsigen Fae zu verbringen wäre die Hölle für dich.«

Ich zuckte mit den Schultern und lächelte ihr im

Spiegel zu. »Dieses Mal habe ich sowohl mein Kleid als auch meinen Tanzpartner selbst ausgesucht.«

»Ach du meine Güte.« Sie verdrehte die Augen, lächelte aber.

»Hast du einen Partner für heute Abend?«

Sie runzelte die Stirn, während sie sich die Augen schwarz schminkte. »Partner?«

»Henrik. Ich gehe davon aus, dass er hier sein wird.« Ich warf ihr einen Blick zu. »Aber bring ihn nicht in dieses Zelt, wenn ihr die ganze Nacht Lärm machen wollt.«

Frima schnaubte. »Ich dachte, du würdest heute in Mazriths Zelt schlafen – er ist der einzige von uns, der sein eigenes hat.«

Meine Schultern sackten nach unten. »Wir können noch nicht zusammen sein.«

»Was? Ihr seht so ziemlich aus, als wärt ihr zusammen.«

»Nein, ich meine ... körperlich.«

»Warum nicht?«

Brynja war gerade dabei gewesen, rote Creme auf meine Lippen aufzutragen, hielt jetzt jedoch inne und sah mich fragend an.

»Es ist, ähm ... eine Ablenkung, die wir uns im Moment nicht leisten können«, sagte ich gepresst.

»Hmm«, sagte Frima und wusste hoffentlich, dass ich ihr in Anwesenheit einer anderen Person nicht die Wahrheit sagen konnte. »Gut, ich werde niemanden hierher bringen. Ich werde wachsam bleiben. Irgendetwas stimmt hier nicht.«

Ich sah Brynja an. »Ist es seltsam für dich, wieder hier zu sein? Spürst du, dass etwas anders ist?«

Sie zuckte kaum merklich mit den Schultern. »Es ist seltsam, wieder hier zu sein, ja. Ich hatte vergessen, wie hell es ist, aber es fühlt sich nicht anders an. Allerdings war ich bisher nicht außerhalb des Lagers.«

»Wo hat dein Clan gelebt?«

»An der Küste. Nirgendwo in der Nähe des Palastes. Also, in Bezug auf Euer Haar dachte ich, wir könnten ...«

Die Erkenntnis traf mich eine Sekunde zu spät.

»Warte, nein ...!«

Brynja keuchte und ließ das Haar auf meinen Kopf zurückfallen, das sie gerade angehoben hatte. Ihre Hände legten sich über ihren Mund.

Frima drehte sich mit einem Ruck um. »Was ist los?«

Brynja starrte auf meine jetzt wieder bedeckten Ohren.

Ich suchte nach einer Erklärung, aber was sollte ich sagen? Ich seufzte tief. »Meine Ohren haben sich verändert. Es ist erst kürzlich passiert.«

Frima stand auf und legte die Stirn in Falten. »Was?«

Mit einem langen Atemzug und pochendem Herzen schob ich mein Haar zurück, um ihr meine Ohren zu zeigen.

»Bei Odins Raben, wie ist denn das passiert?«

»Habt Ihr ... Besitzt Ihr ... *Magie?*« Brynja flüsterte das letzte Wort. »Wart Ihr schon immer eine Fae? Wie könnt Ihr eine Fae und eine Goldgeberin zugleich sein?« Die Fragen sprudelten aus ihr heraus, und ich hob abwehrend die Hände.

»Nein. Ich weiß nicht, wie das passiert ist«, sagte ich. Ich stand auf und wandte mich ihr zu. »Ich bin ein Mensch, Brynja.«

»Bist du sicher?«, fragte Frima und neigte den Kopf.

Ich war nicht bereit, in Brynjas Anwesenheit über meine Visionen zu sprechen, also schüttelte ich nur den Kopf. »Bitte, können wir es einfach vergessen und mein Haar zurecht machen? Gerne so, dass niemand meine Ohren sehen kann und mein Stirnband und Vorors Feder sicher darin festsitzen.«

Brynja nickte langsam, aber ich bemerkte das Zittern ihrer Hände, als sie sich wieder an die Arbeit machte.

Alle saßen um das Lagerfeuer herum, als wir aus dem Zelt traten, und alle außer Kara und Lhoris trugen einen Schleier aus schwarzer Gaze, der mit einer Reihe kleiner Metallringe vor ihren Augen befestigt war. Es sah seltsam aus, aber es schien zu helfen.

»Bei den Göttern, sieh dich an«, hauchte Kara, als sie uns sah.

Alle sahen in unsere Richtung. Lhoris erstarrte, aber Maz stand langsam auf und zog den Schleier von seinen Augen.

»Du hattest recht. Es hat sich gelohnt.«

»Du siehst auch gut aus«, sagte ich zu ihm und spürte, wie meine Wangen unter seinem intensiven Blick warm wurden.

Er trug sein dunkles Hemd und eng anliegende

Hosen, und seine Amulette lagen über dem freiliegenden V seiner Brust. Seine Zöpfe wurden von einem schlichten, silbernen Reifen zurückgehalten, der aus ineinander verschlungenen Schlangen bestand.

»Dreh dich herum!«, sagte Kara und klatschte in die Hände, was mich dazu brachte, meine Augen von dem großen, muskulösen Fae-Prinzen abzuwenden, der mich ansah, als wäre ich sein Lieblingsdessert.

»Oh, ähm, sicher.«

Ich tat es, und eine Welle von Aufregung strömte durch meinen Körper, als ich sah, wie sich das Kleid auffächerte und im Licht funkelte. Das Oberteil des Kleides war schwarz, wie die Schneiderin gesagt hatte, und wies vorne und hinten eine Dreiecksform auf. Der bauschige Rock war oben schwarz und ging nach unten hin immer mehr in Gold über. Der Stoff war leicht fallend und glitzerte, als wäre er eine Flüssigkeit.

»Glaubst du, dass mich die Gold-Fae in diesem Kleid in Ruhe lassen werden?«

»Dich in Ruhe lassen? Sie werden dich belagern. Du siehst aus, als wärst du eine von ihnen«, sagte Lhoris knapp.

Ich warf ihm einen Blick zu und war dankbar, dass er meine Ohren nicht sehen konnte. »Das ist der Plan. Sie sollen mich respektieren, damit Maz neue Anhänger bekommt.«

»In diesem Kleid wird dich niemand in Ruhe lassen«, knurrte Maz, als er neben mich trat. »Schon gar nicht ich.«

REYNA

Fae aus ganz Yggdrasil waren auf dem Weg die breite Treppe vor dem Palasteingang hinauf, trotzdem zogen wir Blicke auf uns, als wir uns ihnen anschlossen.

Dies war der erste Ball, auf dem keine Masken getragen wurden, und sowohl Männer als auch Frauen trugen Puder und farbige Cremes im Gesicht. Es war wunderschön anzusehen. Überall brach sich das Licht auf den Kleidern, Haaren und Gesichtern funkelnder, glitzernder Fae. Selbst die schwarzen und weinroten Kleider der Schatten-Fae glänzten im Licht.

Ich kannte den Palast gut, obwohl ich ihn selten durch den Haupteingang betreten hatte, und es war merkwürdig, wieder hier zu sein. Ich hatte mich an die schwarz-weißen Schachbrettfliesen des Schattenpalastes gewöhnt, und der kunstvolle, mit Gold durchzogene Marmorboden wirkte irgendwie falsch.

Wir folgten der Menge von Gästen durch die

Eingangshalle. Riesige, goldene Bögen ragten hoch über uns auf, und dahinter lag der große Saal.

Staunend hielt ich die Luft an.

Der Ballsaal strahlte in einem warmen, honigfarbenen Licht, das von den Wänden ausging. Hohe Säulen aus schimmerndem Gold ragten bis zu den blendend hellen Kristallleuchtern empor, und vor meinen Augen schwebten Tausende von Runen durch die Luft. Die marmorne Tanzfläche war von Bernstein und Gold durchzogen und schien von innen heraus zu leuchten. Die darauf herumwirbelnden Paare hinterließen glitzernde Spuren darauf, als hätten sie das funkelnde Licht des Bodens gestört.

An einer Wand befand sich eine riesige, verzauberte Harfe aus schimmerndem Licht. Eine kleine Menschenfrau zupfte eine herrliche, leichte Melodie darauf. Am Rand des Saals standen kleine, runde Tische, auf denen goldene Platten voller Leckerbissen und Delikatessen standen.

»Ellisar würde beim Anblick dieses Essens weiche Knie bekommen«, murmelte Frima.

Svangrior war nicht bei uns, er war bei Ellisar geblieben, der Kara und Lhoris bewachte. Es waren nicht nur die Goldgeber, die in Gefahr waren – wir wussten jetzt, dass es die Königin auch auf Tait abgesehen hatte. Mazrith hatte recht, dass zwei Leibwächter notwendig waren, um die Runenträger zu beschützen.

Frima schwang den Saum ihres Kleids, das aus einem fließenden, schwarzen Stoff bestand und einen hohen Kragen besaß, der ihr normalerweise freigelegtes Dekolleté bedeckte. »Ich fühle mich underdressed«, sagte sie. Die Fae hatten sich selbst übertroffen. Die Eis-Fae trugen glitzernde, gefiederte Kleider in Weiß und Blau, die Erd-Fae grüne Roben, die aussahen, als wären sie aus echten Blättern gefertigt, und die Gold-Fae glitzerten von Kopf bis Fuß.

»Du siehst fantastisch aus«, sagte ich zu ihr.

Sie lächelte mich an, als wir den Ballsaal betraten. »Ich weiß, dass ich gut aussehe. Aber ich hätte noch besser aussehen können. Du bekommst auch ganz schön viel Aufmerksamkeit, weißt du?«

Ich schluckte. Sie hatte recht. Mein Kleid war ein Blickfang. Das Schwarz bildete einen harten Kontrast zu meinem kupferfarbenen Haar, und es gab kaum etwas Rotes im Saal – abgesehen von Königin Andask.

Sie stach deutlich aus der Menge hervor. Ihr knallrotes Kleid war so riesig, dass niemand an sie herantreten konnte. Das Mieder war extrem tief ausgeschnitten und mit Rubinen besetzt, die im warmen Licht funkelten und zu dem gigantischen Rubin an ihrem Hals passten. Wie immer war ihr schwarzes Haar hoch aufgetürmt und mit einer Krone geschmückt, die mit silbernen Schädeln und weißen Diamanten besetzt war. Es gab keinen Zweifel, dass sie allen zeigen wollte, dass sie die Königin war.

Ihre Augen waren fest auf ihre Schwester gerichtet, die auf dem Thron am Kopfende des Raumes saß und sie ignorierte, während sie mit einem leeren Lächeln in die Menge starrte.

Ich runzelte die Stirn, als ich die Königin des Goldhofes beobachtete. Ihr Sohn saß auf einem kleineren Thron neben ihr. Goldene Einlegearbeiten und Edelsteine waren in den weißen Stein eingearbeitet, und ein Bogen aus Gold und Diamanten wuchs wie ein Heiligenschein über die Rücklehne des Throns. Er lehnte sich regelmäßig zu ihr hinüber, um mit ihr zu reden, aber sie antwortete nicht.

Ein Diener in einfachen, weißen Roben näherte sich uns mit einem Tablett mit Schaumwein. Alle nahmen ein Glas, und ich sah mich im Raum um.

»Wo ist Orm?«, murmelte Frima.

Keiner von uns konnte ihn in der Menge entdecken. »Etwas stimmt nicht. Er sollte hier sein«, sagte ich. »Und sieht die Königin nicht seltsam aus? Ihr Gesichtsausdruck, meine ich.« Äußerlich sah aus wie eine Fae-Königin – eine sehr reiche noch dazu. Ihr langes, weißes Haar fiel ihr bis über die Schultern, und sie trug ein Kleid, das jeden Zentimeter ihrer Haut bedeckte. Sein Stoff war über und über mit kleinen, glitzernden Goldkristallen bedeckt. Von ihrer Krone stiegen so viele Goldrunen auf, dass ich sie nicht richtig erkennen konnte.

»Vielleicht sollten wir unseren königlichen Pflichten nachkommen«, sagte Maz und deutete auf die Reihe von Gästen, die darauf warteten, den königlichen Gastgebern ihren Dank auszudrücken.

Meine Augenbrauen schnellten hoch. »Du willst zu ihr gehen und mit ihr reden? Bist du verrückt? Du hast mich aus ihrem Hof entführt, Maz. Nicht nur mich, sondern drei der acht Goldspender des Palastes! Und du willst einfach so vor sie treten und sie begrüßen?«

Er sah erst mich, dann die Königin an. »Ja.«

»Nein, das ist eine schreckliche Idee.« Er marschierte alleine auf die Warteschlange zu. »*Heimskr*«, knurrte ich und beeilte mich, zu ihm aufzuholen. Als ich ihn erreichte, erklang ein Gong, und eine Stimme hallte durch den Raum.

»Die Königin des Goldhofes begrüßt ihre Gäste und bittet sie, den Tanz und das Essen zu genießen. Das *Leikmot* wird morgen zur Mittagszeit beginnen, also trinkt und seid fröhlich, alle miteinander!«

Die Schlange vor uns wurde langsam kürzer, während die vielen Fae die Hände der Königin und ihres Sohnes küssten, um sich bei ihnen einzuschmeicheln.

Angst packte mich. Die Königin war nicht so mächtig wie ihre verrückte Schwester – sie hatte keinen Nebelstab – aber sie war mächtig genug, um selbst Maz zu besiegen, da seine Magie schwand. Ihr unter die Nase zu reiben, dass Maz sie bestohlen hatte, war eine wirklich, wirklich schlechte Idee, da war ich mir sicher.

»Das ist dumm«, flüsterte ich. »Du hast gesagt, dass wir uns nicht in Gefahr begeben sollten. Das hier ist das Gegenteil davon!«

»Du wirst morgen bei den Spielen vor ihr stehen, *Gildi.* Du kannst dich nicht verstecken, also können wir ihr genauso gut beweisen, dass wir keine Angst haben.«

»Aber ich habe Angst. Sie ist eine Fae-Königin, Maz!«, zischte ich, um sicherzugehen, dass uns niemand belauschen konnte. Aber die Leute machten normalerweise einen großen Bogen um Maz, und so auch an diesem Abend.

»An meiner Seite solltest du vor niemandem Angst haben, *Ástin mín*.«

Ich sah ihm einen Moment lang in die Augen, dann straffte ich meine Schultern. »Also gut. Bringen wir es hinter uns.«

Aber als wir schließlich vor der Königin standen, war ich mir nicht einmal sicher, ob sie mich erkannte.

Wenn sie den Verlauf des *Leikmot* verfolgt hätte, müsste sie wissen, wer ich war, und selbst wenn nicht, hätte sie mich sofort als eine Goldgeberin erkennen müssen. Immerhin hatte ich jahrelang in ihrem Palast gearbeitet. Aber sie streckte lediglich ihre Hand aus und zeigte keinerlei Interesse. »Willkommen. Genießt den Ball«, sagte sie. Ihre Stimme klang melodisch, doch es fehlte ihr an Tiefe.

Ich senkte den Kopf, um ihre behandschuhte Hand zu küssen und zwang mich, Augenkontakt mit ihr herzustellen. Aber ihre Augen waren leer. Ich konnte nichts darin erkennen.

Ich trat einen Schritt zur Seite, um Maz Platz zu machen. »Guten Abend«, sagte sie zu ihm. »Willkommen. Genießt den Ball.«

»Reyna Thorvald.«

Ich richtete meine Aufmerksamkeit auf den jungen Prinzen. »Oh, Verzeiht, Eure Hoheit«, sagte ich und verbeugte mich. *Seine* Augen waren alles andere als leer. Tatsächlich huschte sein Blick überallhin, über meine Schulter hinweg, nach links und nach rechts, ohne Unterbruch.

»Ihr sorgt für eine gesunde Unterhaltung beim

Leikmot.« Seine scharfen Augen fixierten mich eine Sekunde lang. »Ich wünsche Euch viel Glück.«

Der Prinz des Goldhofes wünschte mir viel Glück? Das ergab nicht den geringsten Sinn.

Noch ehe ich antworten konnte, wurde ich beiseitegeschoben, und hörte, wie er eine formelle Begrüßung aufsagte, während ich mich vom Podium entfernte.

Maz streckte einen Arm nach mir aus und hielt mich fest, und wir kehrten gemeinsam zu Frima zurück, die schon auf uns wartete.

»Wie ist es gelaufen? Von hier aus sah es aus, als wäre alles gutgegangen«, sagte sie, als wir bei ihr ankamen.

»Weil sie viel zu abwesend ist, um irgendetwas zu bemerken«, sagte Mazrith leise.

»Zu abwesend? Was meinst du damit?«

»Ich hatte das Gefühl, dass sie keine Ahnung hatte, wer wir sind oder was hier vor sich geht. Sie leiert immer wieder die gleichen Worte herunter«, sagte ich. »Und ihr Sohn, er wirkte irgendwie verängstigt. Er hat mir viel Glück gewünscht.«

Frima runzelte die Stirn. »Dir viel Glück gewünscht? Ich dachte, sie würden dir drohen, Rache schwören, dich vielleicht sogar anschreien«, sagte sie.

»Das hätten sie tun sollen. Etwas stimmt nicht. Und wo zum Teufel ist Orm?«, murmelte Mazrith und sah sich um. »Ich bin mir sicher, dass er dahintersteckt. Es gibt keine andere Erklärung.«

»Denkst du, dass er sie irgendwie kontrolliert?«

»Ich weiß es nicht, aber der Junge hatte eindeutig Angst.«

»Hast du in seinen Kopf geschaut?«

»Nein, er war geschützt. Sie beide.«

»Womit geschützt? Ich dachte, nur Schatten-Fae könnten so etwas tun?«

»Nein, es gibt auch Talismane, und die beiden sind von oben bis unten mit Schmuck behängt. Ich denke, dass sie etwas an sich tragen, das dafür verantwortlich ist.«

»Mein Sohn.« Die zuckersüße Stimme der Königin erreichte uns, und die Fae um uns herum machten Platz für ihr riesiges Kleid. Sie lächelte, und ihre schwarzen Zähne ließen meine Haut kribbeln.

»Ich bin nicht dein Sohn«, erwiderte Maz.

Ihr Lächeln wurde von einem Stirnrunzeln abgelöst, als sie sein Gesicht musterte. »Diese Narben, Kind. Warum habe ich die noch nie zuvor gesehen?«

Mir wurde schlecht, und Mazrith schien vor meinen Augen größer zu werden. Seine Hand bewegte sich zum Stab an seiner Hüfte. »Was willst du?«

»Ich bin einfach nur höflich. Ist es so seltsam, mit seiner Familie zu sprechen?«

Ihr Blick fiel auf mich, und ein stechender Schmerz explodierte in meinem Schädel. Ich keuchte auf und klammerte mich so heftig an mein Glas, dass ich den Wein verschüttete.

Es fühlte sich an, als würde meine Kopfhaut von Rasierklingen zerschnitten, und das Stirnband, das in meinen Locken verborgen war, wurde auf einmal heiß.

Mazrith gab ein wütendes Knurren von sich, doch im selben Moment schien ein Energieimpuls von meinem Kopf auszugehen. Es fühlte sich an wie kühles, fließendes Wasser.

Mit einem schwindelerregenden Surren verschwand der Schmerz.

Königin Andask starrte mich hasserfüllt an. »Du hast einen Weg gefunden, ihr deine Magie zu geben«, zischte sie.

Mazrith sah mich für einen kurzen Moment an, dann trat er auf sie zu, wobei seine Stiefel auf das burgunderfarbene Samtkleid traten.

»Rühr sie noch einmal an, und ich werde dir das Herz aus der Brust reißen und es einer deiner Kreaturen verfüttern.«

»Ich habe sie nicht angerührt, Junge.«

»Und ich brauche dich nicht zu berühren, um meine Drohung wahrzumachen.«

Ihre Hand legte sich auf die diamantbesetzte Scheide an ihrer Seite, und die Spitze ihres Stabes glänzte. »Bald wird es keine Rolle mehr spielen, was ihr plant«, sagte sie leise, aber bevor sie fortfahren konnte, trat Rangvald an ihre Seite. Sein blasses Gesicht war gerötet.

»Meine Königin, ich ...«

Sie drehte sich zu ihm um. Ihr Gesicht verzerrte sich vor Zorn, und sie schlug ihm mitten ins Gesicht. Einer der riesigen Edelsteine an ihren Fingern schrammte über seine Wange und hinterließ einen langen Schnitt, aus dem sofort Blut zu rinnen begann.

Ich zwang mich zur Ruhe, während sich die Königin

die Lippen leckte und das Blut auf dem Gesicht ihres Beraters betrachtete. Hass blitzte in Rangvalds Augen auf, doch er sagte kein Wort.

»Wo wart Ihr?«, fragte sie säuselnd. Die Fae um sie herum starrten sie an, aber ich konnte keine Abscheu in ihren Gesichtern erkennen, nur ... Verwunderung.

»Verzeiht, meine Königin«, sagte Rangvald und senkte den Kopf.

»Ihr könnt es wiedergutmachen.« Wieder starrte sie auf seine Wunde, dann drehte sie sich um und ging. Er folgte ihr, als würde er an einer unsichtbaren Leine hängen.

Ich nahm einen Schluck von meinem Wein und versuchte, mich zu beruhigen.

Die Königin war verrückt. Gefährlich, gewalttätig und völlig unberechenbar.

Wir durften sie nicht gewinnen lassen.

»Hat sie dir wehgetan?«, fragte Mazrith leise.

»Nein, nicht wirklich.«

Frima schaute mich an. »Sie hat versucht, in deinen Kopf einzudringen?«

»Ja.«

»Wie hast du sie daran gehindert?«

»Ich weiß es nicht. Irgendetwas hat sie vertrieben.« Ich sah Maz an. »Ich dachte, es wäre dein Stirnband.«

Er nickte langsam, aber da war etwas in seinen Augen, das mich vermuten ließ, dass mehr dahintersteckte. Er verschwieg mir etwas. »Lord Dakkar und seine Frau sind gerade angekommen«, sagte er stattdessen.

Ich sah zum Eingang, wo eine Gruppe von Erd-Fae aufgetaucht waren. Dakkar stand in der Mitte. »Ich denke, ich sollte ihn fragen, ob es wirklich ihre Entscheidung war, den Goldhof diese Runde des *Leikmot* abhalten zu lassen«, sagte ich.

KAPITEL 25

REYNA

»Lord Dakkar.«

Der schlanke Fae-Lord trug einen grünen Umhang, der die Form eines großen Blattes hatte. Seine Brust war unbedeckt, und seine Hose war aus Tierhäuten und grünen Ranken gefertigt.

Khadra trug ein fließendes Kleid aus hunderten von grünen Blüten, dessen Oberteil wie ein Fächer aussah, und ihr Haar war mit kleinen, gelben Gänseblümchen bedeckt.

»Ah, kleine Menschenfrau«, sagte Dakkar, als er mich sah. Ein Lächeln breitete sich auf seinem Gesicht aus. »Obwohl Ihr derzeit mehr wie eine Fae ausseht«, sagte er.

Khadra musterte mich. »Mir gefällt es«, sagte sie. »Es steht Euch.«

Ich lächelte verlegen. »Danke. Ihr seht wunderschön aus.« Khadra nickte mir verlegen zu und lächelte. »Wie war Eure Reise?«

Das Lächeln auf den Gesichtern der beiden verblasste. »Wir hatten schon bessere«, murmelte Khadra düster.

»Warum? Was ist passiert?«

»Wir wurden beobachtet.«

Ein mulmiges Gefühl breitete sich in meinem Magen aus. »Beobachtet?«

»Augen entlang des Wurzelflusses, die ganze Zeit über. In der Leere jenseits der Rinde«, sagte Dakkar.

»Augen? Wessen Augen?« Doch ich kannte die Antwort bereits. Wir hatten sie selbst gesehen. *Die Hungernden.*

Dakkar beugte sich zu mir vor, und seine Augen verengten sich. »Ich sehe Euch an, dass Ihr die Antwort auf diese Frage bereits kennt«, sagte er.

Ich seufzte. »Wir haben sie ebenfalls gesehen«, gab ich leise zu.

»Die Welt verdunkelt sich«, sagte Khadra und schaute dann zu den Türen des Saals. »Obwohl dieser verfluchte Hof ein wenig Schatten gebrauchen könnte.«

»Euch gefällt der Goldhof nicht?«

»Bis jetzt nicht, nein. Er ist zu hell und pompös. Es gibt keinerlei Bescheidenheit, außerdem habe ich noch nie einen Gold-Fae getroffen, dem man vertrauen konnte.«

»Warum habt Ihr die Spiele hierhin verlegt?«, fragte ich, da sich die Gelegenheit bot.

Die beiden wechselten Blicke. »Ein Bote wurde zu uns geschickt, um den Fortschritt der Vorbereitungen auf die Spiele zu begutachten. Er war alles andere als beeindruckt und bemerkte den ... Mangel an menschlicher Arbeitskraft«, sagte Dakkar vorsichtig, und Khadra senkte den Blick. »Kurz darauf erhielten wir dieselbe Nachricht wie alle anderen, dass die nächste Runde im Goldhof stattfinden würde.«

Das könnte bedeuten, dass der Erdhof tatsächlich nicht in der Lage gewesen war, die Spiele abzuhalten, aber es hätte auch nur eine Ausrede sein können.

»Wo ist Lord Orm?«, fragte Khadra. Sie verzog die Lippen, als sie seinen Namen aussprach.

»Er scheint nicht hier zu sein«, sagte ich, doch Dakkar schüttelte den Kopf und zeigte in eine Richtung.

Der Fae-Lord stand neben dem Podium mit den Thronen. Er trug seine üblichen, glamourösen Gewänder und ein überhebliches Lächeln im Gesicht.

»Schade. Ich hatte gehofft, dass mir seine Gesellschaft erspart bleiben würde«, murmelte ich.

»Dort drüben ist Kaldar. Ich werde sie begrüßen, dann müssen wir der Königin unsere Ehre erweisen«, sagte Khadra und legte eine Hand auf Dakkars Schulter.

Ich verstand die Andeutung und nickte den beiden zu. »Dann sehen wir uns morgen. Genießt den Ball.«

»Ich genieße jede Gelegenheit, mit ihr tanzen zu dürfen«, sagte Dakkar, worauf sein übliches Grinsen zurückkehrte. Sie schlug ihm spielerisch gegen die Schulter, dann entfernten sie sich in Richtung der Gruppe von Eis-Fae.

Ich kehrte zu Maz und Frima zurück und berichtete ihnen, was er gesagt hatte.

»Das hilft uns überhaupt nicht weiter«, seufzte

Frima. Ihr Blick wanderte zu den Tischen mit dem Essen. »Ich werde mir etwas zu essen holen.«

Als sie uns alleine gelassen hatte, sah ich Maz an. »Was ist mit dem Stirnband passiert? Da ist etwas, das du mir nicht sagst.«

»Ich glaube nicht, dass es das Stirnband war, das ihre Magie abgewehrt hat. Ich hätte es gespürt. Beschreibe, wie es sich angefühlt hat.«

Ich tat es, und seine Augen funkelten fasziniert. »Meine Magie wird sich nie wie Wasser anfühlen, außerdem funktioniert das Stirnband nicht auf diese Weise. Die Magie, die sie abgewehrt hat, kam aus deinem Inneren, Reyna.«

Ich blinzelte ihn an. Hatte meine eigene Magie hatte sie abgeblockt? »Also ... kann ich meine eigenen Gedanken schützen?«

Er beobachtete, wie ich meinen Wein austrank, dann nahm er meine Hand. »Lass uns einen Spaziergang machen. Ich habe eine Idee.«

Ich nahm seine Hand, und er führte mich zu zwei kunstvoll gearbeiteten, vergoldeten Türen, die sich in der Wand gegenüber der Harfenspielerin befanden. Fae gingen lachend und plaudernd ein und aus.

»Wohin gehen wir?«

»In einen Garten, wenn ich die flüchtigen Gedanken derer, die etwas mehr Privatsphäre suchen, richtig interpretiert habe«, sagte er.

Ich sah ihn an. »Du liest einfach so die Gedanken anderer, während du hier herumstehst?«

»Nein. Ich fange Eindrücke auf. Meistens spüre ich, was sie wollen oder fürchten.«

»Genau das passiert, wenn ich durch die Augen anderer sehen kann! Ich nehme ihre stärksten Gefühle wahr, nicht ihre eigentlichen Gedanken.«

Wir erreichten die Türen. Wie vermutet gab es hier einen Garten, aber er war wie kein anderer Garten, den ich je gesehen hatte. Er ähnelte eher einem Labyrinth. Hohe Hecken voller glitzernder Lichter und goldener Rosen erstreckten sich vor uns. In versteckten Ecken waren schmiedeeiserne Tische und Stühle für zwei aufgestellt worden, und auf den größeren Lichtungen gab es goldene Brunnen, die mit geschnitzten Adlern und anderen Greifvögeln geschmückt waren. Zahlreiche Paare standen in den Ecken und schmusten, flirteten und kicherten, als wir vorbeigingen.

»Hier.« Mazrith setzte sich an einen Tisch, der von üppigem Grün umgeben war, welches Schatten spendete. Er bedeutete mir, ebenfalls Platz zu nehmen. »Mir kam der Gedanke, dass dies der perfekte Ort ist, um zu versuchen, deine Magie gezielt einzusetzen. Es sind so viele Fae hier, die etwas Ähnliches versuchen, dass es niemandem auffallen wird, falls etwas schiefgehen sollte.«

Mir war unbehaglich zumute. »Du meinst ... ich kann nicht aus Versehen jemanden umbringen.«

»Genau. Keine Schattenbiester, aber viele Leute, die man ausspionieren kann.«

»Maz, ich kann meine Visionen nicht kontrollieren, das weißt du doch.«

»Ich weiß, dass du es noch nie versucht hast.«

Ich zuckte überrascht zusammen, als ein weißer Schemen in meinem Blickfeld erschien. Voror landete auf dem Gittertisch zwischen uns.

»Ich stimme dem Fae vollkommen zu«, sagte er.

»Hallo«, murmelte ich.

Maz hob die Augenbrauen. »Ich wette, dass mir deine Eule recht gibt.«

»Das tut er«, seufzte ich.

»Ich bin nicht deine Eule«, sagte Voror.

Ich gab seine Worte weiter und stützte mein Kinn auf meine Faust. »Soll ich das wirklich tun?«

Seine Augen funkelten. »Reyna, ich kenne dich. Ich weiß, dass du diese Macht kontrollieren können willst. Lass dich nicht von deiner Angst überwältigen.«

Er hatte recht. Dies war der perfekte Ort, um es zu versuchen. Und wenn es klappte ... Wenn es klappte, würde mir das im *Leikmot* einen riesigen Vorteil verschaffen.

»Gut. Was muss ich tun?«

»Ich kann dir nur sagen, was ich tue. Wähle jemanden aus, konzentriere dich auf sein Gesicht und lass dich von seinem Geist erfüllen.«

Ich runzelte die Stirn. »Von seinem Geist erfüllen?«

»Ja.«

»Und was, wenn ich die Person nicht sehen kann?«

»Dann stellst du sie dir vor. Wenn das nicht funktioniert, kannst du es auf eine andere Weise versuchen. Wenn ich in einer Gruppe bin, muss ich mich nicht auf ein Gesicht konzentrieren, stattdessen suche ich nach einem Gefühl. Ich konzentriere mich auf dieses Gefühl, zum Beispiel Angst oder Begierde, worauf diejenigen, die es ausstrahlen, leicht zu finden sind.«

Ich holte tief Luft und schloss die Augen. Wen könnte ich mir vorstellen, dessen Gedanken ich kennen wollte? Meine Gedanken wanderten sofort zu Königin Andask, und ich riss die Augen auf.

»Was ist los?«

»Ich habe an die Königin gedacht, aber ich bin mir verdammt sicher, dass ich keine Lust habe, in ihren Kopf zu sehen.«

Ein Ausdruck von Schrecken huschte über Mazriths Gesicht, und Voror schlug unruhig mit den Flügeln. »Halte dich von Königin Andasks Gedanken fern«, zischte er. »Vertraue mir. Sie sind verdammt gut geschützt, und du würdest den Versuch vielleicht nicht überleben.«

»Verstanden.« Während ich sprach, ging ein Paar an uns vorbei. Die Frau hatte den Arm des Mannes umschlungen und lächelte glücklich. Sie sah mich, und ihr Gesicht veränderte sich. Ein höhnisches Grinsen breitete sich auf ihren Lippen aus.

Ich konzentrierte mich auf ihr Gesicht und stellte mir das vor, was Maz gesagt hatte. Ich stellte mir vor, dass ich in ihren Kopf gesogen würde und ihre Gedanken absorbierte.

Dunkelheit legte sich über meine Sicht, dann sah ich durch ihre Augen und ging zwischen den Hecken hindurch. »Unglaublich, dass sie bei den Spielen mitmacht«, flüsterte sie, doch ihre Lust auf den Mann, den sie festhielt, war das vorherrschende Gefühl. »Eine menschliche Sklavin? Was haben sie sich nur dabei gedacht, sie zu ihrer Teilnehmerin zu machen?«

Der Mann lachte. »Mit etwas Glück werden wir sehen, wie sie es vermasselt und stirbt.«

Sterben? Sie verachteten mich so sehr, dass sie mich sterben sehen wollten?

Während ich von Empörung und Wut gepackt wurde, sah ich ein weiteres Paar, das unter einem kleinen Apfelbaum stand und sich leidenschaftlich küsste.

Als würde meine Magie nicht mehr im Kopf der oberflächlichen Fae bleiben wollen, die mich sterben sehen wollte, verdunkelte sich meine Sicht erneut, und ich befand mich im Kopf des knutschenden Mannes.

Heftiges Verlangen umhüllte meinen Verstand, als er sich von der Frau löste und in ihre großen Augen starrte. Dann konnte ich nichts mehr sehen, da er die Augen schloss, um sie erneut zu küssen.

Ich befürchtete, Zeuge etwas sehr viel Intimerem zu werden, und erneut blitzte Dunkelheit auf.

»Ist alles bereit für morgen?«

»Ja, Herr. Die Ziele sind aufgestellt, und die Waffe ist wie gewünscht verzaubert worden.«

Ich war in dem Kopf eines menschlichen Wachmanns. Er sprach mit einem Gold-Fae mit mehr Zöpfen, als ich zählen konnte. Das einzige Gefühl, das ich wahrnehmen konnte, war eine leichte Anspannung.

»Gut. Auf Anweisung von Lord Orm, nehme ich an?«

»Natürlich, Herr.«

Der Gold-Fae nickte. Der Wächter drehte sich um

und suchte die Tanzfläche ab, bis er Lord Orm entdeckte, der mit einer Gold-Fae in einem sehr kurzen, weißen Kleid tanzte.

»Lord Orm ist unschlagbar im Umgang mit dem Bogen, aber wir können es uns nicht leisten, dass er in seinem eigenen Hof verliert.«

Durch die Augen des Wächters beobachtete ich, wie Lord Orm vor der Frau einen Knicks machte und dann auf Dakkar zuging.

Ich wollte hören, was sie sagten, also suchte ich jemanden in der Nähe.

Eine Eis-Fae saß in der Nähe und schwankte leicht. Vielleicht hatte sie zu viel getrunken. Ich konzentrierte mich auf sie, und mit einem Aufblitzen von Dunkelheit war ich in ihrem Kopf.

Das vorherrschende Gefühl war Verwirrung, und es war deutlich, dass sie betrunken war. Ich lauschte, konnte aber nur das allgemeine Stimmengewirr hören.

Ich betete, dass es funktionieren würde und drängte die Frau, aufzustehen. Zu meiner Verblüffung tat sie es, wenn auch schwankend.

Das Anschwellen meiner eigenen Gefühle vertrieb die Vision.

Konzentration!

Ich versuchte es erneut und drängte die Frau dazu, sich umzudrehen, worauf ich gerade noch sah, wie Königin Andask Lord Orms Arm ergriff und ihn zu sich herumwirbelte, noch bevor er Dakkar erreicht hatte.

»Du hast gesagt, es würde unauffällig sein«, knurrte sie Orm an. Es war schwer, ihre Worte auszumachen, also drängte ich die Eis-Fae dazu, sich herunterzubeugen, als würde sie ihren Schuh überprüfen.

»Das ist nicht so einfach«, sagte Orm ruhig.

»Es ist offensichtlich, dass sie nicht sie selbst ist. Du hast …«

Die Eis-Fae quietschte, als eine menschliche Sklavin über sie stolperte und ein Tablett mit Getränken verschüttete. Ich hörte das Klirren von Glas, dann schnappte ich nach Luft, als ich auf einmal wieder zurück im Garten war.

Mazrith und Voror starrten mich gebannt an

Ich atmete scharf ein, und meine Hände zitterten vor Aufregung. »Bei den Göttern«, hauchte ich. »Freya stehe mir bei, es hat funktioniert.«

KAPITEL 26
REYNA

Ich verhaspelte mich immer wieder in meinen Worten, während ich Mazrith und Voror erzählte, was gerade passiert war. Ich wusste nicht, worüber ich mehr aufgeregt sein sollte: darüber, dass ich in die Köpfe anderer eindringen und sie steuern konnte, oder über die Informationen, die ich gerade erhalten hatte.

»Der Prinz hatte recht, das ist ein ausgezeichneter Ort zum Üben«, sagte Voror. »Mein Gehör ist gut, aber in Räumen mit so vielen Leuten ist es unmöglich, ein einzelnes Gespräch zu belauschen.«

»Ich denke, du solltest versuchen, in Dakkars Kopf einzudringen«, sagte Mazrith nachdenklich.

»Nein!« Meine Reaktion war instinktiv. »Auf keinen Fall.«

»Ich möchte wissen, ob wir ihm vertrauen können.«

»Es wäre besser, in die Köpfe aller in unserem Lager

einzudringen, um herauszufinden, ob wir ihnen vertrauen können«, schnaubte ich.

»Sie alle können ihre Gedanken abschirmen, du würdest nichts erreichen.«

»Ich weiß. Aber dann komme ich auch nicht in Dakkars Kopf. Außerdem würde ich nur seine Gefühle wahrnehmen, was wenig darüber aussagen würde, ob er vertrauenswürdig ist. Ich kann keine Gedanken lesen.«

»Du hast Rangvalds Schuldgefühle gespürt. Das war genug.«

Ich starrte Maz an, und die Zahnräder in meinem Kopf begannen sich zu drehen. »Moment mal, warum war sein Kopf nicht geschützt?«

»Das hätte er sein sollen«, sagte Mazrith langsam. »Ich frage mich, ob du an solchen magischen Barrieren vorbeikommen kannst.«

»Nun, ich werde es bestimmt nicht versuchen.«

»Du könntest es bei mir versuchen.«

»Wie bitte?«

»Versuch, in meinen Kopf einzudringen.«

»Nein!«

Voror schlug mit den Flügeln. »Ihr redet zu laut. Vielleicht solltet ihr diese Unterhaltung an einem privaten Ort weiterführen.«

Ich holte tief Luft und gab seine Worte an Mazrith weiter.

»Die Eule ist weise«, sagte Maz.

Voror klickte zufrieden mit dem Schnabel.

»Ich brauche sowieso einen Drink«, sagte ich und stand auf. Mazriths Augen wanderten über meinen

Körper, während der Stoff meines Kleides über meine Beine glitt.

»Ja. Und Frima wird sich fragen, wo wir bleiben.«

Als wir den Ballsaal betraten, war es offensichtlich, dass Frima sich keinerlei Sorgen gemacht hatte. Sie war in ein angeregtes Gespräch mit Henrik vertieft.

Wir gingen auf sie zu, und als wir bei den Erd-Fae ankamen, sah Khadra mich an. »Ihr habt nichts zu trinken.«

»Oh, nein, ich …«

»Kommt«, sagte sie und ging zu einem langen Tisch voller Gläser.

»Alles in Ordnung?«, fragte ich und beeilte mich, mit ihr Schritt zu halten.

Sie drehte sich zu mir um. Ihre Augen waren ernst. »Dak ist ein Mann und daher unfähig, um Hilfe zu bitten.«

»Hilfe?«

Sie biss sich auf die Lippe, sah über meine Schulter und senkte dann die Stimme. »Das morgige Spiel hat etwas mit Zielscheiben zu tun. Jemand aus unserer Gruppe hat so etwas mitbekommen.«

Ich blinzelte. »Warum helft Ihr mir?«

»Wenn Dak nicht gewinnt, seid Ihr die Einzige, die ich als Gewinnerin sehen möchte.«

»Würdet Ihr Lady Kaldar nicht einer Menschenfrau vorziehen?«

Khadra sah mich an. »Ich glaube nicht, dass Ihr eine gewöhnliche Menschenfrau seid. Ein Mann wie Prinz Mazrith Andask würde sich nicht an eine zufällige

Sklavin binden und sie mit solch einem Feuer in den Augen betrachten.«

Ich straffte meine Haltung, obwohl sie recht hatte, dass ich keine gewöhnliche Frau war. »Auch Menschen haben ein Recht auf Liebe, Schutz und Macht, genau wie die Fae.« Die Worte kamen schärfer heraus, als ich es beabsichtigt hatte, und erst dann erinnerte ich mich daran, dass ich mit der Frau eines Fae-Lords sprach.

Aber sie betrachtete mich als ebenbürtig. Mit einem genervten Seufzen stemmte sie eine Hand in die Hüfte. »Hört zu, ich weiß, dass man sich das Maul darüber zerreißt, wie wir unsere Menschen behandeln, aber sie sind nicht das, was sie zu sein scheinen. Tatsächlich sind sie der Grund, warum Dak die Spiele gewinnen muss. Er muss die Aufmerksamkeit des Königs erregen.«

Ich hob eine Hand und schüttelte verwirrt den Kopf. »Moment, ich kann Euch nicht ganz folgen. Bitte fangt von vorne an.«

»Nein.« Ihre hellen Augen trafen meine. »Ich werde Euch nichts erzählen, was Ihr gegen uns verwenden könntet, bis ich weiß, dass ich Euch vertrauen kann. Dak wird Euch nicht fragen, also werde ich es tun: Wenn es während der Spiele so aussieht, als könntet Ihr nicht gewinnen, werdet Ihr versuchen, stattdessen Dak zu helfen?«

Ich starrte sie an. »Bietet Ihr im Gegenzug dann das Gleiche an?«

»Ja.«

Meine Gedanken rasten, als ich über den Vorschlag nachdachte, und ich kam blitzschnell zu einer Entscheidung. »Ja. Und, ich habe auch etwas aufgeschnappt. Das Spiel ist zu Lord Orms Gunsten manipuliert worden.«

Wut machte sich auf ihrem Gesicht breit. »Miese, gierige, Schweineblut trinkende Gold-Fae«, knurrte sie. »Danke, dass Ihr es mir gesagt habt.«

Ich zuckte mit den Schultern. »Orm darf nicht gewinnen.«

Sie nickte, und ihre Augen verhärteten sich. »Orm darf nicht gewinnen.«

Ich erzählte Mazrith und Frima von meinem Gespräch mit Khadra, sobald ich mit meinem Glas zu ihnen zurückkam. Maz sah besorgt aus, aber Frima sagte, dass sie es für die richtige Entscheidung hielt, bevor sie wieder mit Henrik flirtete.

»Es besteht kein Risiko«, sagte ich zu Maz. »Warum sollte ich nicht zustimmen?«

Er sah sich misstrauisch um. »Auf den ersten Blick scheint es sinnvoll.«

»Warum bist du dann so besorgt?«

»Alles hier macht mir Sorgen«, antwortete er. »Wir stehen am Abgrund, *Ástin mín*. Ich glaube, dass sich das, was meine Stiefmutter zu Orm gesagt hat, auf die Königin des Goldhofs bezogen hat. Sie stecken unter einer Decke, und ich vermute, sie verwenden Gift oder Magie, um die Königin zu kontrollieren. Wenn sie glauben, dass man sie wegen Hochverrats anklagen könnte, werden sie vielleicht etwas Unüberlegtes tun. Wir müssen äußerst wachsam sein.«

»Das sind wir«, sagte ich und berührte seinen Arm. »Und wenn du recht hast und das Ganze in einer Katastrophe enden könnte, sollten wir vielleicht unseren gemeinsamen Abend genießen. Schließlich hast du mir dieses Kleid gekauft.« Ich hob meinen Rock und schwenkte ihn mit einem Lächeln.

Er trat auf mich zu und legte seine großen Hände an meine Taille. Mein Atem stockte. »Erinnerst du dich an unseren ersten gemeinsamen Ball?« Ich nickte. »Jeder Mann im Saal wollte dich. Alle sehnten sich danach, dich zu kosten.«

Hitze strömte durch meinen Körper, als sich seine Augen verdunkelten.

»Nun, du hast mich bereits gekostet«, flüsterte ich. »Hat es dir gefallen?«

»Du bist zu göttlich für sie«, knurrte er. »Aber das hält sie nicht davon ab, dich zu begehren. Es ist unumgänglich, dass ich ihnen zeige, dass du mir gehörst.«

Bevor ich etwas sagen konnte, schlang er seinen Arm um meine Taille und wirbelte mich zur Tanzfläche. Paare wichen zur Seite, um uns Platz zu machen, und alle Blicke richteten sich auf uns. Mazriths riesige Gestalt war ganz in Schwarz gekleidet, Haar, Pelze, Kleidung, während ich in Schwarz, Gold und feurigem Kupfer erstrahlte.

»Jetzt sehen sie uns«, flüsterte ich, als Mazrith mich im Takt der Musik nach hinten neigte.

»Sie sollen sehen, wie du dich an mich schmiegst«, brummte er.

Die Musik veränderte sich und wurde langsamer und sinnlicher. Mazrith richtete sich auf und zog mich an seinen Körper.

»Die Runen«, sagte ich, als eine von seiner Wange hochschwebte.

Seine Augen verengten sich, dann ließ er mich an seinem Arm nach unten gleiten, sodass mein Körper nicht mehr direkt an seinem lag. Er zog mich wieder hoch und hob einen Arm, um mich von einer Seite zur anderen zu wirbeln. Seine andere Hand wanderte zum Stab an seiner Hüfte, bevor er mich auf der anderen Seite heruntergleiten ließ.

»Maz, du kannst nicht ...«, begann ich, dann keuchte ich auf. Das kühle Kribbeln seiner Schatten schlang sich um meine Knöchel und breitete sich dann entlang der Innenseite meines Beins aus.

Er hielt meine Hand fest, drehte mich aber erneut, sodass ich ihn nicht berührte.

Meine Augen wanderten über seine Gestalt und seinen Stab, aber die schattenhaften Fäden seiner Magie waren so zart, dass niemand wissen konnte, dass sie da waren.

Außer mir. Es war unmöglich, sie nicht zu bemerken. Die Schatten hatten meinen Oberschenkel erreicht, und ich fixierte seine Augen.

»Maz ...«, hauchte ich, während seine Schatten meine Oberschenkel umspielten und meine Haut zum Kribbeln brachten.

Schatten tanzten in seinen Augen, als er mich erneut herumwirbelte und sich im Takt der Musik verlor. Um uns herum tanzten mehrere Paare in ähnlicher Weise, die meisten sogar enger als wir, und doch waren alle Blicke auf uns gerichtet.

»Ja, *Ástin mín?*« Die Schatten wanderten höher und streichelten mich unter meinem voluminösen Kleid.

Ich keuchte und wäre fast gestolpert. Mazrith bewegte sich weiter zur Musik und hielt meine Hand fest. »Siehst du irgendwelche Runen?«, fragte er so leise, dass nur ich ihn hören konnte.

Ich schüttelte den Kopf. Ein sinnliches, lüsternes Lächeln legte sich auf sein Gesicht, und ich musste mich beherrschen, um nicht auf ihn zuzutreten, mein Bein um ihn zu schlingen und meinen Mund auf seinen zu pressen.

Wieder glitten die Schatten über meine Haut, und diesmal wanderten sie unter meine Seidenunterwäsche.

Ich presste meine Lippen zusammen, um ein Stöhnen zu unterdrücken, und Mazriths Augen leuchteten vor unbändiger Lust. Der Takt der Musik wurde jetzt schneller. Die Schatten passten sich ihrem Rhythmus an, strichen über mich und fanden meinen Kitzler.

Ich umklammerte Mazriths Hand, als er mich erneut herumwirbelte. Meine Augen schweiften über die anderen Paare, während mich seine Schatten streichelten, küssten, neckten und quälten.

Jeder Nerv in meinem Körper stand in Flammen, und das Adrenalin war fast so berauschend wie meine Lust.

»Mehr?« Diesmal war seine Stimme in meinem Kopf. Ich konnte nicht antworten, also nickte ich.

Mehr. Gib mir mehr. Hör nicht auf.

Schattenhafte Zungen leckten über meinen Kitzler,

dann spürte ich einen kühlen, kribbelnden Druck, der meinen feuchten Eingang fand.

Diesmal entkam mir ein Stöhnen, und Maz' Selbstbeherrschung wankte. Für einen Moment waren seine Augen von solch überwältigender Lust erfüllt, dass ich befürchtete, er würde die Kontrolle über seine Schatten verlieren und mich hier und jetzt nehmen.

Aber er erlangte seine Beherrschung wieder, und der Druck in meinem Inneren nahm zu. Langsam und dem Takt der Musik folgend, drangen seine Schatten in meine nasse Grotte ein. Meine Knie wurden weich, und Maz' Griff um meine Hand verstärkte sich, als er mich über die Tanzfläche führte.

Ich stieß gegen eine Frau in einem riesigen, weißen Federkleid. Sie schaute mich spöttisch an, aber ich registrierte sie kaum.

Das Lecken an meinem Kitzler beschleunigte sich, und der Druck nahm zu, als die Schatten immer tiefer in mich hineinströmten, sich ausdehnten und pulsierten.

Meine Erregung wuchs und wurde unkontrollierbar, bis der Raum um mich herum verschwamm.

»Maz«, keuchte ich, und er zog mich an sich heran, um mich zu stützen. Meine Beine gaben unter mir nach, als ich von einem Orgasmus überwältigt wurde.

»Komm für mich, meine Königin, *Ástin mín*«, sprach er in meinem Kopf. Wellen der Lust zuckten durch meinen Unterleib und breiteten sich in meinem ganzen Körper aus, während er mich über die Tanzfläche drehte und die anderen Paare um uns herum tanzten.

Er bewegte mich ein Stück von sich weg, umklammerte jedoch meine Hand, als ich nach Atem rang und versuchte, mich auf den Beinen zu halten. Seine Schatten strömten um mich herum und streichelten mich sanft, während die lustvollen Schauer in meinem Körper verebbten.

Ich versuchte, die anderen nicht anzusehen, denn ich wollte nicht wissen, ob sie etwas bemerkt hatten. Mazriths Lächeln kehrte auf sein Gesicht zurück, während er mich über die Tanzfläche bewegte. Ich versuchte, meinen Atem zu beruhigen und mich zu sammeln. Seine Augen funkelten, als ich seine Stimme in meinem Kopf hörte.

»Du gehörst mir. Und es ist mir egal, wer es sieht.«

KAPITEL 27

REYNA

»Ich kann immer noch nicht glauben, dass du das getan hast«, flüsterte ich, als wir Mazriths Zelt erreichten.

»Ich musste ihnen zeigen, dass du mir gehörst. Dass ich dir alles gebe, was du brauchst.« Seine Worte wurden von einem Knurren begleitet, und seit wir gegangen waren, wirkte er angespannt.

Ich war zum Höhepunkt gekommen, er hingegen nicht. Noch immer spürte ich kleine, lustvolle Schauer durch meinen Körper jagen. Sie wurden von Verlegenheit ausgelöst, aber auch von der freudigen Ungläubigkeit darüber, dass er so etwas mit mir tun konnte. Im Geheimen, vor Hunderten von Leuten.

Mit einem tiefen Atemzug zwang ich meinen Geist zurück zu dem, was sonst noch passiert war.

Ich hob die Plane vor dem Eingang zu Mazriths Zelt, und ein tiefes Knurren drang aus seiner Brust.

»Wenn du dieses Zelt betrittst, kann ich nicht für

meine Handlungen garantieren.« Hitze durchströmte mich, aber ich zwang mich dazu, mich zu konzentrieren.

»Maz, ich möchte, dass du etwas für mich tust.«

»Natürlich. Alles, wenn du dieses Kleid trägst.« Seine Augen wanderten über meinen Körper, und ich schlug ihm auf den Arm.

»Maz, konzentriere dich! Das ist wichtig.«

Er sah mich lange an und kniff im hellen Licht die Augen zusammen.

»Was soll ich tun?«, fragte er dann. Seine Stimme war ruhiger, aber immer noch angespannt.

»Du hast mich heute Abend dazu gebracht, etwas auszuprobieren, und es hat funktioniert.«

»Du hast dich vor allen anderen meiner Schattenmagie ...«

Ich legte meine Hand über seine Lippen und brachte ihn zum Schweigen.

»Magie, Maz.« Ich sah mich um, um sicherzugehen, dass wir alleine waren. »Ich will, dass du es noch einmal mit dem Stab versuchst.«

Ich erwartete, dass er mir widersprechen würde, aber stattdessen öffnete er die Plane vor seinem Zelt und wies mich hinein. Die Feuerstelle in der Mitte enthielt nur noch Glut, und das Zelt war dick genug, um uns etwas Schutz vor dem grellen Licht zu bieten.

Ich zog den Stab hervor, den ich heimlich an meinem Oberschenkel befestigt hatte. Seine Augen verdunkelten sich bei dem Anblick meines Beins, doch dann blickte er den Stab an, den ich ihm reichte.

»Warum glaubst du, dass es diesmal anders sein

wird?«

Ich zuckte mit den Schultern. »Das letzte Mal, als du es versucht hast, konnte ich nicht in die Köpfe anderer sehen. Alles hat sich verändert. Was kann es schaden?«

Er sah mich einige Sekunden lang an, trat dann einen Schritt zurück und schloss die Augen. Ich erinnerte mich daran, dass er vollkommen nackt gewesen war, als ich ihm das letzte Mal dabei zugesehen hatte. Instinktiv starrte ich auf seine Hose, dann wurde ich rot.

Ich schwieg, während er den Stab festhielt, und lange Momente verstrichen. Schließlich öffnete er die Augen. »Es tut mir leid, *Ástin mín*. Er akzeptiert mich immer noch nicht.«

Er gab mir den Stab zurück, und ich seufzte, als ich das leblose Holz betrachtete. »Ich hatte gehofft, inzwischen eine Vision bekommen zu haben, die uns verrät, was wir tun sollen.«

»Du könntest versuchen, eine Verbindung herzustellen.«

»Wie bitte?« Ich starrte ihn an.

»Deine Ohren sind auf einmal spitz, und wie du gerade festgestellt hast, entwickelst du magische Kräfte.«

»Nein, ich ...« Ich sah zwischen ihm und dem Stab hin und her, und meine Einwände erstarben auf meinen Lippen. Er hatte recht. Hatte ich ihm nicht gerade gesagt, dass sich alles ständig änderte? »Was muss ich tun?«

»Versuch, mit deinem Geist in das Holz einzudringen. Du wirst wissen, ob es funktioniert.«

Ob ich tatsächlich einen Valdstab benutzen könnte? *Einen Nebelstab?*

War das der fehlende Teil des Puzzles?

Ermutigt durch den unerwarteten Erfolg meines Experiments im Garten umfasste ich den Stab, schloss die Augen und versuchte angestrengt, eine Verbindung zum Holz herzustellen.

Nichts passierte.

»Es war einen Versuch wert«, sagte Maz, als ich schließlich die Augen öffnete und ihm ein trauriges Lächeln schenkte. Leichte Kopfschmerzen pochten in meinem Schädel, als ich mich dazu zwang, meine Arme zu entspannen.

»Alles ist einen Versuch wert«, murmelte ich.

Er trat auf mich zu und umfasste meine Wange. »Deine Beharrlichkeit ist eine deiner größten Stärken, weißt du das?«

»Jetzt weiß ich es«, sagte ich und lächelte ihn an.

Meine Beharrlichkeit war immer eine Waffe für mich gewesen, denn sie hatte viele Leute auf die Palme gebracht. Jetzt liebte mich jemand dafür, und ich fühlte mich zehn Fuß größer.

»Ich möchte nicht, dass uns jemand das wegnimmt, was wir haben, Maz«, flüsterte ich. Meine Gefühle ließen meine Stimme beben. »Wir haben uns gerade erst gefunden.«

»Ich gehe nirgendwo hin. Was auch passiert.« Aber ich konnte die Anspannung in seinen Augen und in seinem Körper sehen.

Wenn die Königin gewann, würden wir sterben.

Wahrscheinlich würde unser Schicksal schlimmer sein als der Tod.

Ich stellte mich auf die Zehenspitzen, um ihn zu küssen, doch eine goldene Rune schwebte von seinen Lippen, bevor ich sie erreichen konnte.

Ich fluchte, als er einen Schritt zurücktrat. Erst erschien Wut auf seinem Gesicht, dann harte Entschlossenheit. Die feurige Leidenschaft war erloschen. »Es tut mir leid, *Ástin mín*, aber in den kommenden Tagen werde ich all die Kraft benötigen, die ich bekommen kann. So sehr ich dich auch küssen möchte, ich würde lieber dein Leben retten, wenn es nötig wird.«

Ich lächelte ihn an. »Ich meine, deine Küsse sind toll, aber ja, du hast wahrscheinlich recht. Maz, wenn morgen während der Spiele etwas passiert, was mich umbringen könnte, dann vergiss die Regeln – komm und rette mich. Wir werden kämpfen.«

»Kämpfen, ficken, kämpfen«, sagte er nüchtern, dann erwiderte er mein Lächeln. »Klingt nach einem guten Leben.«

Ich lachte, und zwei weitere Runen schwebten von seiner Haut. Wir beobachteten sie schweigend, dann sagte Maz: »Ich fürchte, ich habe nur noch Magie für ein paar Tage«, sagte er leise.

»Dann wünsche ich dir eine gute Nacht. Maz, ich liebe dich.«

»Ich liebe dich auch, Reyna.«

~

Als ich jedoch in meinem bequemen Bett im Zelt neben Frima lag, konnte ich nicht schlafen.

Ich wusste, dass wir nicht riskieren durften, seine Magie zu verlieren, nur weil wir intim sein wollten, aber das hielt mich nicht davon ab, von ihm und all den Dingen zu träumen, die er mit mir tun würde, wenn das alles vorbei war. Um mich davon abzuhalten, das Camp nach Fae-Wein abzusuchen, der mir diese heiß ersehnten Träume bescheren könnte, zog ich stattdessen Taits Buch aus meinem Rucksack.

Wenn ich weder schlafen noch bei Mazrith sein konnte, könnte ich vielleicht wenigstens etwas Nützliches herausfinden. Schließlich lief uns die Zeit davon.

Ich blätterte das Buch durch, suchte nach dem Wort Nebel und hielt inne, als ich es fand.

Es gab eine lange, komplizierte Beschreibung über die urzeitlichen Nebel, aus denen ganz Yggdrasil geformt worden war, gefolgt von einem Bericht über die Entstehung der Valdstäbe als Leiter für Magie.

»Die hohen Fae, auch bekannt als Vanir, wurden von Freya erschaffen und mit mächtiger Geistesmagie ausgestattet. Als die fünf Elementar-Fae erschaffen wurden, wurde den Vanir die Aufgabe zuteil, über sie zu wachen. Um ihre Macht den anderen Bewohnern Yggdrasils anzugleichen, wurde entschieden, dass sie Stäbe benutzen mussten, um ihre Macht einzusetzen, außerdem sollten sie nicht in der Lage sein, diese selbst herzustellen. Die Vanir erschufen zehn Nebelstäbe, als Beispiele für die, welche als Runenträger bezeichnet werden würden.

Diese Stäbe waren unglaublich mächtig und erinnerten sich noch jahrhundertelang an ihre Träger. Es ist nicht bekannt, wo sich die Stäbe heute befinden oder ob sie noch existieren, seit die Vanir und die Götter unsere Welt verlassen haben.«

Ich las weiter, und die nächsten Passagen bestätigten, was Tait darüber gesagt hatte, wem die Stäbe ursprünglich geschenkt worden waren. Es stand nichts darüber, wie man sie dazu bringen konnte, einen neuen Träger anzunehmen, oder warum sie einen Träger ablehnten.

Mit einem Seufzen blätterte ich durch die Seiten des alten Buches. Auf einer Seite fiel mir etwas ins Auge, und ich erstarrte.

Runen, die sich bewegten.

Die Schrift bewegte sich über die Seite, flackerte und wurde immer wieder unscharf.

Ich setzte mich auf und kniff die Augen zusammen, überzeugt, dass ich eingeschlafen sein musste und immer noch halb schlief.

Aber das tat ich nicht. Die Worte flackerten und tanzten auf dem Papier herum, dass ich sie nicht lesen konnte.

Nur fünf Runen standen still, und ich erkannte sie. Die Runen der Runenträger.

Ich hob das Buch und versuchte angestrengt, die Worte auszumachen, während sie auf der Seite herumhüpften und verschwammen.

»...wählen ihre Rune ...«

» ...Magie der Vanir ...«

Ich runzelte die Stirn und versuchte mich zu konzentrieren. Meine die Frustration nahm zu, doch dann blitzten zwei Wörter in meinem Bewusstsein auf, und mein Mund öffnete sich.

» …kupferfarbenes Haar …«

KAPITEL 28

REYNA

Ich sprang vom Bett auf und umklammerte das Buch. Ich eilte durch das Lager, fand Taits Zelt und schlüpfte hinein.

»Tait?« zischte ich.

Es gab zwei Betten. Ellisar setzte sich mit einem Ruck auf, packte eine Axt und richtete sie auf mich. Sein Gesicht entspannte sich, als ich die Hände in die Höhe riss.

»Ich bin es! Ich muss mit Tait sprechen. Dringend.«

Der Schattenspinner drehte sich um, setzte sich mühsam auf und blinzelte, ehe er nach seiner Brille griff. »Reyna?«

»Ja. Tait, ich muss dein Wahrheitsglas benutzen. Bitte«, fügte ich hinzu und sah dann Ellisar an. »Und es tut mir wirklich leid, aber könntest du uns einen Moment alleine lassen?«

Ellisar warf mir einen Blick zu, schlug dann aber die Decken zurück und stieg aus dem Bett.

Als ich realisierte, dass er nackt war, fuhr ich herum und holte scharf Luft. Einen Moment später schob er sich an mir vorbei. Seine Hose war jetzt hochgezogen, aber immer noch offen.

»Danke«, sagte ich und versuchte, nicht zu erröten. »Noch etwas. Könntest du Maz für mich holen?«

»Alles für unsere zukünftige Königin«, sagte er mit einer gespielten Verbeugung und verließ das Zelt.

Ich eilte zu Tait hinüber und setzte mich auf den Rand seiner Matratze. »Tait, schau.«

Er spähte auf die Seite und sah mich nervös an. »Das sind die fünf Zeichen für die Runenträger«, sagte er.

»Ja, aber sieh dir die anderen Runen an. Sie bewegen sich hin und her und verschwimmen?«

Sein Blick war jetzt voller Sorge. »Auf der Seite befinden sich keine anderen Runen. Alles in Ordnung mit dir? Hattest du zu viel zu trinken?« Er streckte eine Hand aus und legte sie auf meine Stirn.

Mazrith erschien am Zelteingang, und Voror kam mit ihm herein. Maz runzelte die Stirn, als er mich sah. »Du bist im Zelt eines anderen Mannes und trägst nichts als einen Umschlag«, brummte er.

Ich verdrehte die Augen und schlug Taits Hand weg. »Schau«. Ich hielt das Buch hoch. »Das hier ist ein sehr altes Buch über die Herstellung von Stäben, das Tait gehört. Es gibt eine Seite mit Runen, die ich nicht richtig erkennen kann, aber ich habe ein paar einzelne aufgefangen. Sie erwähnen kupferfarbenes Haar.«

Beide Männer sahen mich einen Augenblick lang an, dann begann Tait, in einem Haufen neben seinem Bett zu wühlen. Mazrith kam näher und reichte mir das Wahrheitsglas.

Die Anspannung ließ mein Herz schneller schlagen, als ich es über die Seite mit den tanzenden Runen hielt. Sofort beruhigten sie sich und wurden scharf.

Ich atmete tief ein und las dann laut vor.

»Die Runenträger sind eine Untergruppe der hohen Fae. Sie sind mit mächtiger Magie ausgestattet, die es ihnen ermöglicht, für die anderen Fae Yggdrasils Valdstäbe zu erschaffen. Da sie etwas der Geistesmagie der Vanir besitzen, sind sie in der Lage, Eindrücke anderer Fae aufzufangen, um sicherzustellen, dass ihre Stäbe perfekt zu ihnen passen. Sie können die Rune auf ihrem Handgelenk zu jeder hier aufgeführten ändern und diejenige wählen, mit der sie an einem gegebenen Tag arbeiten möchten. So werden sie zu Goldgebern, Schattenspinnern, Wasserwebern, Feuerschmieden und Holzbauern.« Ich starrte Maz und Tait an.

»Die Runenträger konnten *wählen*, mit welcher Magie sie arbeiten möchten?«, hauchte Tait.

Ich las weiter. »Diese Runen-Fae besaßen immer kupferfarbenes Haar und wurden von Menschen und Fae gleichermaßen verehrt. Genau wie die Vanir brauchten sie keine Stäbe, um ihre Magie zu leiten, stattdessen verließen sie sich auf Seelentiere.«

Mit offenem Mund ließ ich das Buch in meinen Schoß sinken und sah Voror an.

»Seelentier?«, hauchte ich.

Die Eule blinzelte. »Davon weiß ich nichts«, sagte er.

»Lies weiter«, sagte Mazrith leise.

Ich hob das Buch wieder auf. Es gab nur noch einen Satz. »Mögen die Runenträger ihre Macht dafür einsetzen, das Gleichgewicht der magischen Kräfte Yggdrasils zu wahren.«

»Das ergibt keinen Sinn«, murmelte Mazrith. »Es ist offensichtlich, dass Runenträger keine der hier beschriebenen Kräfte besitzen.«

»Es ergibt sehr viel Sinn«, flüsterte ich. »Tait, ich habe deine Schattenrunen gesehen, als ich dir beim Spinnen zugeschaut habe.« Taits Mund klappte auf. »Ich kann Gedankenmagie benutzen«, sagte ich und zeigte mit einem zitternden Finger auf die Zeile über das Einfangen von Eindrücken anderer. »Ohne einen Stab, solange ich ein Seelentier habe.« Ich deutete auf Voror.

»Dieses Buch nennt sie Runen-Fae?« Mazrith hockte sich vor mich hin.

»Ja«, sagte ich nickend.

»Aber die Runenträger unserer Welt sind Menschen.« Tait und ich nickten beide. »Also hat sich seit damals, als dieses Buch geschrieben wurde, etwas verändert.«

»Und es wurde versucht, es zu vertuschen. Nur Reyna, die anscheinend keine menschliche Runenträgerin, sondern eine Runen-Fae ist, konnte die Schrift erkennen«, hauchte Tait.

»Also bin ich eine Fae?«, flüsterte ich.

»Ja. Aber eine Runen-Fae. Du bist weder eine Gold- noch eine Schatten-Fae. Im Grunde bist du etwas, was du schon immer warst: eine Runenträgerin.«

Seine Worte erfüllten mich mit etwas Trost und

Sicherheit, die meine rasenden Gedanken beruhigten. Auch wenn ich eine Fae war, ich war auch immer eine Runenträgerin gewesen. Immer etwas abseits von den meisten Menschen und in der Lage, Magie wahrzunehmen.

Die Angst davor, eine Fae zu sein, überwältigte mich nicht mehr.

Ich gehörte nicht zu ihnen. Ich war etwas anderes. Die vollständige Version dessen, was ich schon immer gewesen war, vielleicht?

Mazrith lächelte mich sanft an. Ich sehnte mich danach, seine Hand zu ergreifen, beherrschte mich aber.

»Was hat sich geändert? Warum sind die Runenträger zu Menschen geworden, und warum verwandle ich mich in eine Fae?«

»Ich weiß es nicht, *Ástin min*«, sagte er. »Aber wir wissen jetzt mehr als vorher. Deine Magie stammt von den hohen Fae, und du brauchst keinen Stab, um sie zu benutzen, solange Voror in deiner Nähe ist. Und du könntest wahrscheinlich Stäbe aller Elemente herstellen.«

»Nicht nur aus Gold?« Die Erkenntnis zauberte ein Lächeln auf meine Lippen. Die Faszination für andere Valdstäbe hatte mich schon mein ganzes Leben begleitet, und jetzt wusste ich endlich, warum.

Als sich die Teile des Puzzles zusammenfügten, beruhigte sich der Teil von mir, der in Aufruhr war. Ich hatte immer noch hundert Fragen und keine Ahnung, wo ich Antworten darauf bekommen sollte, aber zum ersten Mal in meinem Leben wusste ich, warum ich anders war.

Wir redeten noch fast eine Stunde lang, fanden aber keine weiteren Informationen im Text, sondern stellten nur Theorien auf.

Tait glaubte, dass die Runenträger zu Menschen wurden, als die Vanir und Götter diese Welt verließen.

Mazrith vermutete, dass es sowohl Menschen als auch Fae gab, die Runenträger waren, und ich entweder die letzte meiner Art oder die erste eines neuen Geschlechts war.

Ich wusste nicht, was ich glauben sollte, aber ich wusste, dass ich etwas anderes war. Etwas, was nirgendwo sonst in Yggdrasil existierte.

Aber jemand hatte Voror zu mir geschickt und meine Visionen ausgelöst. Es musste eine Vanir gewesen sein. Im Buch stand, dass die Runen-Fae eine Untergruppe der Vanir waren, die über einen Teil ihrer Kräfte verfügten.

»Was denkst du, Voror?«, flüsterte ich der Eule zu, als wir wieder in meinem Zelt waren und Frima leise neben mir schnarchte.

Mazrith hatte darauf bestanden, dass ich vor den Spielen am nächsten Tag noch etwas schlief, aber wir wussten beide, dass das unwahrscheinlich war.

»Die Fae, die mich zu dir geschickt hat, hatte Haare aus Licht«, sagte Voror. »Ist das eine Eigenschaft der Vanir?«

»Ich weiß es nicht, aber es klingt plausibel«, sagte ich.

»Dann sind wir uns einig. Die Vanir haben deine Magie erweckt.«

»Aber warum?« Und was vielleicht noch beunruhigender war: Was hatte all das mit den Hungernden zu tun? Waren die Vanir auch für diese Visionen verantwortlich?

»Ich glaube, wir werden es bald herausfinden. Königin Andask stellt immer noch eine Gefahr für deines und Mazriths Leben dar. Du solltest dich auf sie konzentrieren.«

»Das ist leichter gesagt als getan«, murmelte ich. »Du hast nicht gerade herausgefunden, dass du einer ausgestorbenen Rasse angehörst.«

»Runenträger sind nicht ausgestorben, und Fae auch nicht. Und du wusstest bereits, dass du beides bist.«

Ich sah zu der Zeltöffnung, wo er saß. »Du findest also nicht, dass dies eine große Enthüllung war?«

»Nein. Es ist gut zu wissen, aber es ändert nichts. Du musst das *Leikmot* überleben, und es ist schon fast Morgen.«

»In Ordnung. Aber ich werde nicht schlafen können.«

Am Ende schlief ich doch. Die Anstrengungen des Tages holten mich ein, kurz nachdem Voror das Zelt verlassen hatte. Mein letzter Gedanke, bevor ich dem Schlaf erlag, war, dass die Eule recht hatte. Nichts hatte sich geändert – ich musste immer noch versuchen, die Spiele zu gewinnen.

Aber jetzt war ich eine Fae, die Magie einsetzen konnte.

Am nächsten Morgen weckte mich Frima, indem sie mich mit einem Kissen bewarf. »Aufstehen. Zeit zum Trainieren.«

Ich drehte mich um, nahm das Kissen und schob es unter meinen Kopf. »Frühstück«, murmelte ich.

»Weißt du, für eine ehemalige Sklavin hast du ganz schön viele Wünsche.«

Ich setzte mich auf und warf ihr das Kissen zu. Sie fing es auf und lachte. Ich sah mich im Zelt um, und die Ereignisse des Vortages fielen mir wieder ein.

Ich war eine Runen-Fae und ich hatte meine Magie benutzt, um in die Köpfe anderer einzudringen, als wäre es das Natürlichste auf der Welt.

Ich schluckte und versuchte, mich zu sammeln.

Ich hatte keine Zeit, mich überfordert zu fühlen und mich von all den Fragen in meinem Kopf verwirren zu lassen.

Voror hatte recht – im Moment konnten wir nicht mehr herausfinden, also sollte ich mich auf die Spiele konzentrieren. Nichts hatte sich verändert, außer dass meine Angst vor dieser neuen Magie nachließ.

»Wie ist es mit Henrik gelaufen?«, fragte ich beiläufig. Ich stieg aus dem warmen, gemütlichen Bett und ging zu dem Bereich, in dem die Kleider aufbewahrt wurden. Ich suchte nach guten Hosen und meinem Kettenhemd aus Federn, während ich versuchte, meine Gedanken unter Kontrolle zu halten.

»Gut. Es steckt mehr in ihm, als ich dachte, weißt du.«

»So?« Ich sah sie über meine Schulter hinweg an. »Mehr als nur Sex, meinst du?«

»Ich habe nicht mit ihm geschlafen«, seufzte sie, doch dann hellte sich ihr Gesicht auf. »Aber schau, er hat das hier für mich gestohlen.« Sie warf mir etwas Kleines, und ich fing es instinktiv auf. »Es braucht ganz schön Mumm, einem Gold-Fae Gold zu stehlen.«

Ihre Worte kamen zu spät. Meine Finger hatten den kleinen, goldenen Delfin bereits umschlossen.

»Frima!«

»Was?«

»Ich bin Goldgeberin, du kannst mir nicht einfach Gold zuwerfen!«

»Weshalb nicht?«

Ich ließ die winzige, goldene Figur fallen und sammelte meine Kleidung auf. »Deshalb!«

»Warum bist du so? Reyna, warum ... Reyna!«

Ich stürzte zu Boden, als ich von der ersten Welle getroffen wurde.

Schatten, Moder, Zerfall. Das Gefühl, dass etwas ganz und gar nicht stimmte.

Die Eindrücke verschwanden. Ich spürte den mit Pelzen bedeckten Boden und versuchte, mich aufzurichten. Frima hockte neben mir. »Reyna, es tut mir leid. Was habe ich getan?«

»Nichts, es wird vorübergehen«, murmelte ich schnell, dann war die zweite Welle da.

Ein kreischendes Lachen, Blitze im Dunkeln, sich bewegende Gestalten, die nur unklar zu erkennen waren. Das Gefühl von Unruhe wurde zu Angst.

Die Vision verschwand.

»Soll ich Maz holen?«

Die dritte Welle kam, bevor ich antworten konnte.

Ein schrilles Schreien und der Geruch von Blut.

Aber auch das Lachen war wieder da, und die Gestalten wurden jetzt deutlicher. Sie war wieder da. Die Älteste.

Die Vision verschwand, und ich rang nach Atem. Ich schwitzte, und meine Angst brachte mich zum Zittern.

Ich wusste, dass es eine vierte Vision geben würde.

Und sie kam.

Da war sie, nur wenige Zentimeter von mir entfernt. Ihr Gesicht war verstümmelt, die Knochen und das Fleisch unter der fehlenden Haut waren schleimig und halb verrottet. »Wir haben dich auf dem Fluss gesehen. Wir wissen, wo du bist. Es wird nicht mehr lange dauern.«

Die Vision verflüchtigte sich. Der ekelerregend süßliche Geruch von Tod brachte mich dazu, mir instinktiv das Gesicht abzuwischen und keuchend nach Luft zu schnappen.

»Reyna?« Frima klang panisch, und ich drehte mich langsam. Ich blinzelte heftig und versuchte, mich zu konzentrieren. »Scheiße, du bist blass. Was kann ich tun? Was ist los? Bist du schwanger?«

Ihre Worte rissen mich in die Realität zurück. »Schwanger?« Ich schüttelte den Kopf. »Ich bin nicht schwanger.«

»Dann ... was zum Teufel ist gerade passiert?«

Ich blickte in ihr besorgtes Gesicht und atmete langsam und zitternd aus. Es sah so aus, als müsste ich noch einer weiteren Person mein Geheimnis anvertrauen.

Frima saß ruhig da, während ich ihr alles erzählte. Sie sah weder überrascht noch verwirrt aus, und wenn sie Fragen stellte, waren sie kurz und präzise.

»Also, so hast du Maz geholfen, den Nebelstab zu finden? Mit deinen Visionen?«

»Ja.«

»Was hast du gerade gesehen?«

Ich schluckte hart. »Die Hungernden. Die Älteste, die im Wald gesungen hat. Diejenige, welche Arthur in Stücke gerissen hat.«

Sie starrte mich an, doch in diesem Moment kamen Mazrith und Voror ins Zelt.

»Alles in Ordnung?«

»Ich bin in Ordnung. Wie hast du …«

»Voror.« Maz hockte sich vor mich hin und sah mir besorgt ins Gesicht. »Was ist passiert?«

»Ich habe etwas Gold berührt, das Frima bei sich hatte, und es hat eine Vision ausgelöst, mehr nicht«, beruhigte ich ihn.

»Was hast du gesehen?«

»Die Älteste. Sie sagte, dass sie weiß, wo ich bin.«

Etwas, das möglicherweise Angst war, huschte über Mazriths Gesicht. Er sah Frima an, dann wieder mich. »Reyna, meine Kräfte schwinden.«

»Und du bist die Einzige, die stark genug ist, um die Älteste aufzuhalten«, sagte Frima ernst.

»Ich kann nicht die Königin *und* die Hungernden aufhalten. Wenn sie angreifen …«

»Sie würden den Palast des Goldhofs niemals angreifen, oder? Sie sind noch nie ins Herz der Höfe vorgedrungen«, sagte sie.

Maz schüttelte den Kopf. »Aber die Angriffe an unseren Grenzen wurden immer heftiger, als … bevor ich dich gefunden habe.« Er drehte sich wieder zu mir. »Hast du etwas herausgefunden, was uns helfen könnte?«

Ich schüttelte den Kopf. »Nichts.«

Er seufzte. »Frima, behalte das Gold bei dir«, sagte er.

Sie nickte und hob den kleinen Delfin auf. »Es tut mir leid, Reyna. Ich wusste es nicht.«

»Ich weiß. Es ist in Ordnung. Bitte behalte das, was ich dir erzählt habe, für dich«, sagte ich unruhig.

Sie schnaubte. »Ich verstehe, warum du das geheim halten möchtest, Reyna. Wenn ich Visionen von Monstern hätte, würde ich es auch nicht herumerzählen.« Sie schüttelte den Kopf. »Weißt du, ich beginne zu verstehen, warum du so ...« Sie suchte nach Worten. »Warum du so bist«, schloss sie.

Ich legte den Kopf schief. »Ist das ein Kompliment?«

»Ja, ich denke schon. Schau, in wenigen Stunden beginnen die Spiele, und du musst deine Sinne schärfen. Außerdem könnte *Ziele* sowohl Bogenschießen als auch Axtwerfen bedeuten. Bist du bereit für das Training?«

»Absolut.«

Maz bot an, mir mit meiner Rüstung zu helfen, aber ich hatte Angst, dass die Berührung das Schwinden seiner Magie nur noch beschleunigen würde, also bat ich Frima um Hilfe. Mit dem Versprechen, draußen mit Kaffee und Gebäck auf uns zu warten, verließ er das Zelt.

»Komm, in Svangriors Zelt gibt es Äxte, mit denen wir üben können. Er hat es praktisch in eine Waffenkammer verwandelt«, murmelte Frima, als wir fertig waren.

Svangriors und Ellisars Zelt glich in der Tat mehr einer Waffenkammer als einem Schlafplatz. Es gab zwei mit Heu gefüllte Matratzen, und darum herum waren Berge von Ausrüstung aufgetürmt.

Frima begann in einem Haufen von Metallspeeren zu

wühlen. »Es würde nicht schaden, auch ein wenig Speerwerfen zu üben«, überlegte sie und inspizierte einige der Waffen.

Ich ging zu einem Haufen Säcke, um nach den Äxten Ausschau zu halten. Als ich zwei große Taschen mit Kettenhemden zur Seite schob, erstarrte ich.

»Das ist ...« Ich streckte die Hand aus und hob die kleine, schwarze Stofftasche auf. »Das ist *meine* Tasche.«

Frima kam auf mich zu und runzelte die Stirn. »Deine Tasche?«

Ich öffnete sie vorsichtig, um den Inhalt nicht zu berühren. Da, in ein altes Hemd eingewickelt, lag die goldene Stabsspitze, die Lhoris mir gegeben hatte.

Ich stieß einen langen Atemzug aus. »Ich habe etwas Gold gestohlen, als ich vom Goldhof geflohen bin, und es in dieser Tasche versteckt. Ich dachte, ich könnte es benutzen, um mir meine Freiheit zu erkaufen.«

»Was ist damit passiert?«

»Es wurde gestohlen.«

»Gestohlen?«

»Ja. Aus meinem Zimmer, kurz nach meiner Ankunft im Schattenhof.« Frimas Augen weiteten sich, als ich fortfuhr. »Ungefähr zur gleichen Zeit, als die Schlange in meinem Schlafzimmer versteckt wurde.«

»Nein. Das würde bedeuten ... Svangrior?«

»Oder Ellisar. Das ist auch sein Zelt, richtig?«

Frima schüttelte ungläubig den Kopf. »Ellisar hat keine Magie. Er hätte nicht in dein Zimmer kommen können.«

Ich schluckte. »Wo ist Svangrior?«

»Ich bin mir nicht sicher. Ich werde Maz holen.«

Kurz darauf kehrte sie mit dem Prinzen zurück, und ich zeigte ihm die Tasche. Sein Gesicht verdunkelte sich vor Wut. »Vielleicht ist es doch an der Zeit, in den Kopf meines Kriegers einzudringen.«

KAPITEL 30

REYNA

Aber als wir das Zelt verließen, war Svangrior nirgendwo zu sehen.

»Ich habe ihn vor einer Stunde gesehen«, sagte Tait, der mit verschleiertem Gesicht am Lagerfeuer saß und das Wahrheitsglas an einem Buch ausprobierte. »Aber seitdem nicht mehr.«

»Er hat Kuchen mitgenommen, als er gegangen ist, Mylady«, sagte Brynja, und reichte uns Tassen mit Nesseltee und Kaffee.

Tait nickte. »Das hat er.«

Mazrith blickte auf den riesigen, glitzernden Palast. »Seid auf der Hut.«

Ellisar spielte mit Kara Schach, stand jetzt aber auf. »Warum? Ist er in Gefahr?«

»Ich weiß es nicht. Gebt mir einfach Bescheid, wenn ihr ihn seht.«

Der große Mann nickte. »Sicher. Ich sehe einen Erd-

Fae.« Er zeigte in eine Richtung, und wir folgten seinem ausgestreckten Arm.

Dakkar und Henrik waren auf dem Weg zu unserem Lager.

»Dakkar«, sagte ich und ging auf ihn zu, noch ehe Maz reagieren konnte.

»Reyna«, sagte er.

»Das ist das erste Mal, dass du mich bei meinem Namen nennst.«

Er schenkte mir ein bedauerndes Lächeln. »Meine Frau scheint beschlossen zu haben, dass wir von jetzt an Freunde sind.«

Ich erwiderte sein Lächeln, als Frima und Maz an meine Seite traten. »Soll ich Euch ebenfalls beim Vornamen nennen?«

Er lachte. »Nur meine Mutter tut das. Dak. Meine Freunde nennen mich Dak.« Seine entspannte Miene wurde ernst. »Schau, ich hatte meine Frau nicht darum gebeten, mit dir zu sprechen, aber ich teile ihre Gefühle.« Er schaute Maz an. »Und ich möchte lieber dich auf dem Thron sehen als deine Stiefmutter.«

»Das wäre mir auch lieber«, murmelte Maz.

Dakkar sah wieder mich an. »Khadra sagte, dass das Spiel zugunsten von Lord Orm manipuliert worden sei?« Henriks Gesicht verzog sich vor Ärger.

»Ja. Ich habe einen Wächter belauscht.«

Er nickte mir dankend zu. »Ich bin froh, dass du es uns gesagt hast.«

»Wie ich bereits zu deiner Frau sagte, darf Orm auf keinen Fall gewinnen.«

»Nein, und deshalb möchte ich mit dir über ihren Vorschlag sprechen.«

»Dass wir einander helfen, wenn wir glauben, selbst nicht gewinnen zu können?«

Sein Lächeln kehrte zurück, genau wie sein Selbstbewusstsein. »Versteh mich nicht falsch, kleiner Mensch. Wenn ich gewinnen kann, werde ich das tun. Ich werde nicht meine Chance verspielen, um dir zu helfen.«

Ich schenkte ihm ein nüchternes Lächeln. »Dann sind wir schon zwei.«

Dakkar streckte seine Hand aus. »Dann ist es abgemacht. Viel Glück, Reyna.«

Ich schüttelte seine Hand. »Dir auch, Dak.«

Wir sahen den zwei Erd-Fae hinterher, und Frima schnaubte. »Ich will ihm vertrauen.«

»Ich auch.«

Mazrith sah mich von der Seite her an. »Bist du in seinen Kopf eingedrungen?«

Ich warf ihm einen Blick zu. »Du weißt, dass ich das nicht getan habe.«

Zu meiner Überraschung zuckte er mit den Schultern. »Vertrau deinen Instinkten, Reyna. Ich werde jeden töten, der versucht, dir wehzutun.«

Ich strahlte ihn an, und Frima verdrehte die Augen.

»Ellisar, hol mir einen Sack mit Äxten, ja?«, rief sie und klopfte mir auf die Schulter. »Iss etwas, dann trainieren wir.«

»Trainieren?«, fragte Kara, die immer noch hinter uns saß. Wir drehten uns zu ihr um. »Kann ich mitmachen?«

Ich sah Frima an, die schmunzelte. »Und ob. Je mehr Frauen wissen, wie sie sich verteidigen können, desto besser.«

Wir hatten fast eine Stunde lang Äxte nach Frimas schattenhaften Zielscheiben geworfen, als Mazrith aufstand.

»Es ist Zeit. Bist du bereit?«

Ich ließ die letzte Axt in den Sack fallen und hob meinen Bogen auf. »So bereit, wie ich sein kann.«

»Du siehst jedenfalls bereit aus«, sagte Kara. Ihr Gesicht war vom Axtwerfen gerötet.

Mazriths mit Gaze verschleierte Augen waren auf mich gerichtet, und ich konnte Stolz darin erkennen. Ich verspürte das starke Verlangen, zu sehen, wie ich durch seine Augen aussah, aber ich unterdrückte den Impuls und lächelte ihn an.

Ich trug meine Kettenrüstung, meinen Stab, den Bogen, Pfeile und die Fingerkrallen, die Maz mir gegeben hatte. Ich trug sogar einen Zopf im Haar, und so sah ich wohl vollkommen anders aus, als die Sklavin, die im Schattenhof angekommen war.

Aber ich sah nicht nur anders aus. Ich fühlte mich anders.

Meine Angst und mein drängendes Bedürfnis zu fliehen ... waren verschwunden.

Ich war nicht mehr allein.

Schon vorher hatte ich meine Freunde an meiner Seite gehabt, aber jetzt wusste ich, dass mein Leben nicht in der Palastwerkstatt enden würde. Ich hatte immer gewusst, dass ich nicht dorthin gehörte, und jetzt wusste ich auch ganz genau, wo mein Platz in dieser Welt war: an der Seite des Prinzen des Schattenhofes.

Er sah mir in die Augen und spiegelte all meine Gefühle wider. Lhoris erhob sich von seinem Platz am Feuer, trat neben Mazrith und warf einen Blick auf mich. »Die Rüstung ist ein bisschen zu faehaft für meinen Geschmack, aber Stärke und Macht stehen dir gut, Reyna.«

»Danke, Lhoris.«

Er umarmte mich steif, und ich küsste ihn auf die Wange. »Verdien dir einen weiteren Zopf, Reyna«, sagte er.

»Ich werde mein Bestes geben.«

Er ließ mich los, worauf ich mich umdrehte. »Kara ...« Sie stürzte sich auf mich und umarmte mich stürmisch. »Bleib hier und pass auf dich auf. Wenn Svangrior zurückkommt, bleib in Ellisars Nähe«, flüsterte ich ihr zu.

»Pass auf dich auf. Und viel Glück. Tritt sie in die Eier.«

Ich lachte. Ellisars Sprache färbte auf sie ab. »Guter Plan.«

»Viel Glück, Reyna. Tu alles, was ich tun würde«, sagte Frima mit einer Hand an der Hüfte.

Ich ließ Kara los und sah die kampferprobte Kriegerin an. »Du kommst nicht mit?«

Sie schüttelte den Kopf. »Solange wir nicht wissen, wo Svangrior ist, kann ich die Runenträger nicht ohne einen Fae zurücklassen.«

Ich verspürte Erleichterung, aber auch einen Hauch

von Enttäuschung. Es wäre schön gewesen, sie dabeizu-haben. Ich nahm ihre Hand und drückte sie dankbar.
»Bis bald.«

»Möge dir Thor Kraft verleihen, Reyna.«

Wie immer zogen Mazrith und ich Blicke auf uns, als wir der Menge folgten, welche die große Treppe hinaufging.

Wir erreichten eine flache Terrasse, von der ich ziemlich sicher war, dass sie am Vorabend noch ein Garten mit einem Brunnen gewesen war. Jetzt sah der Bereich vollkommen anders aus.

Der Brunnen war durch ein riesiges Becken ersetzt worden. Eine Statue von Skadi, der Göttin des Bogenschießens und der Jagd, stand in der Mitte, und vier kleine Kanus lagen im Wasser um sie herum.

Rundherum sammelten sich die Zuschauermengen, und die Königin des Goldhofes saß auf einer erhöhten Tribüne.

»Willkommen«, sagte sie mit magisch verstärkter Stimme, als die letzten paar Leute angekommen zu sein schienen. »Das Spiel ist einfach. Der erste Teilnehmer, der alle Ziele getroffen hat, die um den Brunnen herum aufgestellt sind, gewinnt. Ihr dürft sie mit Magie, Waffen oder etwas gänzlich Anderem treffen, aber es muss jedes Mal das Gleiche sein.«

»Das ist alles?«, flüsterte ich Maz zu.

»Ich bezweifle, dass es so leicht ist, wie es klingt«, sagte er und drückte meine Hand. »Pass auf dich auf, Reyna. Und wenn du es kannst, gewinne.« Er reichte mir meinen Bogen, und ich nickte.

»Das werde ich.«

Maz ging, um sich zu den anderen Zuschauern und weit weg von Königin Andask zu begeben, und ich ging dorthin, wo Dakkar und Orm neben den Kanus standen. Kaldar näherte sich, und ich nahm mir kurz Zeit, um die Statue von Skadi anzusehen. Sie war rund zwanzig Fuß hoch, ihr Haar zu einem dicken Zopf gebunden, ihr Bogen gespannt und mit einem Pfeil versehen. Frima hatte mir alles über Skadi und den großen Ull erzählt. Sie waren die beiden Götter, die für Jagd, Winter und Bergsteigen standen.

»*Möge ich all meine Ziele treffen.*« Ich schickte ihr in Gedanken ein kurzes Gebet und überprüfte den Köcher auf meinem Rücken. Er war voll. Ich war bereit.

»Besteigt Eure Boote!«, rief die Königin, als Kaldar uns erreicht hatte. Die Menge jubelte, als wir die kleinen Kanus an den Rand zogen und einstiegen. Ich hielt mich so weit wie möglich von Orm entfernt, konnte aber spüren, dass er mich ansah. Kaldar warf allen einen entschlossenen Blick zu, und Dakkar hatte sein übliches, lockeres Grinsen im Gesicht.

»Drei, zwei, eins, los!«, rief die Königin.

Orm feuerte sofort eine Lichtkugel auf das Ziel in unserer Nähe ab, während Dak eine Ranke darauf schleuderte. Ich nahm ein Ruder, tauchte es in das Wasser und entschied spontan, in die entgegengesetzte Richtung zu paddeln, um ihnen nicht in die Quere zu kommen.

Kaldar legte einen Pfeil auf ihren Bogen und zielte sorgfältig, aber ihr Kanu schaukelte, als ich an ihr vorbeiglitt. Sie warf mir einen wütenden Blick zu und zielte aufs Neue. Ihr Pfeil flog gerade und sicher und traf das Ziel mit einem dumpfen *Wumm*.

»Los, Reyna«, murmelte ich mir selbst zu.

Ich paddelte um den Brunnen herum, und als ich keinen der anderen mehr sehen konnte, verstaute ich das Paddel zwischen meinen Beinen. Ich griff nach meinem Bogen, während das Kanu von seinem eigenen Schwung weitergetragen wurde. Dann legte ich einen Pfeil auf die Sehne und schoss.

Der Pfeil traf das Ziel mitten ins Schwarze, und ich drehte mich herum, um das nächste Ziel auszumachen. Ich wartete ein paar Sekunden, bis mich das Kanu näher gebracht hatte, dann schoss ich erneut. Wieder traf ich ins Schwarze.

Ich glitt weiter. Das Kanu verlangsamte sich, während ich den nächsten Pfeil auf den Bogen legte und aufzog. In dem Moment, als ich ihn losließ, tauchte Dakkar vor mir auf. Wir feuerten zeitgleich, und ich konnte mich gerade noch davon abhalten, ihm freundlich zuzunicken.

Er war ein Konkurrent, und ich wollte nicht, dass die anderen wussten, dass wir eine Art Allianz geschlossen hatten. Er sah mich nicht einmal an, als er an mir vorbeisauste und seine Ranken einsetzte, um die Ziele zu treffen.

Mein Schwung hatte nachgelassen, also legte ich meinen Bogen ab, nahm das Paddel und nahm wieder Fahrt auf. Das nächste Mal, als ich nach meinem Bogen griff, kam das vierte Ziel in Sicht. Und Kaldar. Ich brüstete mich, da mich die Wellen ihres Bootes zum Schaukeln bringen würden, doch dann stutzte ich.

Sie bewegte sich so schnell, weil der hintere Teil ihres Kanus in Flammen stand.

Orm erschien hinter ihr. Er feuerte nicht auf die Ziele, sondern auf ihr Kanu. Sie explodierten jedoch nicht, sondern schwebten über dem Heck des Bootes, während darunter Flammen in die Höhe leckten.

»Was tut Ihr da?«, schrie Kaldar Orm an. Ihr Gesicht war wutverzerrt.

Wenn er versuchte, sich für das Spiel zu rächen, in dem sie ihn fast ertränkt hatte, dann verschwendete er seine Zeit – ich bezweifelte, dass der Brunnen tief genug war, um darin ertrinken zu können.

Es gab ein lautes Knacken, und ich war nicht die Einzige, die überrascht aufsah.

Die Statue von Skadi bewegte sich, genau wie ihr Bogen. Sie nahm Orms Lichtkugeln ins Visier.

»Kaldar!«

Orm hatte es absichtlich getan. Irgendwie waren seine Lichtkugeln in der Lage, die Aufmerksamkeit der Statue auf sich zu ziehen.

Ich schrie noch einmal, »Kaldar, passt auf! Die Statue!«

Aber die Eis-Fae ignorierte mich und trieb ihr Kanu weiter an.

Mir wurde bewusst, dass ich gerade an meinem nächsten Ziel vorbeigeglitten war, und zwang mich zur Konzentration. Ich hob meinen Bogen, spannte ihn und zielte. Ich traf den Rand des Ziels, aber es war immer noch ein Treffer. Ich drehte mich gerade rechtzeitig um, um zu sehen, wie Skadi eine brennende, weiße Kugel auf Kaldars Boot abfeuerte.

Sie hechtete aus dem Kanu, als sie es traf, und Flammen verschlangen das Holz.

Ich zischte einen Fluch, dann griff ich nach meinem Paddel und trieb das Kanu durch das Wasser, immer von Orm weg. Wenn er im Grunde die Statue kontrollieren konnte, dann hatten wir keine Chance.

Ich ließ das Ruder in meinen Schoß fallen und feuerte auf zwei weitere Ziele, dann bemerkte ich, dass ich den Überblick verloren hatte und nicht wusste, wie viele noch übrig waren. Es mussten noch mindestens vier sein, da ich etwa die Hälfte des runden Beckens umrundet hatte.

Ich blickte nach hinten und überlegte, ob ich versuchen sollte, in seinen Kopf einzudringen, um zu sehen, was er als Nächstes vorhatte. Aber sich auf die Ziele zu konzentrieren, wirkte wie ein besserer Plan.

»Ignoriere Orm, triff die Ziele«, sagte Voror in meinem Kopf und bestätigte meine Strategie.

Ich paddelte durch das Wasser, dann hörte ich einen

Fluch. Hinter mir kam Dakkars Kanu in Sicht und holte schnell zu mir auf. Sein Boot hatte drei Lichtkugeln über sich schweben, und die Skadi-Statue drehte sich und versuchte, ihren Bogen auf das Boot zu richten.

Dieses Mal nahm Dakkar tatsächlich Augenkontakt mit mir auf, während er an mir vorbeipaddelte, fast dreimal so schnell wie ich.

»Triff alle Ziele und gewinne«, rief er mir so leise zu, dass ich mir sicher war, dass nur ich ihn hörte. »Ich ziehe das Feuer auf mich. Orm hat noch drei Zielscheiben übrig und gerade eine verfehlt.«

Entschlossen packte ich meinen Bogen und traf zwei weitere Ziele, während Skadi ihren Pfeil losließ.

Er verfehlte Dakkar nur knapp, aber das Wasser schlug hohe Wellen. Ich klammerte mich an die Seite des Kanus und wünschte, dass mich die Strömung durchs Wasser treiben würde.

Ich paddelte so schnell ich konnte, um die letzten beiden Ziele zu erreichen, in dessen Nähe Orms Kanu im Wasser lag. Ich hörte Orm lachen. Die Skadi-Statue begann sich zu drehen, und als ich nach oben sah, erkannte ich, dass Dakkar seine Richtung geändert hatte und wieder auf uns zusteuerte.

Orms Lachen brach abrupt ab.

Dakkar glitt an mir vorbei neben Orms Kanu und packte es.

»Verschwinde!«, brüllte Orm. Auch mir entfuhr jetzt ein leises Lachen, und ich legte noch einmal an Tempo zu.

»Wenn die Statue mich erwischt, gehen wir beide

unter«, hörte ich Dakkar sagen. Seine Stimme klang beinahe amüsiert.

Ich schaute nicht hin, um zu sehen, ob Orm die Lichtkugeln vertrieb, die Skadis Projektile auf sich zogen. Stattdessen nahm ich meinen Bogen und schoss nacheinander Pfeile in die beiden verbleibenden Zielscheiben.

KAPITEL 32
REYNA

Die Statue stand sofort still, und ich hörte Applaus. Nicht viel Applaus, aber ein wenig. Dann hörte ich ein wütendes Brüllen.

»Du hast sie gewinnen lassen!«, schrie Orm.

Ich zog mich aus dem Kanu und kletterte wenig anmutig auf den Marmorrand auf der anderen Seite des Brunnens, gerade als Orm aus seinem eigenen Kanu sprang.

»Die Menschenfrau hat gewonnen, Orm«, rief Kaldar, während sie Wasser aus ihren Zöpfen drückte. »Finde dich damit ab.«

Die Menge zog sich um uns zusammen, und ich konnte Mazriths riesige, dunkle Gestalt auf uns zukommen sehen.

»Hört zu, Ihr betrügerisches Stück Scheiße«, knurrte Orm und stieß Dakkar gegen die Brust. »Ich weiß nicht, warum Ihr das getan habt, aber Ihr werdet es noch bitter bereuen.«

Dakkar legte den Kopf zurück und lachte laut und schallend. »Ich und betrügen?« Er sah ihn wieder an und stemmte eine Faust in seine Hüfte. »Ihr habt die meiste Zeit damit verbracht, Euch an Lady Kaldar zu rächen, anstatt zu versuchen, die Ziele zu treffen. Findet Ihr das etwa ehrenhaft?«

»Schweigt! Ihr ...«

Aber Dakkar redete weiter. »Orm, Ihr habt die Menschenfrau schon wieder unterschätzt. Sie hat Euch besiegt, und sie wird Euch erneut besiegen. Wisst Ihr, warum?«

Jegliche Farbe war aus Orms Gesicht gewichen, aber sein Hals war knallrot. So sehr ich es genoss, dass der Erd-Fae Orm verspottete, Orms Wut hatte einen Punkt erreicht, an dem ich mir nicht mehr sicher war, ob es sicher war. Ich konnte sehen, wie sich seine Hände um seinen Stab herum verkrampften.

Ich trat zurück. Ich war mir bewusst, dass Maz in der Nähe war, aber ich konnte meine Augen nicht von Dak und Orm abwenden.

»Erleuchtet mich«, zischte Orm.

Dakkar lehnte sich vor, sodass sein Gesicht direkt vor Orms Nase war. »Weil Ihr keine Ehre habt. Keinen Mut. Keine Tapferkeit. Aber sie« – er zeigte auf mich – »hat massenweise davon.«

Ein Lichtblitz war das Einzige, was ich sah, aber das abstoßende Knirschen war laut und deutlich.

Es gab einen lauten Schrei, und als das blendende Licht meine Augen erreichte, setzte mein Herz mehrere Schläge aus.

Dakkar lag auf dem Marmorboden. Blut sammelte sich um die Wunde an seinem Kopf herum.

Die versklavte Kriegerin, die er totgeschlagen hatte, kam mir schlagartig wieder in den Sinn. Ich stolperte rückwärts gegen Mazrith.

»Dak!«, schrie Khadras Stimme. »Dak, nein! Das kann nicht ...«

»Dafür werdet Ihr sterben!« Henriks Brüllen übertönte das aufgeregte Plappern der Zuschauermenge.

Gold-Fae-Wächter stürzten sich auf den zornigen Erd-Fae. Khadra schrie die ganze Zeit über, während Reben aus ihrem Stab schossen und die Gold-Fae versuchten, sie und die anderen unter Kontrolle zu halten. »Lasst mich los! Ich muss zu meinem Mann, lasst mich los!«

»Meine Königin, das dürft Ihr nicht zulassen!«, brüllte Lady Kaldar über den ganzen Lärm hinweg und drehte sich zu der Königin um, die noch immer auf ihrem Thron saß. »Lord Orm hat gerade kaltblütig einen Mitstreiter ermordet! Er muss bestraft werden!« Die Königin blinzelte gleichgültig. Ihr Sohn stand von seinem Thron auf und packte den Arm seiner Mutter, doch sie schüttelte ihn wortlos ab und stand auf.

Abgesehen von den wütenden Erd-Fae verstummten alle und starrten die Königin an.

»Reyna Thorvald vom Schattenhof gewinnt das Spiel«, sagte sie mit einem Lächeln.

Ihre Augen wanderten über Lord Dakkars blutüberströmten Körper, und für einen Moment blitzte

Erkenntnis in ihnen auf. Aber dann zog ihr Sohn sie weg, und ihr Blick war wieder leer.

»Meine Königin, das ist nicht richtig!«, rief Kaldar, aber die Königin und ihr Sohn hatten sich in Bewegung gesetzt, und ein Ring aus Gold-Fae-Wächtern schloss sich um sie herum, während sie hinter dem Podium aus dem Blickfeld verschwanden.

Kaldar wandte sich Orm zu, der zehn Fuß entfernt stand. »Alle Teilnehmer kannten die Risiken, aber das!« Sie wies mit dem Arm auf Dakkar. »Das ist weder ehrenhaft noch Teil dieser Spiele! Und sie?« Sie zeigte auf die Stelle, an der die Königin gerade verschwunden war. »Ihr könnt mir nicht weismachen, dass Ihr nicht hinter ihrem Zustand steckt!«

Die gesamte Menge war jetzt auf den Beinen. Stimmen wurden laut, und die Verwirrung war beinahe greifbar. Khadras Schluchzen und Wehklagen zerrissen die Luft, und die Gesichter um uns herum veränderten sich. Die angespannte Furcht der Gold-Fae wich Empörung.

Orm nahm seinen Blick von Dakkars leblosem Körper, und seine Augen suchten sofort nach Königin Andask.

Mazrith packte meine Schultern, und seine Stimme erklang in meinem Kopf. »Wir gehen. Jetzt.«

»Aber was ist mit Dakkar? Wir können ihn und die anderen nicht einfach zurücklassen.«

»Es ist zu spät, Reyna. Sieh hin dir an.«

Königin Andask nickte. Ihre Augen erwachten zum

Leben, als ihr Schattenbiest aus der Spitze ihres Stabes quoll. Ihre Leibwächter schlossen sich um sie, und ich bemerkte erschrocken, dass die Gold-Fae-Wächter einen Ring um das ganze Gelände gebildet hatten.

»Ihr habt recht, Lady Kaldar!«, brüllte Orm, und ich erschrak. »Die Königin ist nicht sie selbst. Irgendeine Krankheit, denke ich. Und ich fürchte, ich kann Eurem Wunsch nicht nachkommen und sagen, dass ich nicht dafür verantwortlich bin.« Ein grausames Lächeln umspielte seine Lippen. »Ich hatte nicht vor, dies so bald zu tun, aber wie es aussieht, habe ich keine andere Wahl.«

Jeder Schatten-Fae, der bei Königin Andask stand, wandte sich uns zu, und Orms Augen fielen auf mich.

»Ich wollte das *Leikmot* abhalten, um mir meinen Platz als Sieger zu verdienen, aber« – er warf einen Blick auf Dakkars Leiche – »das wird nicht nötig sein.«

»Was habt Ihr mit der Königin gemacht?«, schrie Kaldar.

Orm warf ihr einen abweisenden Blick zu. »Sie ist schwach, nicht nur ihr Körper, sondern auch ihr Wille. Die Gier ihres Sohnes war leicht auszunutzen und jetzt bezahlt sie den Preis dafür.« Er zuckte mit den Schultern. »Mitglieder des Goldhofes!« Er streckte seine Arme aus und blickte in die Menge. »Ihr müsst diese Tragödie als die perfekte Gelegenheit sehen, mich als Ersatz für die schwachköpfige Königin und ihren naiven Sohn zu akzeptieren! Es ist offensichtlich, dass sie nicht in der Lage sind, dieses Reich zu regieren. Ich hingegen habe unsere Feinde in eine Falle gelockt. Ich weiß, was es braucht, um nicht nur unseren Hof, sondern ganz Yggdrasil zu regieren! Und ich habe die Verbündeten, um dieses Ziel zu erreichen.«

Seine kalten Augen blitzten auf, als er wieder Königin Andask ansah. Ihr Schattenbiest zischte in der schockierten Stille.

»Glaubst du, dass Ihr uns alle hier festhalten könnt?«, knurrte Mazrith. Nachdem er zu Ende gesprochen hatte, hörte ich seine Stimme in meinem Kopf. *»Mach dich bereit.«*

»Ich denke, dass ein paar wichtige Geiseln aus dem Eis- und dem Erd-Hof nützlich sein werden, außerdem habe ich bereits Zimmer für Euch herrichten lassen.« Seine Stimme war zu einem dunklen Knurren geworden, und Mazriths Hände lagen fest auf meinen Schultern. »Eures, werter Schattenprinz, befindet sich in den Verliesen, aber das Eures Mädchens liegt näher an meinen Gemächern.« Lust lag in seinen Augen, und seine letzten Worte klangen beinahe wie ein Röcheln. »Wo meine Konkubinen hingehören.«

»Jetzt!«, brüllte Mazrith. Er musste telepathisch mit den anderen Fae kommuniziert haben, denn sie reagierten sofort.

Mit lautem Gebrüll brach Khadra durch die Reihe der Wächter, und ein Hagel von Reben und Felsbrocken schlug auf Orm ein und brachte ihn zum Stolpern. Die anderen Erd-Fae stürzten ihr hinterher und feuerten jedes magische Geschoss ab, das sie hatten.

»Eis-Fae, zum Angriff!«, schrie Kaldar, worauf Eis

aus den Stäben aller ihrer Hofleute schoss, die noch im Publikum verteilt waren.

Innerhalb von Sekunden hatte Maz mich herumgezerrt, und wir rannten los. Khadras verzweifelte Schreie zerrissen die Luft, als sie bei ihrem Mann ankam.

Wir brachen durch die Mauer aus Wachen, als der Kampf um uns herum ausbrach. Schatten stürzten aus Mazriths Stab und erzeugten Dutzende von Ablenkungen.

Ich konnte mich nicht erinnern, je so schnell gelaufen zu sein.

Wir stürmten die Steinstufen hinunter, begleitet von vielen anderen, und ich hielt erst an, um Luft zu holen, als wir in unserem Lager ankamen.

Alle sprangen auf, als der Kampflärm vom Palast lauter wurde. Die Erleichterung darüber, dass alle unversehrt waren und dass es keine Spur von Svangrior gab, beruhigte mein wild pochendes Herz ein wenig.

»Was ist passiert?«, fragte Kara, aber Frima war bereits dabei, Waffen einzusammeln.

»Zum Schiff. Jetzt.«

Niemand widersprach oder zögerte.

Tait war der Langsamste, und am Ende warf Ellisar

ihn sich über die Schulter, worauf wir den Pfad hinunter durch den nebligen Wald rannten. Es war schwer, den Weg zu erkennen, aber ich vertraute Maz und folgte ihm so schnell ich konnte.

Zum Glück war das Brett immer noch unten, als wir unser Boot erreichten. Wir stürmten an Deck, und Frima und Mazrith schickten ihre Schatten zu den Segeln, sodass das Schiff wenige Augenblicke später vom Ufer wegtrieb.

Ich beugte mich vor, umschlang meine Knie und rang nach Luft. Ich versuchte, mein rasendes Herz zu beruhigen, während wir durch das Wasser segelten.

Jetzt war es so weit.

Die Königin und Orm hatten ihren Schachzug gemacht.

Ich versuchte, das Bild von Dakkars Leiche aus meinem Kopf zu verbannen, aber Khadras herzzerreißendes Schluchzen hallte noch immer in meinen Ohren wider, was es unmöglich machte.

Mit zusammengebissenen Zähnen und immer noch schwer atmend, ging ich zu Kara.

Panik lag in ihren Augen, und sie keuchte genauso heftig wie ich. »Was ist passiert?«

»Orm hat Dakkar getötet. Kaldar verlangte Gerechtigkeit von der Königin des Goldhofs, aber wie es aussieht, wird sie von Orm kontrolliert.«

Tait erblasste, Brynja setzte sich mit einem Ruck auf die Bank, und Lhoris schnaubte dunkel. »Orm hat die Kontrolle über sie«, knurrte er zwischen zwei langen Atemzügen.

»Ja. Und Königin Andask steht auf seiner Seite. Gemeinsam sind sie eine massive Bedrohung für diese Welt.«

»Dakkar ist tot?«, fragte Brynja mit wilden Augen. Ihr Gesicht war rot vom Rennen.

»Ja.«

Meine Kehle war wie zugeschnürt, und mir stiegen Tränen in die Augen.

Ich hatte Dakkar gemocht, aber … das war nicht der Grund für meine heftigen Gefühle.

Ich wandte mich von meinen Freunden ab und lief zu Mazrith.

Ich fand ihn am hinteren Ende des Schiffes, hinter den Kabinen, wo er auf den Fluss hinausstarrte. Er zuckte zusammen, als ich seinen Arm ergriff und ihn zu mir umdrehte. »Reyna, ich …«

Die Tränen sprudelten nur so aus meinen Augen, und er brach sofort ab und zog mich an sich. »Was, wenn es dich getroffen hätte? Hast du sie gehört?«, schluchzte ich. »Khadra hat gerade alles verloren. Alles.«

Ich hatte noch nie etwas zu verlieren gehabt, doch jetzt war alles, woran ich denken konnte, der Schmerz, Maz irgendwann zu verlieren und ihn so sehen zu müssen. Tot und leblos.

»Ich könnte es nicht ertragen, dich zu verlieren. Ich würde es nicht überleben.« Ein weiteres Schluchzen schüttelte meinen Körper, und Mazrith zog mich noch enger an sich und legte seinen Stab gegen meinen Rücken. »Ich bin hier, Reyna. Ich werde dich nie verlassen.«

Ich hob mein Gesicht von seiner Brust und sah ihn durch einen Schleier aus Tränen an.

»Sie würde dich mir wegnehmen. Die Königin. Orm ebenfalls. Schlimmer noch, sie könnten mich dazu bringen ...«

Mazrith legte einen Finger auf meine Lippen. »Nein. Ich bin hier. Spürst du mich?«

Ich atmete tief ein und vergrub erneut mein Gesicht an seiner Brust. »Ja. Ich spüre dich.«

»Schau mich an.« Ich tat es, und er rieb mit einem Finger über meine nasse Wange. »Dakkar wird in den Hallen von Walhalla speisen, und Khadra wird sich ihm anschließen, wenn sie bereit dazu ist. Du und ich sind hier, zusammen. Wir werden zum Schattenhof zurückkehren und uns verteidigen. Wir werden die Fae und Menschen versammeln, und wir werden uns zur Wehr setzen. Wir werden kämpfen, Reyna.« Seine Stimme wurde weicher. »Wie wir für uns gekämpft haben.«

»Ich liebe dich. Ich kann dich nicht verlieren.«

»Das wirst du nicht.« Er beugte sich vor und küsste mich sanft. Als er sich von mir löste, schwebte eine goldene Rune von seiner Wange.

Meine Trauer wandelte sich plötzlich in Wut.

»Ich hasse das! Warum kann ich nicht in deiner Nähe sein?« Ich löste mich von ihm und trat gegen das Geländer. »Ich hasse, dass ich dir wehtue, ich hasse, dass Dakkar tot ist, und ich hasse Orm! Ich verabscheue ihn!« Ich hatte mich noch in der Lage gefühlt, jemanden zu töten, aber in diesem Augenblick ... könnte meine Wut leicht tödlich werden, das spürte ich.

Mazriths Gesicht war voller Emotionen, aber er machte keine Anstalten, sich mir zu nähern. »Mach dir deinen Hass zunutze, Reyna. Und deine Liebe. Wir können gewinnen.«

»Und was ... wenn wir nicht gewinnen?« Ich zwang mich, ihm in die Augen zu sehen. »Gibt es einen Plan für den Fall, dass wir nicht gewinnen?« Ich wollte nicht daran denken, dass wir verlieren könnten, aber die Vorstellung, dass Orm mich in seine Finger bekommen könnte, war noch schlimmer. »Ich werde nicht zulassen, dass Orm mich bekommt, Maz.« Meine Stimme bebte, als ich seinen Namen aussprach.

Mazriths Gestalt straffte sich. Schatten wogten um seinen Stab herum, und sein Gesicht war so wild, wie ich es noch nie gesehen hatte. »Dieser Kerl wird dich niemals berühren, Reyna. Was auch immer es kostet, ich werde es verhindern.«

Ich brauchte keine weitere Erklärung.

Wir waren miteinander verbunden. Unsere Seelen waren zu einer Einheit verschmolzen.

Ich vertraute ihm, und als er mich ansah, ließ meine Angst nach.

Ich würde die Königin konfrontieren. Und ich würde Orm konfrontieren. Solange Mazrith an meiner Seite war, konnte ich alles schaffen.

»Ich liebe dich«, flüsterte ich.

»Ich liebe dich auch, *Ástin mín.*« Er griff nach meiner Hand und ließ seine Finger über meinen Ring gleiten. »Wir müssen unser eigenes Ende schreiben, Reyna. Ich weiß, dass uns das Schicksal auf diesen Weg geführt hat, aber wir sind ihm noch nicht bis zum Ende gefolgt.«

Ich umklammerte seine Hand, während sich mein rasendes Herz beruhigte. Die Wut und Trauer, die mich in einen dunklen Strudel gezogen hatten, ließen langsam nach.

Er hatte recht. Wir waren auf diesen Weg geführt worden, aber wir entschieden, wo er endete. Orm und die Königin hatten ihren Zug gemacht, aber noch lagen wir vorn. Wir hatten einander, und wir hatten einen Plan.

Wir kehrten zum Schattenhof zurück und verteidigten ihn.

Frima tauchte auf, deren Schatten immer noch die Segel aufblähten. Sie senkte entschuldigend den Kopf, als sie uns sah. »Es tut mir leid, euch zu stören, aber ihr müsst euch etwas ansehen«, sagte sie. »Es geht um Svangrior.«

Der Krieger lag in der Kabine auf einem der Betten und schien bewusstlos zu sein.

Mazrith trat ihm hart gegen das Schienbein. Er reagierte nicht.

»Was tut er hier? Glaubst du, er hat versucht, zu fliehen?«

»Das Boot wäre eine schlechte Wahl gewesen.«

»Was ist los mit ihm?«

»Er atmet«, sagte Mazrith und beugte sich über ihn. »Aber er ist bewusstlos.«

Ellisar drängte sich in die Kabine und trat an das Bett heran. Nach einer kurzen Untersuchung richtete er sich wieder auf. »Ich weiß nicht, was mit ihm los ist, aber es sieht nicht so aus, als sei er in Gefahr oder als würde er bald aufwachen.«

Ein dunkler Ausdruck huschte über Mazriths Gesicht. »Lasst ihn hier und bewacht die Tür. Wenn er aufwacht, werden wir vielleicht ein paar Antworten erhalten.«

Wir verfielen in eine angespannte Stille, als das Schiff durch den Nebel segelte.

Es war klar, was auf dem Spiel stand, und die Spannung war greifbar. Immer wieder sahen wir uns um, um sicherzugehen, dass uns niemand folgte.

Orm und die Königin mussten wissen, dass Mazrith zum Schattenhof zurückkehren würde, um ihn zu verteidigen. Es war sein Zuhause, und er kannte es besser als jeder andere. Aber wenn sie glaubten, dass sein Hof nicht zu ihm halten würde, glaubten sie vielleicht, dass er keine Gefahr für sie war. Vielleicht würden sie uns nicht folgen.

Die Realität war, dass er und seine Krieger den Palast nur für eine kurze Zeit würden verteidigen können. Frima war jetzt die Einzige, die noch über Magie verfügte. Ellisar würde bis zum Tod für ihn kämpfen, da war ich mir sicher, aber ich wusste nicht, wie lange Frima gegen Orms Macht und eine verrückte Königin mit einem Nebelstab ankommen würden.

Ich warf einen Blick auf den Stab an meiner Hüfte und nahm noch einen Schluck aus der Whiskyflasche, die Brynja herumgereicht hatte.

Wie bringen wir dich dazu, uns zu helfen, verdammt noch mal?

Der Nebel hatte sich größtenteils aufgelöst, und ich stand unruhig auf. Frima tat es mir gleich. Sie hielt immer noch ihren Stab in der Hand, und ihre Schatten trieben das Boot rasch voran.

»Alles in Ordnung?«

Ich erreichte das Geländer und nickte ihr zu. »Ja. Ich wünschte nur, ich könnte etwas tun.«

»Ich weiß, dass du Dakkar gemocht hast. Es tut mir leid, zu hören, was passiert ist.« Ich sah sie an, und sie senkte einen Moment lang den Blick. »Du hast nicht zufällig gesehen, was mit Henrik passiert ist?«

»Es tut mir leid, Frima. Ich habe es nicht gesehen. Die Wachen hatten ihn, und er hat gekämpft. Wir sind geflohen, bevor der Kampf richtig ausbrechen konnte.«

Gefühle wirbelten in ihren Augen, doch dann wurde ihr Blick hart. »Wenn er stirbt, wird er in den Hallen von Walhalla speisen«, sagte sie fest.

»Bei Odin«, antwortete ich, bevor ich wieder auf das stille Wasser blickte.

Aber es war nicht mehr still.

Mein Magen zog sich zusammen, als ich eine Bewegung sah, und als ich meinen Blick zu den Wurzeln am Ufer wandern ließ, sah ich weitere.

Augen. Überall waren Augen. Als ich in sie hineinsah,

tauchten Hände und Köpfe auf, denen Stücke von Haut, Fleisch und Knochen fehlten.

Mir wurde schwindelig, als das Blut in meinen Adern gefror.

Wir waren von ausgemergelten Untoten umgeben.

KAPITEL 34

REYNA

»Maz!«

Frima und ich riefen gleichzeitig seinen Namen, als die ausgemergelten Kreaturen begannen, sich über das Flussufer hinweg auf das Boot zuzubewegen.

»Wie weit sind wir noch vom Baum entfernt?«, fragte ich, unfähig, meine Augen von den sich nähernden Kreaturen abzuwenden.

»Noch mindestens eine weitere Stunde.« Einige der Schatten lösten sich vom Segel und zwangen die Kreaturen zurück ins Wasser.

Mazrith lief auf uns zu, sah die ausgemergelten Kreaturen und rannte dann zur gegenüberliegenden Seite des Bootes. Er fluchte laut.

Kabinentüren öffneten sich und Kara, Lhoris und Tait kamen heraus.

»Was ist los? Haben sie uns eingeholt?« Karas

Gesicht war voller Angst, dann sah sie, was im Wasser war.

»Geht zurück in die Kabine und schließt die Türen ab!«, rief Frima.

Meine Beine setzten sich endlich in Bewegung und ich lief dorthin, wo ich meinen Bogen und Köcher auf das Deck fallen gelassen hatte. Ich hatte vielleicht keine Magie, die uns in dieser Situation helfen konnte, aber ich konnte die Dinger abschießen.

Ich ignorierte alles andere, spannte den Bogen und konzentrierte mich.

Mein erster Pfeil traf die leere Augenhöhle einer der Kreaturen und schleuderte sie rückwärts über den Fluss.

Lhoris erschien neben mir und stellte einen Sack mit Wurfäxten vor seine Füße. Mit einem Schrei schleuderte er eine davon, und eine Kreatur, die fast nur noch aus Knochen bestand, zersplitterte im Wasser.

Ich zog einen weiteren Pfeil hervor und zielte erneut. Immer wieder schoss ich auf die untoten Kreaturen, die sich dem Boot näherten, und blendete alle Geräusche und Aktivitäten um mich herum aus.

»Reyna, ich glaube, wir haben ein Problem«, sprach Vorors Stimme in meinem Kopf, gerade als ich einen Pfeil abschoss.

Ich fluchte, als er verfehlte. »Voror, lenk mich bitte nicht ab!«

»Dreh dich um.« Seine Stimme war so unruhig, dass ich es tat. Kara und Tait lagen schlaff auf den Planken vor den Kabinentüren, als ob sie an Ort und Stelle umgefallen wären.

Frima stand an der Reling und versuchte etwas zu sagen, aber kein Wort kam über ihre Lippen. Verwirrt beobachtete ich, wie ihr die Augen zufielen und sie auf das Deck kippte. Einen Moment später fiel auch Lhoris neben mir um.

»Maz!« Ich rannte zur anderen Seite des Bootes, wo er und Ellisar die Kreaturen auf Abstand hielten. Der riesige Mann lag bewusstlos auf den Planken, und Mazrith drehte sich zu mir um.

Die Flecken auf seiner Haut waren kaum sichtbar, aber seine Narben traten deutlich hervor.

»Was ist mit ihnen passiert?«, rief er.

»Ich weiß es nicht!« Ich wurde von Panik ergriffen, da ich wusste, dass meine Seite des Schiffs jetzt ungeschützt war.

»Reyna, du musst weiter schießen«, begann er, aber das letzte Wort lallte er nur noch.

»Maz?«

Er sackte hart auf die Knie.

»Nein! Nein, nein, nein! Was geschieht hier?«

»Reyna«, versuchte er zu sagen, doch dann kippte er vornüber.

Ich sank neben ihm auf die Planken, drehte ihn um und versuchte, nicht in Panik zu geraten. Er atmete, war aber bewusstlos.

Ich sprang auf und rannte zur anderen Seite des Bootes. Die Hungernden waren in meiner Abwesenheit deutlich näher gekommen. Ich hatte nicht viel Zeit.

Ich drehte mich im Kreis und versuchte, irgendwie einen Plan zu legen.

Ein Wimmern zog meine Aufmerksamkeit auf sich, und mein Blick fiel auf eine offene Kabinentür.

»Brynja?«

»Ich wusste nicht, dass sie angreifen würden!«

»Was?«

Sie starrte mich einen Moment lang an, dann schrie sie einen Namen, der mich wie eine Ohrfeige traf. »Rangvald!«

»Was in Odins Namen ...«

Rangvald kam aus der Kabine gerannt, in der Svangrior lag. Er hielt seinen Stab in der Hand, und Schatten tanzten darum herum. »Zurück, ihr abscheulichen Kreaturen!«, rief er, als er zur Reling rannte.

»Brynja, was ...«, begann ich, aber Rangvald unterbrach mich.

»Hilf mir, sie zurückzuhalten! Hilf mir!«

Ich warf Brynja einen letzten Blick zu. Alles in meinem Kopf drehte sich. Dann packte ich meinen Bogen und lief zur anderen Seite.

Aber es war zu spät. Sie waren überall, und sie waren viel zu nah. Ich konnte zwei sehen, und ihre schleimigen, verfaulten Hände zogen sich bereits am flachen Rumpf des Bootes hoch. Ich schoss auf beide, traf aber nur einen von ihnen hart genug, um ihn ins Wasser zurückzuwerfen.

»Brynja, bring alle in die Kabine, jetzt!«, rief ich.

Aber als ich über meine Schulter zurückblickte, bewegte sie sich nicht. Sie starrte nur mit weit aufgerissenen Augen vor sich hin.

Ich rannte auf sie zu und packte ihre Schultern. »Ich

weiß nicht, was du getan hast, aber du musst zur Besinnung kommen! Hilf mir, sie in Sicherheit zu bringen!«

Ich rannte zu Maz, packte seine Arme und versuchte, ihn von der Reling wegzuziehen. »Freya stehe mir bei, Brynja! Hilf mir! Ich werde dir wehtun, wenn du nicht anfängst, mir zu helfen!«

»Ich wusste nicht, dass sie angreifen würden«, wiederholte sie.

Rangvald begann, von der Reling zurückzuweichen und rief Brynja zu: »In die Kabine, meine Geliebte!«

Meine Geliebte?

Ich zerrte weiter an Mazriths Körper, schaffte es jedoch nicht, ihn zu bewegen. Er war zu schwer.

Hände erschienen auf der Reling, gefolgt von Köpfen.

Meine Zeit war abgelaufen. »Brynja! Hilf mir, sie zu retten!«

Aber sie war weg, und Rangvald knallte die Kabinentür hinter ihnen zu.

Ich brüllte vor Anstrengung und schaffte es, Mazrith einige Zentimeter über das Holz zu ziehen.

War das das Ende? Nach allem, was wir durchgemacht hatten? Mazrith und all meine Freunde waren bewusstlos, und nur ich war wach, um zu sehen, wie wir alle von Monstern zerrissen und als Untote wiedererweckt wurden?

Panik überkam mich, als die erste Kreatur über die Reling kletterte. Ich hob meinen Bogen, aber meine Hände zitterten.

Ich stand über Maz, ein Bein auf jeder Seite von ihm,

und versuchte, auf die Kreatur zu zielen, die sich auf mich zubewegte.

In dem Moment, in dem ich den Pfeil losließ, erbebte das gesamte Boot unter meinen Füßen.

Der Hungernde stolperte, aber ich blieb stehen und klemmte meine Zehenspitzen unter Mazriths schweren Körper.

Es gab einen lauten Knall, dann schwankte das Boot erneut.

Fast wie in Zeitlupe sah ich, wie die Seite des Bootes zersplitterte, dann flogen Holz und Planken in einer massiven Explosion auseinander.

Ich warf mich über Maz, dann wogten Schatten über alles hinweg.

Ich schrie auf, als sie sich um mich wickelten und mich vom Deck hoben. Ich tastete nach Maz, aber auch er wurde hochgehoben. Ich strampelte und wand mich, um zu sehen, was mit uns geschah, doch als ich erkannte, wohin ich getragen wurde, erstarrte ich.

Das Schiff der Königin lag direkt hinter unserem, riesig und schwarz. Die Königin stand mit erhobenem Stab am Bug. Die schattenhaften Ranken reichten aus, um uns alle vom Boot zu heben, das von ihren Kanonen zerstört wurde.

Ich landete schmerzhaft auf den schwarzen Planken des Schiffes der Königin, aber ich bemerkte es kaum. Hastig rappelte ich mich auf, als eine riesige, durchscheinende, schattenhafte Kuppel das gesamte Deck umschloss.

Einer nach dem anderen fielen auch die anderen auf die Planken. Rangvald versuchte wegzukrabbeln, als die schattenhaften Ranken ihn direkt vor der Königin ablegten.

Alle waren da, und ein Hauch von Erleichterung überkam mich, als ich durch die schattenhafte Barriere auf das blickte, was von unserem eigenen Schiff noch übrig war. Die Hungernden krochen über die letzten Reste des Wracks, während es im Fluss versank.

Meine Erleichterung hielt nicht lange an.

»Du dachtest also, du könntest uns entkommen?« Die singende Stimme der Königin hallte über das Schiff. »Ich werde mich nur kurz um dieses Ungeziefer kümmern, und dann werde ich endlich das bekommen, was ich von meinem abtrünnigen Sohn will!«

Brynja kämpfte sich neben mir auf die Füße.

»Du warst das? Die ganze Zeit?« Ich tastete nach etwas, womit ich mich verteidigen konnte, und meine Finger fanden den Stab an meinem Gürtel.

Aber Brynja machte keine Anstalten, mich anzugreifen, und starrte mich einfach nur an. Die Angst, die beim Angriff der Hungernden in ihren Augen gelegen hatte, war verschwunden. Ihr Blick war hart und entschlossen.

»Du hast mit Rangvald zusammengearbeitet, um mich zu töten«, sagte ich. Es war keine Frage. »Warum?«

Sie zog eine Grimasse. »Weil er in dich verliebt ist und dich niemals selbst töten würde.«

Mein Gesicht verzog sich. »Rangvald?«

»Nein, du verdammte *Heimskr*, Lord Orm! Er ist besessen von dir, und ich konnte es einfach nicht mehr ertragen!«

Ich starrte sie an. »Du stammst nicht von einem Clan an der Küste, oder? Du wurdest nie bei einem Überfall gefangen genommen.«

»Nein. Ich arbeitete im Palast, für Lord Orm. Und er hat mich als Sklavin zum Schattenhof geschickt, um die Königin auszuspionieren.«

»Aber Orm arbeitet mit der Königin zusammen. Warum würde er sie ausspionieren?«

Wieder verzog Brynja das Gesicht. »Er arbeitet nur mit ihr zusammen, um ihren verdammten Stab zu bekommen – er wird sie bald loswerden und mich zu seiner Königin machen.«

Ich versuchte, die Informationen zusammenzusetzen. Ich war so davon überzeugt gewesen, dass der Verräter über Magie verfügen musste, dass ich sie nicht einmal in Betracht gezogen hatte. Sie hatte Rangvald benutzt.

»Warum Rangvald? Wenn ihr von dem Schrein wusstet, warum hat es keiner von euch der Königin erzählt?«

»Ja, lieber Berater, antwortet ihr!«, brüllte die Königin und ließ uns beide zusammenzucken.

Rangvald kniete auf den Planken und zitterte. Sein Gesicht war kreideweiß.

Die Schatten, die mich zum Schiff getragen hatten, umschlossen meine Beine und zwangen sie dazu, die Knie zu beugen.

Ich kämpfte dagegen an, und mein Gesicht wurde

heiß vor Anstrengung. Es war zwecklos, und meine Knie trafen hart auf den Planken auf.

Der Blick der Königin war immer noch auf Rangvald gerichtet. »Nun?«, flüsterte sie. »Mein hochgeschätzter Berater? Was habt Ihr zu Eurer Verteidigung zu sagen?«

Rangvald starrte die Königin an und öffnete den Mund, dann schloss er ihn wieder.

Ein Hungernder warf sich gegen die schattenhafte Kuppel, prallte davon ab und fiel ins Wasser.

Die Königin hob ihren Nebelstab, und das abscheuliche Schattenbiest brach aus ihm hervor. Langsam kroch es auf Rangvald zu.

»Die Schattenspinner!«, platzte er verzweifelt heraus. »Ihr habt so viele getötet, und als Brynja zu mir kam und sagte, dass sie wüsste, wie Prinz Mazrith vorhat, dachte ich, dass sie nach einem Weg suchten, neue Stäbe herzustellen. Aber als ich entdecke, dass sie nach einem Nebelstab suchten, stimmte ich zu, Brynja zu helfen und das Mädchen zu töten.« Er ließ den Kopf hängen. »Es tut mir leid, meine Königin, ich hätte es Euch sagen sollen. Es tut mir leid, bitte. Es tut mir so schrecklich leid.« Er begann zu schluchzen.

»Warum würdet Ihr ihr helfen und nicht mir?«, sagte die Königin nachdenklich, dann sprangen ihre wilden Augen zu Brynja. »Sex«, zischte sie. »Du hast dir seine Magie mit deinem Körper erkauft.«

»Das war es wert. Meine wahre Liebe wird es verstehen«, sagte Brynja.

Die Königin legte den Kopf in den Nacken und lachte. »Deine wahre Liebe?«

»Er will nur Euren Stab, nicht Euch!«, schrie Brynja.

Das Schattenbiest wandte sich ihr zu.

»Sollen wir ihn fragen?«, sagte die Königin mit einem Lächeln. »Orm, Liebling?«

Hass durchströmte mich, als Lord Orm aus der Kabine auf das Deck trat. Sein Blick war hart und auf Brynja fixiert. »Du hast versucht, sie zu töten?«

»Du warst blind dafür, wie gefährlich sie ist!«, rief Brynja mit wilden Augen.

»Ich brauche sie lebend. Du weißt das«, zischte er.

»Und jetzt hast du sie! Ich habe ihre gesamte Leibgarde betäubt und sie dir gebracht!«

»Betäubt? Was hast du mit ihnen getan?«, schrie ich.

Sie musste auch Svangrior betäubt und die Tasche in seinem Zelt versteckt haben.

»Ruhe!« Die Stimme der Königin klang wie ein Peitschenhieb. »Ich habe genug von diesem Unsinn!« Sie schlug mit ihrem Stab auf das Deck, und mit einem lautlosen, tödlichen Sprung stürzte sich das Schattenbiest auf Rangvald. Mein Magen verkrampfte sich, als sie ihm den Kopf abriss und Blut über das Deck spritzte. Ich schloss die Augen und kämpfte gegen meine aufsteigende Panik an.

»Ich bin hier. Ich kann nicht durch ihre Schattenbarriere kommen, aber ich bin auf der anderen Seite.« Vorors Stimme tauchte in meinen Kopf auf, und ich klammerte mich dankbar daran fest.

Er war in Sicherheit und über dem Fluss. Ich war nicht alleine. Nicht ganz.

Als ich meine Augen öffnete, zitterte Brynja am

ganzen Körper und starrte auf Rangvalds Körper. Orm trat an die Seite der Königin und wandte sich an die Dienerin. »Sie suchen also einen Nebelstab?«, fragte er.

Sie riss sich von der kopflosen Leiche los, sah ihn an und nickte.

»Und? Haben sie ihn gefunden?«

»I-i-ich glaube schon.«

»Warum verteidigen sie sich dann nicht gegen diese Kreaturen? Warum sind sie geflohen, als du diesen erbärmlichen Erd-Fae getötet hast?« Die Frage der Königin war an Orm gerichtet, und seine Augen funkelten.

»Ich denke, es ist Zeit, dass wir es herausfinden.« Er ging zu Mazrith.

»Lass deine Finger von ihm!« Ich versuchte aufzustehen, aber die Schatten hielten mich fest. »Lass verdammt noch mal deine Finger von ihm!«

Orm schob seinen Stiefel unter Mazriths Körper und drehte ihn um, dann sah er die Königin an. »Meine Liebe, kannst du seine Gedanken lesen, wenn er bewusstlos ist?«

»Du weißt, dass ich das nicht kann, Liebling. Ich muss ihn wecken.« Die Königin richtete ihre Augen auf Brynja. »Was hast du ihm gegeben?«

Brynja murmelte ein Wort, das ich nicht kannte.

»Ausgezeichnet. Endlich werde ich all deine Geheimnisse erfahren, Prinz Mazrith Andask.«

KAPITEL 35

REYNA

Das Schattenbiest verschwand, und stattdessen erschien eine riesige, sehnige Klaue mit Krallen so groß wie meine Hände. Sie schwebte durch die Luft, direkt auf Mazriths Kopf zu. Die Schatten wirbelten um ihn herum, und er stöhnte.

»Maz!« Seine Augen öffneten sich nicht, aber er gab ein leises Geräusch von sich. »Lass ihn in Ruhe!«, schrie ich. Ich wehrte mich mit aller Kraft gegen die schattenhaften Fesseln, aber sie waren zu stark.

Die Tatsache, dass sie in der Lage war, ihre Magie gegen Mazrith und mich einzusetzen, während sie die Kuppen über dem Schiff aufrechterhielt, machte deutlich, wie mächtig ihr Stab war. Ich starrte ihn an, und wünschte, er würde explodieren.

Maz stöhnte erneut, dann öffnete er schlagartig die Augen.

»Maz, wir sind auf dem Schiff der Königin, sie hat uns ...«, begann ich.

In einer einzigen, fließenden Bewegung sprang er auf die Füße, und seine Schatten schossen auf die schwarze Klaue zu.

Im selben Moment ging ein Lichtstrahl von Lord Orm aus, und die schattenhafte Kuppel über uns flackerte. Der Arm eines Hungernden schaffte es, sie zu durchbrechen, und ich bemerkte mit Entsetzen, dass sie überall auf der Barriere herumkrochen.

Die Königin stieß einen wütenden Schrei aus, und der Hungernde wurde gewaltsam von der Kuppel weggeschleudert. Als Orms Lichtstrahl um Maz herum verschwand, machte mein Herz einen Sprung.

Mazriths Stab lag in Scherben.

Und er sah genau so aus, wie ich ihn in meiner Vision gesehen hatte.

Die Schattenbänder der Königin wickelten sich um seinen Körper, während er schrie und kämpfte. Orm starrte ihn mit offenem Mund an. »Odin stehe mir bei, was bist du?«

»Gleich werden wir es herausfinden«, zischte die Königin. Die Klaue schoss auf Mazrith zu und schloss sich um seinen Kopf. Mazriths Schrei ging in meinem eigenen unter, als die Schatten in seinen Schädel eindrangen.

Es war die wohl schlimmste Minute meines Lebens. Ich kämpfte mit allem, was ich hatte, um mich zu befreien und dem Mann, den ich liebte, zu helfen. Ich versuchte, mich in den Kopf der Königin zu zwingen, aber solange Voror außerhalb der Kuppel war, reagierte meine Magie nicht auf mein verzweifeltes Flehen.

Die Klaue grub sich tiefer in Mazriths Kopf, und sein Gesicht war eine Maske des Schmerzes. Seine Lippe blutete, da er so hart darauf biss.

Ich versuchte nicht, mich still zu verhalten, und schleuderte Orm und der Königin sämtliche Flüche entgegen, die ich kannte.

Jahrelang waren Worte meine einzige Waffe gewesen, und jetzt fand ich mich erneut in dieser Situation wieder. Ich war nutzlos. Unfähig, die zu verteidigen, die ich liebte. Wut verzehrte mich, und Angst und Zorn brannten in meinem Inneren.

Die Klaue zog sich endlich wieder zurück und schwebte vor Maz in der Luft. Er kippte nach vorne, und Schatten fixierten seine Arme auf seinem Rücken.

»Maz!« Tränen strömten über mein Gesicht. Ich konnte nicht zusehen, wie sie ihn folterte und tötete. Ich konnte es nicht. Ich wollte es nicht.

»Interessant«, sagte die Königin. Ihre wilden Augen loderten, während sie sich Orm zuwandte. »Ich wusste, dass seine Mutter eine Affäre hatte, aber ich hatte keine Ahnung, dass der Prinz das Ergebnis dieser Affäre war.«

Orms Mund klappte erneut auf, dann verengte er seine grausamen Augen. »Du meinst ...«

Die Königin nickte. »Oh ja. Prinz Mazrith ist dein Bruder.«

Mazrith hob langsam den Kopf. »Was hast du gerade gesagt?« Seine Worte waren schleppend, und ich war sprachlos vor Schreck.

»Ich wusste, dass deine Mutter in einen Gold-Fae verliebt war, dummes Kind«, schnappte die Königin. Die schwarzen Flecken auf Mazriths Haut veränderten sich, und seine Augen wurden schwarz, während er die Königin anstarrte. »Es war sein dämlicher, verletzter Stolz, der den König das Leben gekostet hat«, sagte sie lachend. »Willst du wissen, was mit dem Mann passiert ist, den alle für deinen Vater hielten?«

»Solange er tot ist, ist es mir egal«, knurrte Mazrith.

Orm hob eine Hand. »Moment, ich muss das fragen – du bist abstoßend!« Seine Lippen verzogen sich angewidert, als er Mazrith ansah. »Was bist du?«

»Liebling, lass es mich erklären«, säuselte die Königin. Sie leckte sich über ihre schwarzen Zähne, und ihre Augen funkelten. »Mazriths Mutter hatte eine Affäre mit einem Gold-Fae – deinem Vater. Als sie ein Gold-Fae-Baby zur Welt brachte, erkannte der König, dass er nicht der Vater war und versuchte, seine eigene Schattenmagie in den Jungen zu zwingen. Das ist das Ergebnis.« Sie wedelte mit ihrem Stab in Mazriths Richtung, und meine Wut brannte so heiß, dass ich dachte, sie würde meine Haut verbrennen.

Die Königin wandte sich wieder Mazrith zu. »Als ich endlich mit dem König verheiratet war, habe ich alles versucht, um herauszufinden, wen deine Mutter im Goldhof besucht hatte. Es gab nicht viele Gerüchte über ihre Affäre, aber ich habe es geschafft, Leute zum Reden zu bringen. Irgendwie hat es deine Mutter geschafft, die Tatsache geheim zu halten, dass du ein uneheliches Kind bist.« Wahnsinn blitzte in ihren Augen auf, als sie auf diejenigen anspielte, die sie jahrelang gefoltert hatte. »Ich brauchte ein Druckmittel, um an den Nebelstab des Königs zu gelangen. So habe ich Orm kennengelernt.« Sie strahlte den Gold-Fae an. »Es war sein Vater, in den sich deine Mutter verliebt hatte. Ich erzählte dem König davon und dass er ihn unbedingt töten müsste, um seine Ehre wiederherzustellen.« Sie lachte. »Orm hat auf ihn gewartet.«

Mazrith blinzelte Orm an. »Ihr habt den König des Schattenhofs getötet, obwohl er einen Nebelstab hatte? Wie?«

Orm zuckte mit den Schultern. »Ein Hinterhalt. Eigentlich war es ganz einfach. Er schlich sich in unsere Gemächer und tötete meinen Vater, und während er sich in seinem Triumph sonnte, stieß ich ihm ein Messer in den Rücken. Er hatte keine Ahnung, was mit ihm geschah.«

»Dann brachte mir mein treu Ergebener den Stab deines Vaters. Ich sagte allen, er hätte ihn mir überlassen, während er nach den verschwundenen Göttern suchte, und Orm und ich warteten ab, bis sich eine Gelegenheit bot, um gemeinsam über beide Höfe zu regieren«, sagte die Königin mit zuckersüßer Stimme. »Ich dachte, dich loszuwerden wäre mein größtes Problem, aber sieh dich an! Du bist nicht mal ein Schatten-Fae! Du bist weder eine Bedrohung für mich noch für meinen Hof.«

Ihre Augen loderten irre. »Weißt du, ich könnte die Leute glauben lassen, dass ich dir das angetan habe, um allen zu zeigen, was ich mit denen mache, die mir nicht gehorchen.« Sie neigte den Kopf. »Vielleicht entferne ich ein paar Gliedmaßen. Orm, Liebling, darf ich ihn behalten?«

»Natürlich, meine Liebe.«

Ihr Kichern wurde unterbrochen, und ich schaute überrascht zu Brynja.

»Er liebt dich nicht.« Ihr Gesicht war weiß, und ihr Körper zitterte, aber ihre Stimme war laut und klar, als sie die Worte wiederholte. »Er liebt dich nicht!«

Das Gesicht der Königin verzerrte sich vor Wut. »Mach dich nicht lächerlich, du kannst doch nicht ernsthaft glauben, dass er sich in ein jämmerliches Wesen wie dich verliebt hat?«

Das Mädchen versuchte, sich aufzurichten. »Schau in meinen Kopf. Sieh dir die Nächte an, die wir zusammen verbracht haben, die Leidenschaft, die wir geteilt haben.« Sie schluckte hart. »Ich gehöre ihm.«

Wut verdunkelte das Gesicht der Königin. »Ich werde diese Erinnerungen für immer aus deinem Kopf löschen, du Wurm!«

Sie stürzte auf Brynja zu, und das Mädchen streckte einen Arm aus und zeigte auf mich. »Sie ist es, die er will!«, krächzte sie panisch. »Er ist besessen von ihr!«

Die Königin hielt inne und richtete ihre schwarzen Augen auf mich. »Mein Liebling«, schnurrte sie. Ihre Augen waren auf mich gerichtet, aber ihre Worte galten Orm.

»Offensichtlich nichts als Lügen«, sagte der Gold-Fae.

»Du hast ihr im Eishof das Leben gerettet! Du sprichst von ihr, während du schläfst!«, würgte Brynja hervor.

Die Königin drehte sich langsam zu Orm um. »Das Mädchen hat recht. Warum hast du ihr das Leben gerettet?«

»Ich wollte sie lebend«, knurrte Orm.

Die Königin neigte ihren Kopf. »Warum?«

»Rache«, sagte er und stampfte mit dem Fuß. »Die Frau und diese widerliche Kreatur haben mich mit ihrer Bindung lächerlich gemacht. Sie sollte meine gebundene Konkubine sein!«

»Wünschst du sie dir immer noch als Konkubine?« Die Stimme der Königin war gefährlich leise geworden.

Würden sie sich gegeneinander wenden? Könnte ich es zu meinem Vorteil nutzen, wenn sie das täten?

»Ich will meine Rache«, sagte Orm zischend. »Ich dachte, du verstehst Rache. Es ist eines der Dinge, die ich am allermeisten an dir liebe«, sagte er und klang plötzlich charmant.

»Lügen!«, schrie Brynja. »Er liebt dich nicht! Genauso wenig wie mich! Er liebt *sie!*« Wieder deutete sie energisch auf mich, und die Königin wirbelte zu ihr herum.

»Genug!« Mit einem Wedeln ihres Stabes wurde Brynja von Schatten in die Luft gehoben und zur Spitze der Kuppel getragen. »Du bist auf meinem Schiff nicht mehr willkommen«, knurrte die Königin. Eine Lücke öffnete sich in der Barriere, und sie schleuderte das schreiende Mädchen hinaus und in die fahlen Hände der Hungernden.

Galle stieg mir in die Kehle, und ich wandte meinen Blick gerade rechtzeitig ab, um das Funkeln in Lord Orms Augen zu sehen, als er hinter die Königin trat. Licht leuchtete um ihn herum auf, und die Königin zuckte. Ihre Augen weiteten sich so sehr, dass ich zum ersten Mal einen weißen Rand um ihre Iris herum erkennen konnte.

»Sie hat recht. Ich liebe dich nicht« zischte er ihr zu. »Und es ist erstaunlich einfach, einen Nebelstab von denen zu stehlen, die keinen Angriff erwarten.«

Er schubste sie nach vorn, und als sie über die Holzplanken stolperte, sah ich, dass ein Dolch aus ihrem Rücken ragte.

Ihr Nebelstab fiel scheppernd auf das Deck, und für den Bruchteil einer Sekunde schien die Zeit stillzustehen. Alle starrten auf den Stab.

Mazrith und Orm stürzten sich gleichzeitig darauf, und ich sah entsetzt zu, wie die Kuppel über uns zu zerfallen begann.

REYNA

Orm erreichte den Stab als Erster und schrie triumphierend auf.

»Stellt den Schild wieder her!«, schrie ich, während ich auf Mazrith zurannte. Orms Gesicht verzog sich, als er nach oben blickte. Die Schatten waren jetzt so dünn, dass sie das Gewicht der Untoten kaum noch halten konnten.

Er streckte den Stab aus, aber nichts geschah.

Mazrith kämpfte sich mühsam auf die Beine und deutete auf die Königin. »Sie ist nicht tot. Der Stab reagiert auf niemand anderen als sie, solange sie noch lebt!«

»Kannst du einen Schild erzeugen?«, fragte ich verzweifelt, aber ich kannte die Antwort bereits. Er hatte keine Magie mehr – sein Stab war zerstört.

»Komm schon, verdammt noch mal!«, schrie Orm, als die Kuppel versagte und die Hungernden auf das Deck fielen.

Mazrith schlug mit der Faust auf den ersten ein, der in unserer Nähe landete, und ich fuchtelte verzweifelt mit meinem nutzlosen Stab herum.

Ich hatte jetzt Magie, aber sie würde mir nichts nützen – was könnte ich mit der Fähigkeit, in die Köpfe anderer einzudringen, ausrichten?

Panik überkam mich, als weitere Untote über das Deck schlurften und sich auf die bewusstlosen Körper meiner Freunde zubewegten. Sie lagen immer noch in der Mitte des Decks, wo die Königin sie fallen gelassen hatte.

Orm beugte sich vor und schob den Körper der Königin auf drei der Kreaturen zu, die auf ihn zukamen. Mir wurde schlecht, als eine davon den Arm von ihrem Körper riss und ein gurgelndes Geräusch aus ihrer Kehle kam.

Sie lebte noch, während sie auseinandergerissen wurde.

All die Seelen, die sie gefoltert hatte, blitzten in meinem Kopf auf, doch dann packte etwas meine Schulter und ich fuhr herum. Ich schlug mit meinem Stab zu und stieß gegen etwas hinter mir. Maz schleuderte einen verstümmeltes, verfaulten Untoten von uns weg. Aus einem Biss an seinem Unterarm sickerte Blut.

»Stell dich Rücken an Rücken mit mir!«, rief er, und ich gehorchte blind.

Schatten wirbelten auf. Ich hob den Kopf und sah Svangrior, der mit einer riesigen Peitsche aus Schatten nach jedem Wesen schlug, das sich ihm oder den bewusstlosen Gestalten am Boden näherte.

»Das reicht, meine Blüten«, sang eine Stimme, und

mein Innerstes gefror zu Eis. »Wir haben, was wir wollten, und ihr soll nichts geschehen. Noch nicht.«

Die Hungernden hielten sofort inne und erstarrten, als die Älteste über die Reling des Schiffes kletterte.

»Reyna Thorvald. Es ist an der Zeit, dein Schicksal zu akzeptieren.«

»Nimm mich und lass die anderen gehen«, sagte ich und löste mich zitternd von Mazrith.

Mit einem Brüllen schob er sich wieder vor mich und hob die Fäuste. »Rühr sie nicht an, oder du wirst sterben«, knurrte er, und einen Moment lang war er fast genauso erschreckend wie die Untoten.

»Maz, sieh mich an!«

Meine wirbelnden Gedanken hatten sich in der Stille nach dem Angriff geklärt.

Mazriths schwarze Augen waren von goldenen Strudeln durchzogen, als er sich zu mir umdrehte, und ich legte eine Hand auf seine Schulter.

»Ich kann nicht vor ihr weglaufen«, sagte ich zu ihm. »Mein ganzes Leben bin ich gerannt, aber es gibt keinen Ort mehr, an dem ich mich verstecken könnte. Sie will mich, und sie wird nicht aufgeben. Ich würde mir nie verzeihen, wenn meinetwegen jemand anderes verletzt werden würde. Dazu gehörst auch du.«

Er knurrte. »Ich werde dich niemals verlassen. Das habe ich dir gesagt.«

Er drehte sich wieder zur Ältesten um. »Du kannst

uns beide mitnehmen, wenn du die anderen verschonst.«

Die Älteste grinste abscheulich. »Ich lasse nicht mit mir verhandeln, ihr albernen Kinder.« Sie zeigte auf einen Punkt hinter uns. »Öffnet die Tore.«

Ich drehte mich um und sah den Baum des Lebens vor uns aufragen. Die Türen des Goldhofes lagen direkt vor uns.

Orm rannte zur Vorderseite des Schiffes und hob seinen Stab. Sein Gesicht war leer.

»Nein, du kannst sie nicht dort hineinlassen!«, sagte ich, und Mazrith rief: »Lass sie nicht in den heiligen Baum!«

Aber Orm hatte bereits sein Licht zu den beiden Feuerbecken zu beiden Seiten der Tore geschickt, und sie begannen sich zu öffnen.

Das Schiff bewegte sich rasch hindurch, und die Älteste hinkte zur Königin.

»Diese hier lebt kaum noch«, sagte sie, und schnippte mit den Fingern. Zwei der Untoten stießen grässliche Schreie aus und stürzten sich auf die Königin.

Ich wandte den Blick ab und sah die Älteste an.

»Was willst du von mir?«

Sie neigte den Kopf. »Weißt du das wirklich nicht?« Ihre Augen wanderten zu meinem Stab. »Warum sieht er so aus? So hat er früher nicht ausgesehen.«

Ich sah zwischen ihr und dem Stab hin und her, als sich die Türen hinter uns schlossen.

Yggdrasil reagierte sofort. Dunkelheit breitete sich über die Rinde aus, und eine Wolke aus blutrotem Staub senkte sich über die hohen Statuen. Das Licht, das leuchtende Grün und das Funkeln des heiligen Ortes verblasste, und die schwarzen, mit Blut bedeckten Planken des Schiffes wirkten auf einmal noch dunkler.

»Du hast diesen Stab schon einmal gesehen?«, fragte ich und zwang meine Aufmerksamkeit zurück zur Ältesten, während ich versuchte, die schmatzenden, reißenden Geräusche zu ignorieren, die vom Körper der Königin kamen.

Sie machte einen weiteren, hinkenden Schritt auf mich zu. Ihr Gestank war überwältigend.

Ich keuchte und stolperte rückwärts. Sie knurrte. »Mach das rückgängig, was mir angetan wurde! Du bist die Einzige, die es kann. Wenn du dich weigerst, werde ich dich zu einem von uns machen.«

»Was rückgängig machen? Ich habe keine Ahnung, wovon du redest!«

»Dann werden sie sterben.«

Die Hungernden schleppten den um sich tretenden Svangrior zu den anderen Mitgliedern unserer Gruppe, die bewusstlos am Boden lagen. »Du kannst selbst wählen, wer zuerst sterben soll, Kind«, sang die Älteste.

Ein Hungernder, der fast nur noch aus Knochen bestand, warf sich Frimas Körper über den Arm.

»Warte! Zeig es mir! Zeig mir, was ich tun soll!«

Die Älteste drehte sich zu mir um. »Zeigen?«

Ich nickte, und bevor sie ein weiteres Wort sagen konnte, tat ich das Eine, was mir mehr Angst machte als alles andere auf der Welt.

Ich drang in ihren Geist ein.

Alles drehte sich, und der Hunger war betäubend. Überwältigend. Allumfassend. Es gab nichts als die nächste Mahlzeit, den Geschmack von Fleisch und warmem Blut ...

»Was tust du da?«

Sie meinte mich.

»Zeig mir, warum du mich brauchst!«

»Verschwinde!«

Mit einer Kraft, die sich anfühlte, als hätte ich einen Schlag auf den Kopf bekommen, wurde ich aus ihrem Geist geworfen. Ich stolperte und landete vor ihren Füßen. Maz knurrte und sprang auf mich zu, und die Älteste griff herab und schloss ihre knochigen, fauligen Finger um mein Handgelenk.

Alles wurde dunkel, und dann war ich nicht mehr auf dem Schiff im Baum.

Ich befand mich in einem Wald, am Rande einer kleinen Stadt. Eine Frau mit langem, kupferfarbenem Haar war von Männern umringt, die ihr zuschrien und sie anfeuerten. Tränen strömten über ihre Wangen, aber ihr Ausdruck war hart und kämpferisch.

»Ich werde es nicht tun!«, schrie sie und schlug mit einem Stab auf den Boden.

»Dann wird er sterben!«, brüllte ein Mann mit dutzenden von Zöpfen in seinem braunen Haar und schwang eine Axt.

Die Männer waren allesamt Menschen, die jetzt zur Seite traten, um einen Wagen hindurchzulassen. Ein Mann war daran gefesselt. Man hatte ihm Lumpen in den Mund gestopft.

»Nein! Lasst ihn gehen!«

»Es ist abstoßend, euch zusammen zu sehen. Fae und Menschen sollten nicht verheiratet sein!«

»Lasst meinen Ehemann gehen!«, sagte die Frau. An der Spitze ihres Stabs begann Licht zu funkeln.

»Tu, was wir verlangen, und er bleibt am Leben«, knurrte eine Frau und hielt ein Messer an den Hals des Mannes. Sie drückte zu, und Blut quoll hervor, als der Mann mit angsterfüllten Augen in seinen Knebel hustete.

»Bitte, hört auf! Ihr könnt mich nicht dazu zwingen! Ein Krieg soll mit Mut und Ehre gewonnen werden, nicht indem man seine Feinde um den Verstand bringt!«

»Der Scyfling-Clan verdient es, den Verstand zu verlieren! Und welchen Sinn hat es sonst, eine Fae im Dorf zu haben, wenn wir ihre Fähigkeiten nicht ausnutzen können?«, höhnte ein Mann. »Du bist eine Runen-Fae, du kannst mit ihren Gedanken spielen, bis sie durchdrehen. Bei den Göttern, du könntest sie sogar glauben lassen, sie seien Tiere!«

Grausames Gelächter schwoll in der Gruppe an.

»Wenn du sie nicht verrückt machst, wird deine Tochter die Nächste sein. Und glaub mir, für sie haben wir eine viel, viel bessere Verwendung, als ihr die Kehle durchzuschneiden«, sagte die Frau. Als die Fae nicht reagierte, zuckte die Frau mit den Schultern. »Dann muss ich dir wohl zeigen, dass wir es ernst meinen. Du bist selbst verantwortlich für seinen Tod.« Sie stieß das Messer in den Hals des Mannes.

Die Fae-Frau schrie auf und fiel auf die Knie, doch der

Mann mit den Zöpfen packte sie am Hals und zog sie wieder hoch.

»Tu es, oder deine Tochter wird zu unserem Spielzeug werden, genau wie du.«

Sie schluchzte und hob ihren Stab. »Es tut mir leid, Harald. Es tut mir so schrecklich leid«, sagte sie. Aber ihre Tränen bestanden aus Licht, und als sie sich aufrichtete, strahlte Wut, nicht Trauer, auf ihrem Gesicht. »Mögen euch die Götter alle verbrennen«, zischte sie.

»Die Götter verbrennen keine Leute wie uns«, sagte der Mann mit einem Grinsen. »Das ist den Fae vorbehalten.«

»Dann sei es so«, sagte sie, und ihre Augen füllten sich mit purem Weiß. Der Stab zerschellte in einer Explosion aus Licht, und als es wieder versiegte, waren die Menschen um sie herum in Fetzen gerissen worden. Haut hing von ihren zersplitterten Knochen, und überall war Blut.

Trotzdem standen sie noch.

»Was ... Was hast du getan?«, gurgelte die Frau, die das Messer gehalten hatte, unter ihrem fehlenden Unterkiefer hervor.

»Das, was ich eurem Feind hätte antun sollen«, sagte die Fae. Ihre Augen waren immer noch weiß, und ihre Stimme hatte eine Macht, die selbst die stärksten Männer in die Knie gezwungen hätte. »Ihr habt mir das genommen, was ich geliebt habe. Also habe ich euch das genommen, was euch menschlich macht.« Ihr Stab leuchtete immer heller und heller, doch dann schallte eine Stimme vom Himmel.

»Die Runenträger dienen den Vanir, und Ihr habt Ihre Magie ohne unsere Erlaubnis verwendet. Ihr seid zu weit gegangen, Estrid.«

Die Frau warf den Kopf zurück und rief in den Himmel: »Ich bereue nichts! Bestraft mich, wie auch immer ihr wollt, aber diese Menschen sollen keine Menschen mehr sein!« Es gab einen Blitz aus grünem Licht, und sie war verschwunden.

Die Vision verschwand, und ich starrte die Älteste an, die noch immer mein Handgelenk festhielt.

»Eine Runen-Fae hat die Hungernden erschaffen«, keuchte ich. »Mit diesem Nebelstab. Sie hat die Magie der Vanir missbraucht.«

»Deine Mutter hat uns erschaffen«, zischte die Älteste. »Mit diesem Stab. Und nur du kannst es wieder rückgängig machen.«

KAPITEL 37

REYNA

Die Älteste löste ihren Griff von meinem Arm. »Befreie uns.«

»Euch befreien?« Ich starrte auf den Stab in meiner Hand. Die Bilder meiner Vision wirbelten in meinem Kopf herum und bereiteten mir Schwindel.

Sie hatten den menschlichen Ehemann meiner Mutter getötet, um sie dazu zu zwingen, anderen Menschen Schaden zuzufügen. Und sie hatte sich kaltblütig an ihnen gerächt.

Ich sah zu der Statue der Hohepriesterin der Vanir empor, die mir Mazrith vor langer Zeit gezeigt hatte.

Wie benutze ich diesen Stab? Ich übermittelte die Frage an die Statue, und auf einmal flammte der Stab in meiner Hand auf.

Wieder wurde ich in Dunkelheit gestürzt, doch die Vision, die ich hatte, war vollkommen anders. Ich hörte eine weibliche, melodische Stimme singen.

»Diese drei Zukunftsbilder sind für dich bestimmt. Wähle deinen Weg: Ehre oder Zorn.«

Bilder blitzten vor meinen Augen auf.

Im ersten sah ich mich selbst, wie ich den Stab in die Höhe hielt, genau, wie es meine Mutter getan hatte. Licht tanzte darum herum, aber ich benutzte es, um die Hungernden zu befreien. Kaum hatte ich es getan, löste sich der Stab in meinen Händen auf, und ich wusste, dass er nie wieder verwendet werden konnte.

Im zweiten waren die Hungernden noch da, und ich benutzte den Stab, um sie zu kontrollieren. Sie umringten den Palast des Schattenhofes, den ich an Mazriths Seite regierte. Die Kreaturen versetzten alle, die sich mir widersetzten, in Angst und Schrecken.

Im dritten sah ich mich selbst auf dem Thron des Goldhofes, nur dass es nicht mehr der Goldhof war. Ich hatte den Stab benutzt, um die Hungernden zu zerstören, statt sie zu befreien, und es würde Jahrhunderte dauern, bis sie sich neu formierten. Und ich hatte ihn benutzt, um die Gold-Fae zu zerstören – jeden einzelnen von ihnen. Alle, die mich bedroht, verspottet, misshandelt oder verfolgt hatten. Sie waren alle tot, und der Stab lag auf meinem Schoß, während ich auf meinem glitzernden Thron saß.

Ich öffnete die Augen.

Mazrith starrte mich an, ebenso die Älteste.

Ich trat von den beiden zurück und hielt den Holzstab fest, der immer noch heiß in meinen Händen brannte.

»Wenn ich den Stab benutze, um dich zu befreien,

werde ich ihn zerstören. Mazrith wird seinen Hof verlieren und wird nie wieder in der Lage sein, seine Magie zu verwenden.«

Die Älteste machte einen Schritt auf mich zu, und Maz schüttelte den Kopf. »Ich brauche keine Magie. Du bist alles, was ich will.«

»Oder ich könnte ihn benutzen, um dich zu kontrollieren«, sagte ich, und die Älteste hielt inne. »Ich könnte den Stab benutzen, um dich zu meiner Waffe zu machen.« Mazriths dunkle Augen weiteten sich. »Reyna, warum würdest du ...«

»Oder ich könnte ihn benutzen, um dich zu zerstören.«

Sie war die Frau mit dem Dolch gewesen, dessen war ich mir sicher. Diejenige, die den Ehemann meiner Mutter getötet hatte. Ob er mein Vater gewesen war?

»Ihr seid zu dem gemacht worden, was ihr seid, weil ihr Mörder und Vergewaltiger wart.«

Ich schaute mich auf dem verwüsteten Deck des Schiffes um und betrachtete die zwei Untoten, welche die übrig gebliebenen Stücke der Königin wieder zusammensetzten. Lord Orm kauerte am Bug. »Und du, du bist genauso grausam wie sie«, schrie ich den Gold-Fae an. Wut brodelte in mir, und jedes Mal, wenn mein Blick Mazrith streifte, nahm sie weiter zu. Ich wusste, was er durchgemacht hatte. »Die Gold-Fae sind verdrehte, grausame, ehrenlose Kreaturen, die versuchen, diese Welt in ihren eigenen, kranken Spielplatz zu verwandeln. Sie sind nicht besser als die Hungernden, als meine Mutter sie verfluchte!«

»Reyna«, sagte Maz mit ruhiger Stimme und streckte eine Hand aus. »Ich bin ein Gold-Fae. Das Böse ist in jedem zu finden. Du weißt das.«

Ich schaute ihn an, und mein Kopf begann zu pochen. »Orm hat Dakkar getötet, er hat die Kriegerin getötet.« Meine Stimme bebte, und mein Geist drehte sich im Kreis. Pulsierende Hitze ging von meinem Stab aus und hüllte meinen Körper ein.

Vorors Stimme schnitt durch das Chaos. »Orm ist böse, aber nicht alle Gold-Fae sind böse. Die Königin war böse, aber nicht alle Schatten-Fae sind böse.«

»Und die Hungernden? Findest du, dass sie es verdient haben, frei zu sein?«, schrie ich.

»Wir haben unsere Strafe erhalten«, sagte die Älteste.

»Wenn das so wäre, hätten die Götter euch gerettet. Aber das haben sie nicht, sie haben euch hier zurückgelassen, weil ihr es verdient habt!«

»Sie haben sie hier gelassen, um uns auf die Probe zu stellen«, sagte Mazrith. »Du weißt, was du tun musst, Reyna. Du hast gesagt, ich solle Ehre wählen.«

»Und schau, was sie dir angetan haben!« Tränen liefen mir über das Gesicht, als ich ihn ansah. »Das ist nicht fair!«

»Erinnere dich an das, worüber wir gesprochen haben, Reyna. Wir müssen unser eigenes Ende schreiben. Du wählst, wer du sein willst.«

»Ich sage, du solltest sie zerstören.« Orms Stimme ließ mich herumfahren. Die Älteste zischte, und zwei ihrer Kreaturen sprangen auf ihn zu.

Instinktiv hob ich den Stab. Ein einzelner Kristall erschien an seiner Spitze, und die Kreaturen erstarrten.

Panik machte sich in den Augen der Ältesten breit.

Langsam hob Orm den Nebelstab der Königin, die jetzt mehr als tot war. »Ich hätte nie gedacht, dass ich je zwei Nebelstäbe besitzen würde, geschweige denn einen, der eine Armee von Untoten kontrollieren kann?« Er lächelte und wedelte mit seinem Stab. Eine wirbelnde Kugel aus Licht flog auf die bewusstlosen Körper meiner Freunde zu.

Ich riss meinen eigenen Stab in die Höhe, und die Hungernden schrien auf.

Mazrith warf sich vor die Kugel aus Licht, und eine überwältigende Angst packte mich.

Wenn sie ihn traf, würde er sterben.

Ich drang in seinen Kopf ein und übernahm Kontrolle über seinen Körper, als wäre es mein eigener.

Macht durchflutete mich. Ich drehte seine Schultern und warf ihn aus der Flugbahn der Kugel, während ich gleichzeitig den Stab hob. Ein verwirrter Hungernder schrie auf, als ich ihn durch die Luft und direkt in die Flugbahn des Lichts schleuderte.

Mazrith krachte auf die Planken, und der Hungernde explodierte.

»Reyna!«, würgte er, aber mein Blick war auf Orm gerichtet. Wir hoben zeitgleich unsere Stäbe.

In dem Moment, in dem ich gesehen hatte, wie sich Mazrith vor meine Freunde geworfen hatte, hatte ich meine Entscheidung getroffen.

Ich riss meinen Stab herum und brüllte die Statue der Vanir an.

Wirbelnde Schatten und Dunkelheit senkten sich über das Boot. Ich fiel auf die Knie und robbte auf Mazrith zu. Tränen strömten aus meinen Augen, während die Hungernden um uns herum leise wimmerten.

»Wo ist der Stab?«, keuchte Maz, als ich ihn erreichte.

»Alles in Ordnung?«

»Ja.« Er rollte sich auf den Rücken, hustete und griff nach mir, während sich die Dunkelheit langsam in einen Wirbel aus rotem Licht verwandelte und die Schreie lauter wurden. »Wo ist der Stab? Was hast du getan?«

Ich streckte meine leere Hand aus. Der Stab war, genau wie es mir meine Vision gezeigt hatte, zu Nebel geworden.

»Du hast sie befreit.«

Bevor ich antworten konnte, schrie die Älteste auf. Ihre fauligen Finger schlossen sich um Orms Arm, und er schrie ebenfalls auf und schlug nach ihr. »Du hättest versucht, uns zu kontrollieren?«, zischte sie, dann klappte ihr halb zerstörter Kiefer auf, schloss sich um seine Kehle und riss ein Stück heraus. Orms Augen weiteten sich kurz, dann wurde er schlaff. Blut strömte aus der klaffenden Wunde.

Plötzlich gab es einen donnernden Knall, und alles verstummte. Die dunklen Schatten waren wie weggefegt, und funkelndes, kupferfarbenes Licht erfüllte die Luft wie Feenstaub.

All die Hungernden begannen, in die Luft zu steigen, zu schreien und zu zappeln.

»Was hast du getan?«, schrie die Älteste. Mit einem Ruck wurde sie von ihren Füßen gehoben und zog Orms schlaffen Körper mit sich.

Ihre Umrisse begannen zu flackern und zu verschwimmen, und ich schnappte nach Luft, als ich merkte, dass das mit ihnen allen geschah. Menschliche Körper blitzten über ihren entstellten Körpern auf.

Ich zwang meinen Blick zurück zu der Ältesten, die zwanzig Fuß über dem Deck schwebte. Ein Ausdruck von Frieden legte sich über ihr Gesicht, dann verschwanden sie auf einen Schlag. Winzige Kupferfunken fielen wie Regen auf das Deck.

Verblüfft starrten wir auf Orms Stab, der scheppernd auf die Planken fiel. Der Gold-Fae war zusammen mit den Untoten verschwunden.

KAPITEL 38

REYNA

Stille lag über dem Baum. Das Licht, das Leben und die Farben kehrten langsam zurück.

»Was in Odins Namen ist gerade passiert?«, murmelte Svangrior.

Neue Tränen stiegen in meinen Augen auf, als ich mich auf Mazrith stürzte. »Es tut mir leid. Es tut mir so leid, dass ich den Stab nicht behalten habe, um dir deine Magie zurückzugeben.« Mir liefen so viele Tränen über die Wangen, als hätte ich seit einem Jahrzehnt nicht mehr geweint.

Mazrith schob mich von sich und umfasste mein Kinn. Seine Augen waren eine wirbelnde Mischung aus Gold und Schwarz, genau wie der Ring an meinem Finger. »Die Königin ist tot. Orm ist tot. Unsere Feinde und diejenigen, die das Gute in Yggdrasil zu zerstören wollten, sind verschwunden.« Er senkte den Kopf, vergrub seine Hände in meinem Haar und schob es von meinen nassen Wangen weg. »Dank dir«, flüsterte er.

»Aber ich ...« Er küsste meine Lippen und hinderte mich daran, zu sprechen.

»Du hast das Richtige getan. Du hast Mut und Ehre gezeigt, das ist es, wofür es sich zu leben lohnt.«

»Bist du sicher?«, flüsterte ich. In meinem Inneren herrschte ein Chaos aus Gefühlen und Adrenalin, durchzogen von Reue. »Du hast nach mir gesucht, damit ich dir helfe. Damit ich dich rette.«

Er schüttelte den Kopf und umfasste mein Gesicht. »Nein, *Ástin min*. Ich habe nach dir gesucht, weil ich dich liebe. Weil es mein Schicksal ist, mit dir zusammen zu sein.«

Voror kam angeflogen und landete auf den Planken neben mir. »Reyna, ich glaube, hier im Inneren des Baums gibt es einige Antworten. Wir sollten sie suchen.«

Ich blickte die Eule an, während ich immer noch Mazriths Arm festhielt. »Jetzt?«, flüsterte ich.

»Jetzt.«

Er hob ab und flog zu den Statuen, wo ich eine fließende Wolke kupferner Funken durch die Luft tanzen sehen konnte. Sie bewegte sich um die Statue der Hohepriesterin der Vanir herum.

Ich schaute wieder Mazrith an. Seine Narben waren deutlich sichtbar. Gold und Schwarz wogte in den Rissen seiner Haut. Er lächelte, wischte die Tränen von meinen Wangen und gab mir einen sanften Schubs. »Geh. Vertrau deiner Eule.« Er senkte die Stimme. »Er hat mir geholfen, mich von meiner Mutter zu verabschieden. Er hat mächtige Freunde.«

Ich stellte mich auf meine Zehenspitzen und küsste ihn. »Ich bin gleich wieder da.«

Ich näherte mich der Reling, schwang mich über den Rand des Schiffes, ließ mich ins Wasser gleiten und schwamm zum Ring aus Statuen.

Ich zog mich an den kalten, marmornen Zehen der Hohepriesterin hoch und legte beide Hände auf den Stein. Voror landete neben mir.

Der Marmor erwärmte sich unter meinen Händen, und wieder spürte ich eine Woge von Macht in mir. Ich konzentrierte mich auf den Stein und hoffte, dass mir die Statue das zeigen würde, was ich wissen wollte.

Und das tat sie.

Ich sah eine Schatten-Fae, die hinter der Frau stand, von der ich jetzt wusste, dass sie meine Mutter war. Tausende von Bildern stürzten auf mich ein, denen ich entnahm, dass die Schatten-Fae die Magd meiner Mutter war. Sie waren eng befreundet.

Ich sah die Hochzeit meiner Eltern und all die Verachtung und den Hass, der ihnen entgegengebracht wurde. Schlimmer noch waren die Reaktionen, die meine Mutter von den anderen Fae erhielt. Sie bewarfen sie nicht mit Steinen oder faulem Obst, aber sie gingen ihr aus dem Weg.

Im Laufe der Zeit nahm ihre Bitterkeit zu. Ich sah ihre Geduld schwinden, und nur ihre Liebe zu meinem Vater schenkte ihr ein kleines bisschen Glück. Ich sah meine Ankunft in der Welt, und für ein paar Jahre war sie nicht mehr bitter.

Aber dann wurde auch ich gemieden. Wir konnten

nicht mehr mit den Fae zusammenleben, nicht mit einem Menschen in der Familie, also lebten wir in seinem Clan. Doch dieser tyrannisierte und quälte mich. Sie drückten mich unter Wasser und schnitten mir mein Haar ab.

Meine Mutter half den Menschen, meistens unter Zwang, während sie ihre Pflichten als Runenträgerin erfüllte. Ich sah, wie sie mit meinem Vater stritt. Sie sagte zu ihm, dass wir in Gefahr seien, und nicht einmal der von den Vanir gesegnete Stab uns schützen könnte. Er sagte ihr, dass sie an sich glauben sollte. Er glaubte, dass es niemand wagen würde, uns Schaden zuzufügen.

Ich vertraue den Menschen nicht, sagte sie, als er wegging.

Krieg mit einem feindlichen Clan brach aus, und sie bekam Angst. Ich war zehn Jahre alt, als sie zu unserem Haus zurückkam, und es zerstört vorfand. Mein Vater war verschwunden.

Sie und die Schatten-Fae flohen in einen Wald, wo sie mich in einem Baum versteckte. Ich weinte und weinte, und sie hob ihren Stab und sprach einen Zauber aus. Ich schlief ein, und meine Mutter gab ihrer Magd schluchzend Anweisungen.

Wenn ich nicht in der Lage bin, hierher zurückzukehren und sie zu wecken, musst du meinen Stab verstecken und eine Spur hinterlassen – eine, der nur sie folgen kann. Sie wird in der Lage sein, meinen Stab zu verwenden, sie wird wissen, was zu tun ist. Ich habe sie als Mensch getarnt. Weck sie auf, wenn die Zeit gekommen ist. Mit von Tränen benetzten Wangen richtete sie sich auf. *Jetzt suche ich meinen Mann.*

Ich wusste, was als Nächstes passieren würde. Ich hatte es bereits gesehen.

Die Menschen töteten ihren Ehemann, und die Vanir nahmen sie mit.

Doch dieses Mal sah ich auch die Schatten-Fae, die meiner Mutter gedient hatte. Sie holte den Stab und kehrte zum Schattenhof zurück, wo sie ihn im Berg versteckte und Mazriths Mutter die Treue schwor.

Das Bild der staubigen Höhle des Schreins tauchte auf. Die Frau vergrub den Stab im Dreck, und kaum war sie gegangen, formten sich die Statuen, und ein steinerner Arm brach aus dem Abgrund heraus, um eine Plattform zu bilden.

Die Götter? Oder die Vanir? Ich wusste es nicht.

Jahrzehnte später, als Mazrith bereits auf der Welt war und seine Mutter erwähnte, dass er von einer kupferhaarigen Frau träumte, erkannte die Dienerin, dass die Zeit gekommen war. Sie kehrte zum Versteck des Stabs zurück und entdeckte den Ring aus Statuen, doch der Stab war fort. Ohne zu wissen, was sie sonst tun sollte, schrieb sie die Inschrift auf die Hand und erzählte Mazriths Mutter davon.

Die Dienerin fand den Baum, in dem ich versteckt war, und als sie mich berührte, erwachte ich. Beim Anblick meiner goldenen Rune brachte sie mich zum Palast des Goldhofs. Sie starb beim Versuch, zum Schattenhof zurückzukehren.

Wieder sah ich einen Blitz vor meinen Augen, dann sah ich überall Grün.

Ein Wald, dicht und voller Leben.

Eine Frau, die so hell leuchtete, dass ich sie kaum erkennen konnte, sprach mit einer Eule.

Die Eule blinzelte und verschwand.

Plötzlich begannen Informationen meinen Geist zu füllen. Worte, Geschichten und Erinnerungen, die nicht mir gehörten, überschwemmten meinen Verstand und ließen mich nach Luft schnappen.

Die Frau hielt einen Stab in die Höhe, und das Licht um sie herum wurde schwächer. Das Haar, das darunter sichtbar wurde, war kupferfarben. Sie drehte sich zu mir herum, sah mich an und lächelte, dann verschwand die Vision.

Meine Wangen waren schon wieder nass, als ich tiefe Atemzüge nahm, meine Stirn gegen die steinerne Statue presste und all das Wissen zu verarbeiten versuchte, das mir gerade anvertraut worden war.

Meine Mutter hatte Voror aus der Welt der Vanir hierhergebracht, die sich hoch in der Baumkrone über Yggdrasil befand.

Ich war die einzige Runen-Fae in Yggdrasil, denn meine Mutter hatte alles verändert. Die Vanir hatten entschieden, dass die Runen-Fae zu viel Macht besaßen, und das Gleichgewicht zwischen den Menschen und den Fae verschoben war. Sie verwandelten die Runenträger in Menschen und entfernten die Geschichte aus allen Schriften, doch die Magie meiner Mutter hatte mich davor bewahrt.

Ich gehörte nirgendwohin. Ich konnte leben, wo auch immer ich wollte.

Und ich wusste ganz genau, wo das war.

Zitternd stand ich auf. Ich wollte etwas zu Voror sagen, doch dann hielt ich inne. Ich brauchte nicht mit ihm zu sprechen.

Voror? Meine Worte gelangten direkt zu der Eule, und er flatterte mit den Flügeln.

Ja.

Hast du das ebenfalls gesehen?

Nein. Aber ich habe ein paar Eindrücke erhalten. Ich stamme aus der Welt der Vanir.

Ja. Es tut mir leid, dir das sagen zu müssen, aber du sitzt bei mir fest. Wir sind ...

Ich suchte nach dem richtigen Wort.

Verbunden, sagte er.

Ja. Verbunden.

Er seufzte in meinen Gedanken, dann flatterte er mit den Flügeln. *Es wird ein paar Veränderungen in unserer Lebensweise geben müssen.*

Ich lächelte, dann ließ ich mich wieder ins Wasser sinken.

Ich hatte das Gefühl, dass es eine Menge Veränderungen geben würde.

KAPITEL 39

REYNA

Mazrith beugte sich über mich und zog mich mühelos aus dem Wasser, als ich zum Schiff zurückkehrte. Dann reichte er mir Felle, um mich abzutrocknen.

»Die anderen beginnen aufzuwachen«, sagte er leise. »Svangrior hat sie in die Kabinen gebracht und sich um die Leichen gekümmert.«

Ich warf einen besorgten Blick über das Deck und sah, dass das meiste Blut verschwunden war.

»Sind alle in Ordnung?«

Er lächelte mich an. »Sie sind in Ordnung – sie haben nur geschlafen, ihnen fehlt nichts. Alle sitzen in der Speisekajüte und plündern die Vorräte der Königin.«

»Wie hat Brynja euch betäubt?«

Maz zuckte mit den Schultern. Das warme Licht schimmerte auf seiner kreideweißen Haut. »Mit dem Whisky, den sie herumgereicht hat.«

»Aber ich hatte ebenfalls davon getrunken.«

»Sie muss dir etwas anderes gegeben haben. Und sie hat Svangrior ausgetrickst. Sie sagte ihm, ich hätte ihn gebeten, auf das Boot zu kommen. Rangvald hat dort auf ihn gewartet. Er hat ihn überfallen und dann betäubt.«

Ich seufzte tief. »Wir hätten jederzeit in ihren Kopf schauen und die Wahrheit herausfinden können.«

Mazrith trat auf mich zu und nahm meine Hand. »Du bist jetzt in Sicherheit. Hatte Voror recht? Hast du deine Antworten erhalten?« Er deutete auf die Statue.

»Ja. Ich habe dir so viel zu erzählen.«

»Gut. Aber bevor du das tust ...« Er streckte seine andere Hand aus, und ich starrte auf das, was darin lag.

»Der Nebelstab der Königin?«

»Ich kenne ein paar Runenträger, die ihn umgestalten könnten«, sagte er lächelnd. »Nimm ihn. Er gehört dir.«

Ich schüttelte den Kopf. »Nein. Ich will ihn nicht.«

»Du bist eine Fae«, sagte er. »Du kannst ihn besser kontrollieren, als ich es je könnte.«

»Nein«, sagte ich. »Ich brauche keinen Valdstab, um meine Kräfte einzusetzen, und ich strebe nicht nach mehr Macht, als ich bereits habe.« Ich schob seine ausgestreckte Hand zu ihm zurück. »Tait kann das Böse entfernen, das die Königin darauf hinterlassen hat, oder? Er kann ihn in etwas Neues verwandeln, etwas, das zu dir passt?«

Mazrith hielt inne, und ich dachte, er würde mir widersprechen. Aber bevor er etwas sagen konnte, zerfiel die Oberfläche des Stabes, und nichts als ein einfacher Holzstab blieb zurück. Er sah mich resigniert an. »Sieht aus, als würde ich alle mächtigen Stäbe nutzlos machen«, knurrte er.

Ich runzelte die Stirn, dann bemerkte ich verdutzt, dass ich eine Bewegung in der Luft erkennen konnte. Kupferfarbener Staub funkelte und strömte um den Stab herum. *Um Mazrith und den Stab herum.*

»Da bin ich mir nicht so sicher«, flüsterte ich. »Maz, möchtest du ein Schatten-Fae werden?«

Er hob die Augenbrauen. »Ja.«

»Bist du sicher?«

»Der Schattenhof ist mein Zuhause. Hier wünsche ich zu herrschen, außerdem ...« Er senkte den Blick, betrachtete den Stab und dann wieder mich. »Und ich würde die Magie meiner Mutter vermissen. Schatten sind jetzt ein Teil von mir. Jedenfalls waren sie es.«

Ich lächelte ihn an und nickte. »Maz, kannst du etwas für mich tun? Behalte etwas von deinem wahren Ich. Das, welches du dein ganzes Leben lang versteckt hast.«

»*Ástin mín*, ich würde dir jeden Wunsch erfüllen, aber dieser Nebelstab ist nur noch ein Stück Holz.« Er runzelte die Stirn und zeigte ihn mir. Ein Schwall kupferner Funken strömte aus ihm heraus. Für ihn waren sie unsichtbar, aber für mich waren sie wie tausend Versprechen, die vor meinen Augen tanzten. »Außerdem war er noch nie in der Lage, mich zu verändern.«

Meine Augen leuchteten auf, als ich seine Hand ergriff. »Aber jetzt hast du mich.«

Schatten brachen aus dem Ende des Stabes. Sie hüllten Mazrith in einen tiefschwarzen Wirbel ein, der von kupfernen Funken durchzogen war. Als der Strom der Macht nachließ, ließ ich seine Hand los und trat zurück, bis die Schatten langsam versiegten.

Als sie sich lichteten, stand Mazrith hoch aufgerichtet da. Um den Nebelstab wand sich nun eine schwarze Schlange, und an seiner Spitze prangte ein glänzender, goldener Rabe.

»Er hat mich akzeptiert. Er *wollte* mich«, flüsterte er. »Er ist wunderschön.« Aber ich hatte nur Augen für ihn.

»*Du* bist wunderschön«, hauchte ich. Und, bei den Göttern, das war er.

Die weißen Narben waren verschwunden und seiner üblichen, gebräunten Haut gewichen, doch die schwarzen Sprenkel waren geblieben. Sie waren jetzt mit Gold durchzogen, genau wie mein Ring.

Gold zog sich durch sein schwarzes Haar und glitzerte in seinen Augen, und ich hatte das Gefühl, dass er größer geworden war. Stärker.

Er strahlte mich an und hob seinen Stab. Ein Band aus Schatten brach daraus hervor, das ebenfalls von einem Hauch glitzernden Goldes durchzogen war. »*Ástin mín*, ich glaube, du hast deine Gabe auf meinen Stab angewendet«, flüsterte er, dann blickte er auf seine nackten Unterarme. »Und auf mich.«

Wir sind miteinander verbunden, sagte ich zu ihm und amüsierte mich über den Ausdruck von Schock auf seinem Gesicht, als er meine Worte direkt in seinem Kopf hörte. *Die Vanir-Statue hat mir gezeigt, wie ich meine Magie verwenden kann.*

»Was kannst du noch?«

Ich zuckte mit den Schultern, dann trat ich auf ihn zu und schlang meine Arme um seinen Hals. »Ich weiß es noch nicht. Aber ich kann es kaum erwarten, es herauszufinden«, sagte ich lächelnd, ehe ich meine Lippen auf seine presste.

»**M**az! Du solltest hier nicht sein!«

Ich schlang ein großes Laken um mich, als er in unser Schlafzimmer trat.

Er grinste mich an, und seine Augen verweilten auf meinem verhüllten Körper. »Ich weiß. Aber ich habe ein Geschenk für dich.«

»Ein Geschenk? Du meinst deinen ...«

Er trat an mich heran und unterbrach mich mit einem Kuss. »Nein«, flüsterte er gegen meine Lippen, und ich wünschte, das *wäre* sein Geschenk.

Ich schickte ihm aus Versehen ein telepathisches Bild von uns auf dem Bett, und er knurrte. »Okay, ich nehme es zurück.« Seine Hand wanderte zu seinem Gürtel. »Das *ist* mein Geschenk.«

Ich legte meine Hände an seine Brust und schob ihn zurück. »Kara und Frima werden gleich hier sein, um mir zu helfen«, presste ich hervor, während meine Wangen heiß wurden.

»Dann möchte ich dir das hier geben, bevor sie hier sind.« Seine golden-schwarzen Augen leuchteten, und mir wurde warm ums Herz.

Er war etwas wirklich Einzigartiges. Etwas ganz Besonderes.

Und in ein paar Stunden würde er mein Ehemann sein.

Er zog einen zusammengefalteten Holzstab von seiner Taille und streckte ihn mir entgegen.

»Tait hat mit Lhoris daran gearbeitet, aber sie wollten, dass ich ihn dir gebe.«

Ich schaute zwischen ihm und dem Stab hin und her. »Wirklich?«

»Tait hat seit unserer Rückkehr praktisch in der Bibliothek gewohnt und versucht herauszufinden, welche Art von Stab eine Runen-Fae haben könnte.«

»Ich will nicht undankbar erscheinen, ich bin wirklich berührt«, sagte ich und sah ihn an. »Aber ich brauche keinen Stab.«

Er lächelte mich an. »Nein? Denkst du also nicht, dass er dir vielleicht dabei helfen könnte, die Bilder zu kontrollieren, die du ständig versehentlich an die Leute um dich herum übermittelst? Oder dass er helfen könnte, die Gefühle anderer aus deinem Kopf herauszuhalten, wenn du sie nicht dort haben willst?«

Ich wurde noch röter.

Er hatte recht. Ich hatte Schwierigkeiten damit, gewisse Aspekte meiner Magie zu kontrollieren. »Glaubst du, dass er mir helfen wird?«

»Ja. Es gibt einen Grund, warum deine Mutter einen Stab hatte.«

»Meine Mutter hatte einen Nebelstab, der so mächtig war, dass sie mich jahrhundertelang schlafen lassen konnte und eine Rasse von Monstern erschaffen hat«, murmelte ich.

Maz lachte. »Nimm ihn.«

Ich griff danach, und mein Mund blieb offen stehen, als ich die Spitze sah.

Es war eine Eule, die aus klarem Kristall gefertigt war. Winzige, kupferfarbene Einschlüsse glänzten darin und reflektierten den Schein des Feuers.

»Bei den Göttern, er ist wunderschön«, hauchte ich. Ich wollte mich mit ihm verbinden, stolperte über das Laken und ließ es fallen.

»Wow. Diese Macht ...«

Mazriths Augen verdunkelten sich, als er mich ansah. »Du bist nackt und strahlst Macht aus wie ein verdammtes Leuchtfeuer. Keine Macht in ganz Yggdrasil wird mich daran hindern, dich hier und jetzt auf das Bett zu werfen und dich zu nehmen«, knurrte er.

Es klopfte an der Tür, noch ehe ich ihm sagen konnte, er solle weitermachen. »Reyna, ich habe dein Kleid und Wein. Viel Wein«, rief Frima.

Es grollte in Mazriths Brust, während ich das Laken aufhob. Mein Gesicht war heiß und rot, und ich trug ein breites Grinsen im Gesicht. »Mit Ausnahme von Frima.«

Er warf einen wehmütigen Blick auf meine jetzt wieder bedeckte Brust, dann schlang er einen Arm um mich und küsste mich.

»Danke für den Stab, Maz. Er ist wunderschön.«

»Bedanke dich bei Lhoris und Tait, wenn du sie siehst.« Widerwillig ließ er mich los. »Wir sehen uns bald, meine Königin.«

~

Frima hatte wirklich viel Wein mitgebracht.

»Also, Frima hat heute einen Brief von Henrik bekommen«, sagte Kara und schwang ihre Beine über die Seite des Bettes, während Frima erfolglos versuchte, etwas mit meinem Haar zu machen.

»Weißt du, Brynja mag ein verräterisches Miststück gewesen sein, aber sie war wirklich gut darin, dein Haar zu richten«, murmelte sie.

Ich schnaubte und sah sie im Spiegel an. »Was hat Henrik geschrieben?«

Sie warf mir einen Blick zu. »Sie haben eine Gedenkfeier für Dakkar abgehalten.«

Traurigkeit durchströmte mich. »Und Khadra?«

»Er hat sie seitdem nicht mehr gesehen. Niemand hat sie gesehen.«

Ich seufzte. »Ich hoffe, es geht ihr gut.«

Frima warf mir einen Blick zu, der deutlich zeigte, dass sie mich für sehr naiv hielt, doch dann lächelte sie. »Die Königin des Goldhofs ist zurückgetreten und hat ihren Sohn zum neuen Herrscher gemacht.«

»Wirklich? Er ist noch ein Kind!«

»Stimmt, aber er ist klug und allen Berichten zufolge weder eitel noch gierig. Seine Mutter ist beschämt darüber, wie leicht Orm sie und ihre Familie untergraben konnte. Ihr Hof hatte das Vertrauen in sie verloren, also hatte sie keine wirkliche Wahl.«

»Ich hoffe, Maz mag den neuen König«, sagte ich. »Seine Mutter wollte immer, dass die Höfe zusammenarbeiten.«

»Nun, es gibt ein *Leikmot,* das zu Ende geführt werden muss«, sagte Frima grinsend. »Ich höre, solche Spiele sind gut dafür geeignet, Handelsbeziehungen aufzubauen.«

»Oh nein«, sagte ich und schüttelte den Kopf. »Wenn noch mehr Festspiele abgehalten werden sollen, werde ich mich nicht daran beteiligen.«

»Nun, technisch gesehen bist du die stärkste Fae in ganz Yggdrasil«, sagte Kara gelassen.

Ich warf ihr einen erschrockenen Blick zu. »Von einem Hof, der nicht existiert«, sagte ich. »Es gibt niemanden, den ich repräsentieren könnte.«

»Du stehst kurz davor, die Königin des Schattenhofs zu werden.«

»Nein, nein, nein. Ich werde die Frau des Königs des Schattenhofs«, sagte ich schnell. »Die gebundene Königin der Schatten«, fügte ich hinzu und benutzte Lhoris' Worte. *Mazriths Königin.* »Das ist nicht dasselbe.«

Wir verfielen in Schweigen, bis Kara sagte: »Glaubst du, dass du je die Vanir treffen wirst?«

»Nein«. Ich hatte genug von der Statue gesehen, um zu wissen, dass die hohen Fae ihre Welt in der Krone des Baums niemals verlassen würden. Sie dienten den Göttern, fernab von den Fae und den Menschen. Und ich war einzigartig, das wusste ich. In mancher Hinsicht fühlte sich das richtig an. Der Gedanke daran, meine Macht zu missbrauchen ... Ich schauderte, als ich daran dachte, was Orm oder die Königin damit getan hätten.

Ich drehte mich um und lächelte Kara an. »Das brauche ich nicht. Ich habe eine Familie, und sie ist hier.«

Sie strahlte, und Frima verdrehte die Augen. »Als du hier ankamst, warst du nicht so weich.«

»Als ich hier ankam, war ich eine entführte Sklavin«, erwiderte ich und hob mein Weinglas.

»Auf die Sklavin, die zur Königin wurde«, sagte Frima und hob ebenfalls ihr Glas.

Kara trat näher, und wir stießen unsere Gläser zusammen.

Auf die Liebe, fügte ich in meinem Kopf hinzu.

MAZRITH

Ich schritt durch die Korridore, während die Amulette an meinem Hals klimperten.

»Du bist doch nicht etwa nervös, oder?«, fragte Ellisar und klopfte mir auf die Schulter.

»Nein. Ich bin begierig darauf, das hier hinter mich zu bringen«, sagte ich und betrachtete die jetzt marineblauen Wände, die mit goldenen Schlangen verziert waren.

Svangrior schnaubte. »Du bist derjenige, der nervös sein sollte«, sagte er zu Ellisar.

Ellisar errötete, und Sorge war in seinen braunen Augen zu sehen. »Glaubst du, dass sie Ja sagen wird?«

Svangrior verdrehte die Augen. »Natürlich, du *Heimskr*. Kara wird jedes Mal schwach, wenn du mit ihr sprichst. Sie wird Ja sagen.« Erleichterung breitete sich auf Ellisars Gesicht aus. »Die Frage ist nur, warum. Du bist ein verdammter ...«

Ich hörte nicht mehr hin und konzentrierte mich auf meine eigenen Sorgen.

Ich *war* nervös.

Nicht wegen meiner Hochzeit mit Reyna. Was mich betraf, so betrachtete ich uns seit unserer Nacht im Wald praktisch als verheiratet.

Aber es war wichtig, dass auch mein Hof sie akzeptierte. Ich musste der Welt zeigen, dass wir zusammengehörten, und ich wusste, dass sie es hasste, so vor den Fae zur Schau gestellt zu werden.

Sie hatte mir versichert, dass eine formelle, königliche Hochzeit in Ordnung sei und sie deren Bedeutung verstand.

Und ich glaubte ihr. Im Großen und Ganzen.

Der Thronsaal war seit meiner Rückkehr zum Schattenhof verändert worden, was bedeutete, dass der Raum, den meine Stiefmutter benutzt hatte, versiegelt worden und ein ganz anderer Flügel des Palastes für den Empfang von Hofleuten eingerichtet worden war.

Die marineblauen Wände waren mit silbernen und goldenen Schnörkeln verziert, und entlang des Teppichs, der zu den Thronen führte, standen Statuen von Raben, Eulen und Schlangen.

Die Fenster am Ende des Saals waren auf Reynas Wunsch hin klar gelassen worden.

Um das Sternenlicht hereinzulassen. Die Aussicht war zu schön, um sie zu verbergen.

Bei Odins Raben, ich liebte sie. Sie hatte mich zu dem gemacht, was ich war. Wortwörtlich.

Die Gäste standen auf, als ich eintrat. Mein Pelzmantel zog hinter mir her, und ich trug meine Krone mit Stolz.

Ich versteckte den tiefen Atemzug, den ich nahm, als ich meinen Gästen zulächelte. Sie bestanden aus den Hofleuten und dem Personal des Palastes, die mir immer treu geblieben waren.

Kaum hatte ich das Ende erreicht, als die Harfe in der Ecke zu spielen begann und Voror durch die offenen Türen des Thronsaals geflogen kam.

Mein Atem stockte, als Reyna erschien. Loris hielt ihren Arm.

Alle Gäste verneigten sich, als sie die Stufen hinaufstieg, dicht gefolgt von Frima und Kara.

Ich bemerkte nichts davon.

Ich hatte nur Augen für sie.

Sie trug dasselbe schwarze Kleid, das sie zum Ball getragen hatte, aber es war abgeändert worden. Der hohe, königlich aussehende Ausschnitt war mit goldenen Ketten und glitzernden Kristallen bedeckt, und der goldene Saum des Rocks war ebenfalls mit funkelnden, klaren Edelsteinen verziert worden. Die Schleppe, die sie hinter sich herzog, glitzerte im Licht.

Doch Reyna überstrahlte selbst die Pracht dieses Kleids. All meine Sorgen, dass sie sich während dieses Anlasses unwohl fühlen könnte, waren verflogen.

Ich konnte sehen, wie sehr sie das hier wollte – wie sehr sie *mich* wollte.

Als wäre das ein Stichwort, erschien ein Bild in meinem Kopf. Sie und ich, die uns an den Händen hielten und uns küssten, als die Bindung stattfand.

Ich lächelte, als sie mich erreichte und nahm ihre ausgestreckten Hände.

»Du siehst umwerfend aus.«

»Du auch«, flüsterte sie.

Svangrior trat zwischen uns, und alle Gäste nahmen Platz.

Ich blickte in ihre Gesichter. Alles, was ich sah, waren Bewunderung und Staunen.

»Wir sind hier, um die Verbindung zwischen Prinz Mazrith Andask und Reyna Thorvald zu besiegeln.«

Reyna strahlte mich an, und ich drückte ihre Hand.

»Hebt eure Handgelenke«, sagte er, und wir taten es, zusammen mit unseren Stäben. Reynas Kristalleule glänzte im Licht, und mein schwarzer Rabe schimmerte.

»Akzeptiert ihr einander für alle Ewigkeit?«

»Für alle Ewigkeit«, wiederholten wir beide. Magie floss aus unseren Stäben und wickelte sich um unsere verschränkten Hände und unsere Arme.

Als die Wirbel verblassten, war die Runde der Bindung auf meinem Handgelenk heiß und glühend, schwarz und von Gold durchzogen. Ich sah erst die Rune, dann Reyna an, die in diesem Moment auf mich zutrat.

»Ich liebe dich.«

»Und ich liebe dich.«

Ich küsste sie, und als ich mich von ihr löste, sah sie mir in die Augen. *Wir wählen unseren eigenen Weg.*

Das werden wir immer tun.

Ihr Gesicht veränderte sich plötzlich, und ein Ausdruck von Schrecken legte sich darauf.

»Was ist los?«, fragte ich sie laut.

Gefühle durchströmten mich. Ihre Gefühle.

Leben. Es regte sich ein neues Leben ... *in ihrem Bauch.*

Mein Herz hüpfte in meiner Brust. »Reyna ...«

Ihr Gesicht strahlte und trug das wahrlich schönste Lächeln, das ich je gesehen hatte. All meine Ängste, all meine Zweifel und alles, was nicht ihr Lächeln war, schmolzen dahin.

»Ich habe meine Familie gefunden, Maz«, sagte sie, und ihre Augen füllten sich mit Tränen. »Und ich werde nie wieder weglaufen.«

DANKE FÜRS LESEN!

Vielen, vielen Dank, dass Sie mich auf Mazriths und Reynas Reise begleitet haben. Das Schreiben dieser Reihe war unglaublich unterhaltsam. Ich habe noch nie etwas geschrieben, was mit nordischer Mythologie zu tun hat, daher waren die damit verbundenen Recherchen sehr interessant, aber ich habe auch schon länger keine so komplexen Charaktere und Handlungen mehr geschrieben. Das habe ich wirklich genossen.

Ich weiß, diese Reihe hat etwas länger auf sich warten lassen – was teilweise an der enormen Menge an Planung und Recherche lag, die für eine Geschichte dieser Größenordnung notwendig war, aber auch an Dingen in meinem Leben. Ich bin einfach nur dankbar, dass Sie so geduldig waren und mehr über die Charaktere erfahren wollten. Das wärmt mein Herz.

Ich habe Mazriths Vorgeschichte dunkler gestaltet, als ich beabsichtigt hatte, aber es fühlte sich beinahe so an, als hätte ich keine Wahl. Das, was ihm widerfahren ist, hat ihn zu dem gemacht, der er ist, und seine Reise hat mich zutiefst fasziniert. Ich liebe ihn so sehr! Und Reyna ist die, die sie sein muss, um sie beide zu retten. Mit einer Waffe in der Hand lässt sie sich nichts gefallen. Sie hat ihr ganzes Leben lang versucht, vor etwas zu fliehen, dem sie nicht entkommen kann. Für mich ist sie eine Erinnerung daran, dass man seine Ängste konfrontieren muss, und dass die äußere Fassade nicht immer dem entspricht, was im Inneren vor sich geht.

Ohne die tatkräftige Unterstützung meines Umfelds hätte ich es nicht geschafft, diese Reihe zu schreiben. Mein Ehemann (der immer noch keins meiner Bücher gelesen hat, mir aber versichert, dass ich gut bin – haha), meine Mutter und meine Autorenfreunde (besonders Simone und Sacha) sind unglaublich wichtig für mich, und ich bin ihnen unendlich dankbar. DANKE.

Danke auch an meine Lektorin, die nicht nur meine Sätze, sondern auch meine Handlung verbessert hat. Und mit meiner Unfähigkeit klarkommt, das zu tun, was ich versprochen habe, und wann ich es versprochen habe.

UND ICH DANKE IHNEN, LIEBE LESERIN, LIEBER LESER!

Wirklich. Ich mache das hier Vollzeit, und das kann ich auch weiterhin, weil Sie meine Bücher lesen. Ich liebe Sie.

Eliza xxxx

Oh, und ich habe noch ein Bild von ihnen gemacht, wie sie zur Sache kommen! Dieses Bild ist eindeutig nicht jugendfrei. (Sie können es sehen. Jedes Teil davon.) Loggen Sie sich bei elizaraine.com ein!